# 魅影神捕

## ❷ 幻之狱

王珂◎著

江苏凤凰文艺出版社
JIANGSU PHOENIX LITERATURE AND
ART PUBLISHING, LTD

图书在版编目（CIP）数据

魅影神捕. 2, 幻之狱 / 王珂著. -- 南京 : 江苏凤凰文艺出版社, 2017.10

ISBN 978-7-5594-1006-1

Ⅰ. ①魅…　Ⅱ. ①王…　Ⅲ. ①长篇小说－中国－当代　Ⅳ. ①I247.5

中国版本图书馆CIP数据核字（2017）第207977号

书　　名　魅影神捕 2 幻之狱

作　　者　王　珂
出 品 人　陈昌芳　刘　迁
策　　划　高瑞贤
责任编辑　牟盛洁　李　黎
出版发行　凤凰出版传媒股份有限公司
　　　　　江苏凤凰文艺出版社
出版社地址　南京市中央路165号，邮编：210009
出版社网址　http://www.jswenyi.com
印　　刷　北京市平谷县早立印刷厂
开　　本　710 × 1000毫米　1/16
印　　张　17
字　　数　267千字
版　　次　2017年10月第1版　2017年10月第1次印刷
标准书号　ISBN 978-7-5594-1006-1
定　　价　38.00元

# 系列人设

**黎斯**：29岁，大世四大神捕之鬼捕。办案风格大胆诡谲，常以他人无法想象的角度窥破案件真相，性格执着坚毅。

**蒙锐**：28岁，大世四大神捕之青锋神捕。脸有狰狞青胎，疾恶如仇，背后一柄『死神』专斩天下不平事。唯一的弱点是他早年失踪的妹妹。

**老死头**：60岁，或70岁，他的年龄没人知道。黎斯挚友，大世王朝第一件作。因早年失意，心灰意冷，终年以尸为伴，座右铭是人会撒谎，但尸体永远不会欺骗你。验尸功夫精湛，乃黎斯最得力助手。

**沈柔**：24岁，黎斯初恋情人。后被大世王朝最神秘可怕的组织『黑夜』掳走，多年来黎斯一直苦苦寻找，心中有愧。

**白珍珠**：17岁，黎斯的红颜知己，天真烂漫，敢爱敢恨。梦想着同黎斯一起隐居，过世外桃源的生活，冰雪聪明，常常也能帮助黎斯找出案件的蛛丝马迹。

**轩辕善**：33岁，大世四大神捕之铁捕，为人处世如同一块铁疙瘩，一丝不苟，用黎斯的话来形容就是极端无趣之人。但做事光明磊落，眼睛里不揉沙子。

**严成**：50岁，鹰捕，大世四大神捕之首。做人处事低调不露锋芒，执掌大世六州总捕门。

**『黑夜』**：大世王朝百年来最神秘的组织。拥有恐怖的杀手、庞大的体系，其幕后之主更是拥有撼动大世王朝根基的强大实力和神秘身份。

大世王朝一百四十六年，鸿运三十二年，鸿运乃当今大世王朝皇帝世德宗年运号，大世至今分别经历了开国皇祖世太祖、世合宗、世德宗三代政朝。世合宗第十年，大世发生了震动皇朝根基的三王叛乱，叛乱持续六年，三王最终被剿灭，但同时也损害到大世国运及国力，自此外忧内患不断。世德宗即位后，大力推行仁政，大世显现出复苏之态，国民渐渐安业守家。世德宗十六年，大病，病后身体孱弱，随即准立皇二子周迢为储君，并恩封周迢舅父杜方郎为太子鸿父，恩封原太子管书黄流生为太宰辅佐太子周迢。

至鸿运二十九年，大世国土历经前朝崩乱，被外朝蛮族有所蚕食，国域并分六州一荒。六州，乃宿州、南仙州、归云州、青州、幽州、金州；一荒，则是皇朝根本所在的天荒城，亦被称作圣城。

世德宗共五子——

长子周道，分封定王，居金州天原府。

次子周迢则是世德宗钦点的储君太子，居圣城内，同天子为伴。

三子周逐，分封平道王，居宿州牧云府。

四子早夭。

五子周邈，分封康王，居青州天南府。

现年世德宗身体日渐孱弱，而储君周迢又过于软弱，导致其余三王都在暗中窥伺皇位，大世王朝一百四十六年，看似风平浪静的王朝天下，实则波涛暗涌。

# 目录

## 魅影神捕 ❷ 幻之狱

# 目录

## 魅影神捕 ② 幻之狱

# 深瞳

# 第一章　似水惨案

暮色下的似水城如同一只安静的巨兽，偶尔可以听见它微微的喘息，而更多的时候它都是安静而压抑的。黎斯穿着青衣捕装，他平时很不喜欢穿这衣服，因为他不喜欢它的颜色，如同一潭死水荡漾在自己胸前一样，黎斯已经记不得似水城有多久没有发生命案了，这本就是偏远之外，人们的生活如同细水长流一般，只有流过去的痕迹，却绝无大的波澜。而此时此刻发生的杀人案无疑如同往其中投入了一颗不大不小的石子，必定会引起一定的波动。

黎斯走入了弄堂，这是一条很不起眼的弄堂，若不是特别仔细的人，很难发现它的存在。月光已经开始落下了，有少许洒在弄堂之中，弄堂深处招摇着一块门匾，在这幽黑的弄堂深处，门匾上涂抹着几个红色鲜艳的字——“有来客栈”，也许是这弄堂过于黑暗了，让黎斯觉得门匾上的字红得刺眼，如同人的血一样。黎斯停在了门匾下，微微蹙了蹙眉头，像大多数人一样，黎斯蹙眉也代表着他正在思考，迟疑一下，黎斯才真正走入这家有些神秘的客栈。

“捕头，在这里了！这里了！”黎斯刚刚迈入，年轻捕快吴闻就已经迫不及待地招呼了。黎斯望着这位刚刚进入衙门还没十天的捕快，不由淡淡一笑，跟了过去。吴闻当先领着黎斯穿过一条狭窄的走廊，来到走廊尽头的一间客房，吴闻没有直接走进去，却突然停了下来，转身望着黎斯，有点兴奋道：“捕头，你一定没见过这样的凶杀案，真的很令人吃惊！”

黎斯笑笑，不置可否。吴闻慢慢推开客门，黎斯第一眼就见到了正对门口的一张梨木八仙桌，说来也奇怪，这种毫不起眼的小客栈竟然用了如此豪华甚至有点奢侈的家具，的确让黎斯心中有点怀疑。但接下来黎斯所看见的景象，却无法用怀疑来形容了，准确来说，应该是诧异，然后是惊叹，再接着就是无奈了。

梨木桌上正趴着一个人，看衣着打扮应是从西边来的药材商人，浓眉大眼，很是端正的一张脸。只是此刻这张脸只剩下了恐惧，五官都扭曲在了一起，如同一个遭受过蹂躏的包子。而商人脑袋上顶着一个很是奇怪的黑匣子，有点像鸟笼，黑匣子周身都套着密密厚厚的黑布，唯有此刻朝向黎斯这边的地方，悄悄展露开一点，但已经足够让黎斯看清楚里面的一切了：一间低沉昏暗的房间，一张枣红木的床，一张梨木的八仙桌，两把黑色的木椅，两扇被微微打开的窗户，一盏坐落在桌子上的油灯，当然还有桌子上一动不动的死人。这一切，就是黎斯从黑匣子中所看到的。黎斯笑了，吴闻则一步迈到黑匣子旁边，指了指里面的事物，然后又是满脸激动道：“是不是，是不是，真的很惊奇，这黑鸟笼里面的东西竟是这整间的屋子，凶手杀了人之后，竟还做了这个，真是太让人吃惊了！”

黎斯慢慢走了过来，走到死去的药材商人旁边，淡淡回了一句：“如果凶手有如此技艺，用来杀人就太可惜了。而且，他不是杀人之后做的这个匣子，应该是他先做好了匣子，然后才杀的人。”

吴闻点点头，回望黎斯，见黎斯正一脸专注地望着死人，不由好奇地问道：“捕头，你在看什么？”

黎斯瞥了一眼这个对什么都好奇的新人，道：“我在看死人。”吴闻愣了一下，傻笑起来。黎斯则又开口道：“有的时候，死人可以告诉我们一些我们最想知道的东西。”

“哦，会告诉我们什么？”吴闻也是眼望着死人，却什么都看不出来。

黎斯笑了一下，轻轻捏开死者的牙关，牙齿之间残存着一些绿色的汁水，黎斯道：“比如，他是怎么死的。”

“他是怎么死的，你说了不算，只有我说了才算。”黎斯话音还未落，从房间门口晃晃悠悠又迈进一个老人，老人身上也穿着一身同黎斯一般的青色捕衣，似是没看见任何人一样，老人径直来到死者身旁。黎斯很是知趣地退开，吴闻则有些纳闷地小声问道："捕头，他是什么人？我来衙门这么多天，怎么没见过？"

黎斯笑道："你当然见不到他，只有死人才能时常看见他。"

吴闻听着，不由恍然点头道："莫非他就是那个老死头？！"黎斯闻言立即封住吴闻的口，小声道："你可千万不要让他听见你管他叫老死头，否则，他可能会在你明天的饭里多加一味料！"

吴闻有些惊慌，好不容易从黎斯手下挣脱出来，小声问道："是什么料？"

"腐烂的，死人的，肉！"黎斯故意夸张地摆出表情，吴闻已经忍耐不住跑到外面去吐了。黎斯望着吴闻，不由笑出声来，旁边一个低沉的声音传来，"你如此败坏我的名声，我可从来没有给别人吃过死人的肉。"正在前面忙活的老死头突然开口道。

黎斯正色道："不错，你是没给他们吃过死人肉。但你用死人肉熬的那一大锅汤，却让我的手下整整吐了三天。"老死头展颜，目光偷偷在黎斯脸上徘徊，道："其实，还有许多秘密我还没有告诉你，除了那锅死人肉之外，其实，还有……"

黎斯已经不肯听下去了，忙截口道："他是不是死于毒之下？我在他牙齿上发现了奇怪的绿色汁液。"老死头果然没再往下说，回转头道："再等一等。"老死头说着，从随身带来的灰色小包里，取出一把亮色小刀，将死者平摊在梨木桌上，小刀如同和煦的春风一样轻轻在死者的肚子上划下一道痕迹，黎斯摇头道："为什么你不回衙门再去做这个？"

老死头淡淡道："因为我是个老人，你要知道，老人是不应该走很多路的。还有，老人说的话、做的事，总有他的道理。比如，有些厉害的毒会在很短的时间内消失于人的体内，如果不尽快查出来，那你这一辈子也休想查出来了。"黎斯惋惜道："只是可惜了这张这么好的桌子。"

"啪"的一声，外面起的夜风将屋子中的窗户吹开，黎斯慢慢走近，将窗户轻轻关起来。身后老死头低沉而肯定的话语再次响起："看来这次你有得忙了，他的确是中毒死的！"老死头说着，从血肉模糊之中取出许多绿色的枝叶，仔细看过后，才道："不过，这个家伙死得还真是昂贵！"

黎斯回头，不解道："昂贵？怎么说？"

老死头用小木夹将绿色枝叶扬起道："你知道这是什么吗？"黎斯望着，摇摇头。

老死头笑道："这是天虫草，一万两黄金才能买到一棵的天虫草。"黎斯不由动容，道："看来这个凶手为了杀人，还真是花费了颇大的苦心。黑匣子，天虫草……似乎越来越有趣了！"

"还有更有趣的东西！"老死头慢慢走了过来，伸手递给黎斯一样小物件。黎斯接了过去，竟是一个有鼻子有眼的木偶小人，小人身上满是血迹，显然是刚从死者肚子里拿出来的。木偶小人只有人的小指甲盖那么大，却也是惟妙惟肖。黎斯甚至看出这个小人正在笑，而且是一种隐忍好久的释放的笑。老死头指了指小人摊开的手掌，那手掌上面竟然还握着一点点，一点点，几乎看不出的纸片，黎斯费了好久才认出纸片上所写的字，不由轻轻地读了出来："楼……天……凡？"

黎斯读完之后，望着老死头，笑道："你想的和我想的应该是一样的吧，这个世界上的楼天凡，我所知道的只有一个。"

老死头点点头道："我见过他一次。"微一顿，老死头指了指黎斯手上的小人，才接着道："这个小人和他一模一样，就是那个不动山庄的楼天凡！"

不动山庄在很久以来都是武林中的圣地，是所有武林人士梦寐以求的地方。不动山庄的创始人就是楼不动。楼不动是一位很传奇的人物，他在五百年前叱咤江湖，三十岁时在剿灭了当时盛极一时的神秘帮派"生死门"之后，就已经是天下无敌了。据说，自那之后，楼不动一年都会接受十二个人的挑战，向他挑战的都是各派的掌门或者精英，而楼不动更是从与这些高手的交手经验中，总结出了一套可谓是毫无破绽的绝代武功，这套武功一直到现在还被收藏在不动山庄一个隐秘的地方。而这正是江湖中人所窥探的东西，同样也是令不动山庄这几百年来一直不得安宁的最根本的原因。

楼天凡正是当代不动山庄主人楼傲的长公子。

似水衙门，黎斯正懒洋洋地趴在桌子上，而他的面前正是那个在凶案现场发现的黑匣子，黎斯用一双睡眼静静地注视着它，而这个神秘的黑匣子似也在注视着黎斯。

"捕头，捕头！"吴闻的叫声又一次响彻黎斯耳边，黎斯心中叹息：不知道这个年轻人为什么总喜欢叫！黎斯道：“怎么样，你查到什么了？”

吴闻面色失落，摇头道：“我询问了周围居住的人，他们也很少有人知道有这么一家神秘的客栈，更加不知道客栈老板是谁了。现在只留下一个空空的客栈，也没伙计，也没老板，若非一个醉汉喝醉酒后误闯了进去，恐怕我们到现在都不知道那里死了个人！”

“那个醉汉你查过没有？”黎斯又问。“哦，这个我查到了，这个醉汉叫许三，就在那附近的一个酒楼当伙计，他们家世代都住在似水城，很清白的一个人。那晚是因为和媳妇吵了两句后，心中郁闷才喝的酒，本想回家，却走错了地方。”

黎斯点点头。吴闻则有些好奇地问道：“捕头，你从昨天晚上就一直在看这个匣子，你究竟在看什么啊？”

黎斯神秘地道：“我在看凶手留下这个匣子的原因。”吴闻又是好奇地问：“那你看到原因了吗？”

黎斯本想开口，却突然打了个哈欠，笑道：“天快要亮了，吴闻，咱们出去走走吧。”

“出去走走，到哪里？”吴闻道。

“不动山庄。”黎斯笑着回答道。

# 第二章 不动山庄

不动山庄就在距离似水城三十里的一个山谷之中，位置可以说是奇佳，上有葱山，下有绿湖，山谷之中四季如春，而且很安静，如同世外桃源。黎斯由远而近望到不动山庄，那看似恢宏却已经开始颓败的高墙红瓦，让他心中不知为何竟有了几分淡淡的忧伤。就如同一个绝代美人无奈容颜老去，掩面独自心伤的感觉。

黎斯和吴闻还有另一个捕快肖凝在不动山庄的大厅等了许久，都不曾见到楼傲或者楼天凡出来。吴闻有些不耐道："真是气人，平白让我们在这里等，就是等，连杯茶都不给上！"

黎斯听着，只是笑笑，不置可否。

"你们想喝茶吗？"突然，一个稚嫩的声音从三人后面的小花厅入口传来，一个娇小的身影跃入三人视线，黎斯不由定睛去看，却是个可爱的小女孩。女孩大约十二岁，大大的眼睛，如水一般清澈的目光，小巧的鼻子，还有弯着的小嘴，绝对是个美人坯子。小女孩一直在笑着，走近三人，声音甜美地道："爹和哥哥都有很着急的事情要做，你们要喝茶，我给你们端来。但你们不许再说爹和哥哥的坏话了。"女孩说这话时，眼睛不经意地瞥向吴闻，倒是把吴闻看了个脸红，忙躲着小女孩的目光，黎斯笑着点头道："好，谢谢你。我们再也不说你爹和哥哥的坏话了。"

小女孩得到满意的答复，跳着蹦着出了花厅，看样子真是去端茶了。吴闻这才从黎斯身后探出身子，同时问道："这小丫头是谁啊？"

黎斯淡淡笑道："想来应该是楼傲的三小姐，楼天舍了。"楼傲共有两子一女，大公子就是楼天凡，二公子楼天命，似乎自小就患了很厉害的病，一直不曾离开过不动山庄一步，而三小姐就是方才的楼天舍。

吴闻担心楼天舍还会突然蹦出来，不由一直望着花厅方向。而此时，从大厅门前，一个身材颇为高大的男子已经一步迈了进来，黎斯望去，此人五十岁上下，灰白的长髯，面阔大眼，一双目光如同钉子似的要将人看穿，他径直来到大厅中央，方才向着黎斯点点头，道："黎捕头，好久不见。"

黎斯忙起来弓身让了一礼，这才开口道："的确，上次见到楼大侠，那时我还是刚回到似水城，想来有个三四年了吧。"

楼傲从容笑道："是啊，时间过得真快，眨眼的工夫就过了三四年了。但不知道，黎捕头这次来是为了什么？"就在楼傲说话的时候，门口又有人闪了进来，黎斯目光如电，一眼看见了，不由笑道："不瞒老前辈，这次我是为了大公子楼天凡而来！"黎斯此话一出，刚刚走近楼傲身旁的楼天凡不由一愣，诧异道："为我……"

楼傲的目光牢牢地在自己儿子脸上盯了一下，楼天凡顿时不再说话。楼傲又道："还请黎捕头将事情说个明白。"

黎斯点头，慢慢道："昨天夜里似水城出了一件人命案子，死者是一个外来的西域药材商人，他被大量的天虫草所毒害，而在他的肚子里我还找到了这个！"黎斯说着，将木偶小人送到楼傲面前。

楼傲接了过去，黎斯接着道："这个小人的面目和贵公子一模一样，而小人手中的纸片上也写着楼天凡的名字，所以我此行前来，想要问问大公子，是否认识此人？"

"不认识，我根本不认识什么药材商人！一定是有人想要栽赃我，一定是……"本清瘦枯黄的楼天凡此刻满头大汗，不停地辩解。楼傲低哼一声，楼天凡方才停住了，缩在楼傲身旁。楼傲将小人还给黎斯，道："黎捕头，你也听到了。天凡不认识这个人，可能真的如他所说，是有人想要栽赃他。"

黎斯接过小人，拿在手中，突然向楼天凡道："不知道大公子是否喜欢赌钱呢？"

“不，我从没赌过钱。”楼天凡立即回驳道。黎斯笑着点点头，对身后的捕快肖凝道：“肖凝，把你查到的东西告诉楼大侠。”肖凝点头，道：“死去的药材商人身上有一张芙蓉亭的赌局票子，捕头让我连夜去芙蓉亭调查了一切，才探听到原来这个药材商人在来似水城之前，一直是待在芙蓉亭的赌场里的，而且在十天前他还和一人发生过很大争执，赌局的人将与他发生争执的人的面相画了下来，还请楼大侠过目。”楼傲接过画像，画像上画的正是楼天凡。

黎斯笑道：“不知道大公子是否还说未见过此人呢？”楼天凡枯黄的面色此刻变得苍白，身体微微颤抖，摇头不停道：“我只是和他赌过钱，因为赌注发生过争执，不可能因为这个我就杀了他吧，你简直胡说八道，胡说八道……”

“住口！”楼傲一掌重重拍在身旁的木桌上，楼天凡吓得就要趴在地上了。楼傲怒气道：“你这个不孝子，我说过没有，让你不要再去赌，不要再去赌，为什么你总是不听！不动山庄几百年的名誉就快要毁在你这个败家子身上了！”楼傲似是因为激动，本是红润的一张脸现出苍白之色，他忙着用手按住自己胸口，方才缓和下来。而楼天凡则全身颤抖着，一句话也说不出口。

一旁的黎斯也不说话，静静望着面前这对父子。许久，黎斯才道：“楼大侠身体是否有恙？”楼傲面色一凝，立即道：“黎捕头，你多虑了。老夫身体一直很好，只是，只是被这不孝子给气的！”楼傲又道：“还不知道，被害之人是什么时候被杀的？”

黎斯道：“根据尸体出现尸斑的时间，死者应该是昨天傍晚时分遭人毒手。”楼傲突然笑了起来，道：“昨天，如果是昨天的话，那和天凡是一点关系都没有的。他昨天一直待在山庄里，和我在一起，除我之外，山庄之内所有人都可以作证。”

“不错，我昨天根本没离开过山庄。”楼天凡道。

黎斯还要再说，突然厅门口冲入两个人，看打扮是庄内保丁，两个人扑在楼傲身前，面色凝重道：“来了，来了，庄主，他们来了！”

楼傲豁然起身，敞开胸口大襟，黎斯瞥见楼傲胸口金晃晃的刀柄。楼傲微侧首道：“黎捕头，你这件事情稍后再说，如果真是这个逆子杀的人，我楼傲绝对不会偏袒他。只是此刻，不动山庄有些事情要处理，你还是先回去吧。”楼傲说完，当先迈向大厅之外，随后的楼天凡偷偷瞄了一眼黎斯，也随着楼傲走了出去。一时间，庄内脚步声凌乱，数十人都拥向了不动山庄门前。

吴闻也是头一次见这架势，好奇道："捕头，莫不是江湖中有人来寻仇？"

黎斯笑道："你想知道？"吴闻忙着点头，黎斯道："这简单得很，我们也去看看就知道了。"

黎斯三人赶到庄前时，庄前正停着一辆红漆马车，楼傲如同山岳一样巍然立在众人身前，冷冷望着马车上迎风而展的红色鹰头小旗，喝道："严鹰，你终于还是忍耐不住来了，好，你出来，我们决一死战！"

楼傲喊完话许久，都没有人回答，周围空气如同窒息了一样寂静，幽幽淡淡的，从不动山庄深处似乎传来了一阵幽怨而动人的丝琴之声，丝琴之间似乎还夹杂着一点与众不同的声响，却是说不上来。黎斯不由得回望来时的地方，房影重重，望不尽。

楼傲微吸一口气，踩步抽刀而上，轻轻挑起马车门帘。楼傲只望了一眼，不由得愣在原处，不知所措。黎斯觉得奇怪，靠近楼傲，也望向马车，马车中此刻正襟而坐两人，一人靠窗而坐，一身红色大氅，脸宽口阔，鹰钩大鼻，面如重枣，黎斯认得此人，此人正是西北武林中声名赫赫的人物，西北第一大门派，红鹰门门主严鹰。不过此刻，这位武林大豪的气派不在，面上一片死灰，而脖颈处有一道明显的血痕，血水还在不停地流淌而下。黎斯微微摇头，再去看另一人，此人与严鹰对面而坐，面如枯骨，且只有一目，嘴上倒生一撇八字胡，令人望见心中不自觉厌恶，而脖颈处同样有一道明显血痕。楼傲望了许久，慢慢退后几步，摇头道："不可能，这怎么可能，严鹰和孙藐竟都死了，都死了？！"

黎斯扶住楼傲，道："让我来吧。"楼傲慢慢点头，不再说话，黎斯一步迈上马车，轻探两人鼻息，确认都已死亡。而血液还是温热的，说明两人死亡时间不出一个时辰。黎斯见严鹰一只手靠在腰畔，似要取出什么东西，便顺着严鹰手向，扯开严鹰腰部一道暗带，从里面拿出一样形状如鸟喙的红色利刃，这也正是令严鹰江湖成名的兵器——血鹰刀。黎斯望着红刃，又看看严鹰临死时瞪大的双目，不由喃喃自语道："究竟他遭遇了什么，竟能让这位名满江湖的武林名宿甚至没有亮出自己兵器的机会？！"

黎斯将红色利器重新放在严鹰身旁，转了身再去看另一人，此人身无长物，一身衣衫也极其破烂，与衣着鲜亮的严鹰显得一个天上一个地下，黎斯还发现其手布满老茧，且手掌如石刀一样锋利而坚硬，说明此人乃一位外家掌派高手。黎斯再看他的眼睛，与严鹰一样，此人死时也是怒睁双眼，直直望着自己头顶。黎斯心中一动，似是感觉到了什么，慢慢抬起头，在马车车顶角落竟挂着一个黑色的木匣子，微微轻动，如同一颗黑色的人头。

马车外的楼傲面色苍白了许多，望着马车中的黎斯出来，一步踏上，问道：“怎么样？知道是谁杀了他们吗？”

黎斯慢慢点头，将手中一物举在楼傲和楼傲身后众人面前，再轻轻掀起，所有人看到了木匣子中的一切：一辆豪华的红漆马车，一杆微微颤抖的红色小旗，四匹健壮高昂的大马，以及马车内两个对坐惨死的武林高手。所有一切都是用极其精巧的手法雕刻方木而成，每一个细节都完美得毫无瑕疵，甚至连死者目光中的恐惧之感也雕刻了出来，可谓惊人！

楼傲仔细看过了许多遍，面色凝重而诧异道：“这、这是什么？”

黎斯道：“在似水城凶杀案的现场，我也发现了一个同样的木匣子，木匣子里面也同样用高超的技艺雕刻出了凶杀现场的一切。我相信，雕刻这两个木匣子的人，就应该是这一系列杀人事件的凶手。”

楼傲似还要开口，但目光一转，只是微微叹息一下，并不说话。而黎斯则开口道：“如果楼大侠想要找出这幕后黑手，还请将所有这一切都告诉在下。”黎斯目光停在身后马车上。楼傲迟疑了一下，缓缓点头，引着几人重新回到不动山庄大厅之上。

楼傲望着黎斯，慢慢开口道：“其实，自我先祖楼不动死后，许多武林中的人就开始窥探我们不动山庄了，他们一直认为那个在江湖上流传的故事是真实的，他们相信在不动山庄某个地方有着一本可以让他们功成名就的武功秘籍。但他们都不敢明目张胆地来抢，因为他们也知道不动山庄的厉害，虽然我们没有什么绝顶非凡的武功，但自祖上传下的家学招式也还是够这些江湖宵小之辈受用的！”

黎斯点头问道：“那是否真的有这么一本武功秘籍？”

楼傲苦笑一声，道：“如果真的有这样一本武功秘籍，我就不会被血鹰门这样的武林败类欺负到家门口了。”

黎斯微笑摇头，他知道严鹰手下的血鹰门是怎样的帮众，事实上，只要可以赚取利益的事情，他们都会去做，小到偷盗拐骗，大到杀人放火。血鹰门一直被江湖同仁视为一群贪婪的飞蝇，令人作呕但又没有什么好的办法，因为在西北武林中几乎没人可以撼动他们的势力。黎斯继续问道："既然他们以前不敢如此明目张胆，为什么现在就敢了呢？"

楼傲迟疑了一下，突然扯下自己左肩衣衫，露出了左边肩膀，只见一条暗色的痕迹贯穿楼傲左边肩膀的血脉之中，忽隐忽现，就如同一只灰色的大虫扭曲盘旋其中。黎斯看了一眼，不由诧异道："经脉移动？楼大侠，你走火入魔了？"

楼傲惨淡一笑，道："一个月前，不动山庄遭到一群陌生人的夜袭，他们杀了我的几个家丁，闯进了我的书房，想来也是为了秘籍。而那时我偏偏是在练功，结果被他们闯了进去，虽然我最后还是赶走了他们，却落了个走火入魔的下场！而在那之后，我就收到了血鹰门和孙藐的挑战书，他们写明，如果我不肯应战，则要让出不动山庄！他们以为这样做我就会胆怯，就会害怕，他们认为失去一只手的我已经不是他们的对手！"楼傲突然一顿，接着坚定地道："但他们错了，别说只是失去了一只手，就算是失去了我的一双手，我楼傲同样不会有半点退缩！这帮无耻贼子，就算我真的死了，我也要以楼家子孙的名义死在不动山庄！"

楼傲似乎说得激动，忍不住咳嗽起来，白髯也随之不停抖动，一旁的楼天凡忙着过来扶住楼傲身体。楼傲望着自己的儿子，对黎斯道："黎捕头，天凡虽然有些胡闹，但还不至于在不动山庄这个生死存亡的关键时刻闯出大祸！所以，你说的那个人应该不是天凡杀的。"

黎斯则点头道："现在我可以排除大公子的嫌疑了。因为方才两人是死于一个时辰之内，而这段时间大公子正好与我们在一起，他没有杀人的时间。所以，他应该也与似水一案没有什么关联。"

楼傲听着黎斯的话，面色稍缓，点头道："这就好。"

"不过，我还想再见见不动山庄的另外一人。"黎斯突然开口道。

"哦，是谁？"楼傲望着黎斯，有几分茫然地道。

"就是方才操琴之人，想来是楼大侠的二公子：楼天命！"黎斯微笑着，慢慢道来。

# 第三章 楼家二公子

楼傲引着黎斯三人来到不动山庄的后院深处，绕过一条纵横而过的院中小泉和一小片竹林，几人停在了一间竹舍之前，青翠的颜色笼罩了整间房子。楼傲停下脚步，突然开口道：“天舍！”

竹舍门被打开，一个人高兴地蹦了出来，似乎她总是如此开心一样。楼天舍奔到楼傲身旁，不停地绕着圈子，如同快乐的小鸟，而楼傲则展现出他少有的慈祥，展颜笑道：“天舍，去告诉你二哥，似水城的黎捕头想要见他。”天舍望一眼楼傲身后几人，点点头，又奔进了竹舍里。

吴闻在后面小声嘀咕着：“好大架子，连面都不露。”黎斯忙用眼光制止住吴闻，但楼傲怎么会听不见？他面色一凝，随即又缓和下来，道：“其实，我的二儿子天命是我所有孩子中最出色的一个，从小就是神童，什么东西什么事情他只要看一遍就完全懂了。”楼傲叹息一声，继续道：“唉，可惜造化弄人。天命他偏偏得了一种不治之症，不仅生命受到了严重威胁，而且，他永远只能生活在黑暗里，一辈子不能见到阳光，一旦见光，他就会死。”

说着，楼傲低下头去，黎斯第一次看见楼傲低下头，就算是方才生死决战之时，他都不曾也不肯低下的头，此刻却为了自己儿子的悲惨境遇而低了下去。

楼天舍再一次蹦了出来，面带喜色道：“你可以进去了。”黎斯三人就要往里走，却被楼天舍拦住了。楼天舍摇头，指着黎斯道："不是你们，是你。我二哥说，他只见想要见他的那个人。"

黎斯笑笑，对身后的吴闻和肖凝道："你们在这里等吧。"而后，黎斯又对楼傲道："楼大侠，你进去吗？"

楼傲慢慢摇头道："不用了，他不会想见我的。"楼傲说着，一人转身离开，一直陪在楼傲身后的楼天凡望了一眼竹舍那边，也转身随着楼傲一同走了。

黎斯微微一顿，随即迈步走入竹舍。人还未入，黎斯已经先嗅到了一股莫名的清幽香气，香气袅袅升起。在黎斯对面的书架之上，是一个很古典的蝶形燃香炉。竹舍中有大片的灰暗，黎斯目光微转，书架之旁，也就是靠近自己的一面墙壁之上，悬挂着一张巨大的图画，画面之上有巨大而明亮的太阳，微风吹过的小溪和树林，鲜艳盛开的花朵，几只展翅飞翔的小鸟，而在这幅画的正中有一个女子，一身白色的长裙，侧立在小溪之旁，虽然只有侧面，却已经是风华绝代的美丽。她的身形优美而婀娜，长长的衣摆和黑黑的头发被微风轻轻吹向太阳升起的方向，而女子的目光则似乎选择了相反的方向，她静静注视着图画最偏僻角落，一片看似很不和谐的阴影之处。

黎斯将自己的目光从画面之上收回，竹舍之中，一个瘦弱而淡定的声音轻轻道："黎斯？"

黎斯望向声音来处，一个身体纤细瘦弱的男孩留着长长的卷发，背对着黎斯而坐，男孩面前有一张木制的样式古典的红色丝琴，男孩将一只手停在琴上，黎斯看见男孩的手纤细而苍白似纸。黎斯望着男孩，问道："楼天命？"男孩轻轻点头，方才转过脸来。黎斯望着男孩的面目，不由心中一颤，黎斯见过许多如同女子一样娟秀的男孩容颜，但像面前楼天命这般拥有完美得不可挑剔的容颜的男孩，黎斯还是第一次见到，而楼天命的面貌竟有几分似画上女子的容颜。不过最令黎斯吃惊不已的，则是楼天命的左眼，楼天命的眼球竟是幽深的紫色，此刻楼天命用他的左眼望着黎斯，如同一颗深邃的紫色宝石一般。

楼天命望着黎斯，突然一笑，黎斯禁不住也随着笑了起来。楼天命轻轻弹拨，手下丝琴的声音如天上之水一样缓缓流淌下来，洒在黎斯面上，让黎斯有一种超脱尘世的感觉。刹那间，黎斯心中所有的疑惑和烦恼都烟消云散。楼天命轻轻拨弹，目光则始终停在对面的画面之上，嘴角上扬，他的笑一直荡漾着。黎斯顺着楼天命的目光望去，画面一角，一只遗落在大地之上的青鸟，孤独地仰望着天空渐渐离开的同伴，青鸟拍打着翅膀，却永远无法飞起。

一曲完毕。楼天命将手移开琴弦，目光也从画面之上移到了黎斯面上，道："你来找我为了什么？你想从我这里得到什么？"黎斯听着楼天命的话竟是一愣，随即摇摇头，笑道："或许方才的确有很多问题，但现在我已经忘记了。"

黎斯感觉楼天命紫色的目光似是可以洞察自己心中的一切，站起身来，道："你的确弹了一首好曲子。我也已经有许多年没听过如此令人心动的曲子了。我要走了。"

黎斯转身走到竹舍门口，身后楼天命的声音突然问道："你也看到了吧，那只青鸟。"

黎斯点点头。

"你可知道它为什么有翅膀，却始终飞不上天空吗？"黎斯身后的声音似是飘在空气中一样虚幻。黎斯突然心中一震，因为他听出方才这句问话的声音并非出自楼天命，而是一个女孩子的声音。

黎斯猛地回身，在楼天命身后灰暗的角落里竟缓缓走出一人，一个年龄与楼天命相仿的女孩站在楼天命身旁，她静静地望着黎斯，目光柔和而安静。这个女孩一直存在于这个房间内，但黎斯竟没有丝毫发觉。更令黎斯心中震动的是，这个女孩竟也似楼天命一样生着一双不同常人的瞳孔，碧幽似深邃的潭水。

女孩见黎斯发愣，不由继续问道："你还没有回答我的问题。"黎斯只是摇摇头，女孩再走一步，绕过楼天命，向黎斯走来，漠然道："因为青鸟的心不在天空，当它飞上天空的时候，就意味着它背叛了自己的心。"

"你可知道它的心在哪里吗？"女孩继续问道。黎斯茫然地望着女孩，没有说话。女孩突然笑了起来，声音似银铃般动人："我也不知道，没有人知道，或许只有画这幅画的人才懂。"女孩说着，将目光轻轻移转向楼天命脸上，而楼天命此时则已经悄悄闭上了眼睛，似是完全看不见，也完全听不见。

"你是谁？"黎斯问出了心中所想。女孩转了目光又望向黎斯，淡淡一笑，美丽而动人，道："我叫青蝶。楼少爷的丫鬟。"

黎斯重新打量青蝶，见她的确是一身丫鬟的打扮，也不便再问些什么。但不知道为什么，黎斯看着面前青蝶那一双碧绿瞳孔，总觉得其中隐藏着许多东西。

当黎斯终于走出竹舍时，等候在外面多时的吴闻和肖凝已经迫不及待地凑了上来，年少好奇的吴闻小声问道："怎么样，捕头？你在楼天命那里问到了什么？"

黎斯回望一眼身后竹舍，心中竟有了一种莫名的淡淡忧伤，笑道："我什么也没有问。"

"为什么？"吴闻见黎斯向外走去，忙着跟上去继续追问。黎斯拍着吴闻肩膀，道："对于一个一生都无法离开黑暗的孩子来说，我没有必要去问他。"吴闻听着，点点头，道："不错，也对。他见不得光，当然也不可能和杀人案有什么关系了。不过……"吴闻突然又神秘地压低声音道："捕头，你不怕这些话都是楼傲说出来骗我们的吗？如果他说的是谎话，那就有可能……"

"你才骗人呢！"吴闻突然感觉屁股上一疼，回身看时，却是楼家三小姐楼天舍气嘟嘟地站在吴闻身后，正将一只小脚从吴闻屁股上收回来，楼天舍生气地道："你这坏人，为什么总说我哥哥的坏话？你最坏了，是个大坏蛋！"

吴闻揉着自己被踢疼的屁股，想回嘴却又不能，不由一脸尴尬地站在原地。而身旁的肖凝则掩着嘴，强忍着笑望着吴闻，吴闻的脸已经有点红了，年轻人总是容易红脸。

黎斯笑道："对不起，三小姐。我回去以后一定好好收拾这个坏人，替你出气。"

"捕头，你……"吴闻似是受了莫大的委屈，但望着楼天舍一张怒气未消的小脸，吴闻还是将话又咽回了肚子里。

楼天舍这才消气地"哼"了一声，黎斯看到楼天舍手里捏着一方刺绣的手帕，不由好奇地问道："三小姐，你现在就开始学女红了？"

吴闻这时终于忍耐不住开口道："女红？我看未必。"楼天舍小脸一青，将手帕展在所有人面前，很是得意道："谁说我不会，你看，这就是我绣的。"黎斯望一眼，见绣帕上一朵鲜艳的牡丹绣得十分美丽，而绣帕之上别着的一枚暗色小针则更是精巧，小针后端竟似凤凰之尾一样散射开来。黎斯道：“三小姐，这绣花针好精致。”

楼天舍本是趾高气扬的神情突然一暗，什么话也不说，转身跑向花间小路的另一边。吴闻则在楼天舍离开后，终于释放心中郁闷，叫道：“这个小丫头，真是气人，又没礼貌。估计长大了，也没人要她！”

“好了，好了，你和一个小孩子斗什么气？”一旁的肖凝觉得吴闻越发好笑，道。

“黎捕头，黎捕头！”一个家丁急匆匆地赶来，神情慌张而惊恐。黎斯不由问道：“怎么了？”

“出、出事情了！”家丁道。

黎斯三人随着家丁来到大厅旁边的一个偏厅，厅上聚集着不少人，楼傲和楼天凡也在其中。楼傲见黎斯来了，迎一步上去，面容也是带着几分惊恐，道：“黎捕头，严鹰和孙藐，他们的尸首……”

“尸首怎么了？”黎斯迫不及待地问道。

楼傲让出位置，向自己身后一指，摇头道：“不知道为什么，他们的尸身竟在一瞬间都变成了一摊死水！”黎斯顺着楼傲指向看去，果然在偏厅中间，有一摊散发着浓烈臭味的黄色水渍。

黎斯走近，身旁的吴闻和肖凝也靠了上来，吴闻捏着鼻子道：“怎么可能会突然变成臭水？”黎斯望着黄水，突然道：“有东西！”

吴闻也看见了，黄水中间果然有暗色东西隐约漂浮，吴闻立即就要伸手去捡，却被黎斯拦住。黎斯从身旁家丁手中接过一把长剑将藏在黄水中间的东西挑了上来，却是一个灰黑色的木胶小瓶，只是此刻只残留了底座部分。黎斯将灰色木胶放在地上，方才开口道：“他们不是突然变成了尸水，而是被人在体内下了化尸散。”

“下了化尸散？莫非此刻凶手就在我们中间？”楼傲声音放大，响彻整个偏厅，目光则如电光瞬间在厅中每一个人的脸上掠过。厅中所有家丁甚至是楼天凡都被楼傲盯得低下头去，也不敢说话。

黎斯摇头道：“楼大侠，不必如此紧张。凶手应该不是此刻厅中的人。因为这化尸散是凶手事先留在死者体内的。”

“那如果是事先留的，为什么方才没有化成死水？”吴闻好奇地问道。黎斯拉住吴闻肩膀，赞许道：“问得好。”黎斯指着地上的灰色木胶道：“凶手是事先把盛有化尸散的木胶小瓶送进了死者体内，因为有木胶的阻隔，所以化尸散不会立即发作。但是随着木胶被死者胃内分泌的酸水慢慢腐蚀之后，化尸散就流了出来，从而将死者化为了一摊死水。”

吴闻听着黎斯的解释，不住地点头，道：“原来如此。”

“捕头，你看，还有东西！”肖凝突然道。黎斯转过身去看，的确在黄水之中还有另外的东西漂浮其中，不过颜色也是惨黄之色，所以不容易分辨。黎斯用手中长剑将惨黄之物慢慢挑了过来，脱离了黄色化尸水，却是两小团土黄色的杂草！黎斯仔细辨别后，不由道：“是魍魉草！”

“魍魉草？”楼傲望着黄色杂草，诧异道。

“不错，正是魍魉草。看来凶手不仅是个有计划的人，而且还是个很博学的人。在目前所发现的十万多种植物中，也只有魍魉草是不会被人体内酸液所侵蚀掉的植物！同样，也不会被化尸散所侵蚀。”黎斯用剑慢慢将团成一团的魍魉草分开。黎斯突然身体一震，身后楼傲警觉地问道：“黎捕头，发现什么了？”

黎斯慢慢让开，在杂乱的魍魉草中竟包裹着两个精致的木头人偶，一个身着红色大氅，面如重枣，鼻如鹰钩，而另一个则是眇了一目。楼傲只望一眼，已经禁不住叫了出来：“是严鹰和……孙貌！”

# 第四章 老死头

黎斯三人拜别楼傲，回到似水衙门时已经是黄昏时分。吴闻似已累得不行了，肖凝陪着他先回了卧房，而黎斯一人则径直来到衙门中最大也是最阴冷的一间石屋前，停了下来。

黎斯望着这间黑洞洞的屋子，伸手轻轻推开门，走了进去，屋外已开始吹起夜风，但屋里似乎比外面还有寒冷，黎斯禁不住打了冷战。除了冷，还有黑暗以及一股隐约的腐败味道，黎斯摇头自语道："有时我真佩服你，竟然能够生活在这样的环境里。"

"有时我也很佩服我自己！"石头大屋深处，一个苍老的声音缓缓传了过来，接着一盏油灯亮了起来。黎斯望着老死头浑浊的目光，笑道："你似乎早已经知道我要来。"

老死头转了个身，将油灯放在身旁一张石桌上，道："你也似乎早就知道我会等着你来。"

黎斯笑着走了过来，来到石屋一角，这里有一张更大的石桌，石桌上摆放着一个黑匣子，黎斯将手中的另一个黑匣子放在它的旁边，对老死头道："我又给你带来好东西了。"

老死头走过来掀起黑匣子一角，看到了里面的事物，淡淡道："看来这个凶手还真是耐不住寂寞，只隔了一天，就又下手了。”黎斯又将两个木头人偶放在石桌上，道：“还有这两个人偶。”

老死头似有点吃惊，拿捏起其中一个人偶，道：“又是在死者的肚子里找到的？”黎斯点点头。

老死头仔细辨认了一下，突然道：“这个人我似乎认识。”黎斯转眼去看，见老死头拿住的正是那个眇目人偶，黎斯急忙道：“哦，我从楼傲那里听到，他叫孙藐。其他的我还不清楚。”

“不错，我记得他是个独行大盗，但一手横练的外家掌法却真是了得。他人在哪里？”老死头将木偶放下，问道。

黎斯耸耸肩道：“已经被凶手用化尸散化掉了。”黎斯顿下道：“看来凶手变得谨慎了许多，不想给我们留下太多的线索。”

老死头望着黑匣子和人偶，淡淡道：“他已经给我们留下了很多线索。”

黎斯一愣，随即笑道：“不错，是很多线索。但我始终找不到这线索的线头在哪里。”

“也许我可以帮你点忙。”老死头转身向黑屋子的深处走去，黎斯随后跟了过来，越向里走，石屋的温度就越低，周围也出现了许多用白色草席罩住的死尸，黎斯禁不住道：“其实我一直很好奇，你在这么多死人旁边睡觉时，是什么感觉？”

老死头又是淡淡道：“如果你想知道，今天我可以把屋子让给你睡。”

黎斯苦笑摇头道：“不用了，我还是比较喜欢身旁躺着一个女人，而不是一群死人。”

老死头一直来到石屋最深处，这里有一张巨大的石床，冰冷的石温可以最大限度地保持尸体存放的时间。此刻石头床上盖着一张白色细席，老死头一把拉开白席，里面正是昨日的西域药材商人。黎斯饶有兴致地望着老死头，道：“老死头，你又发现了什么？”

尸体是赤裸的，衣物放在旁边。老死头捡起一件白色内衣，道：“你看看这内衣的衣袖。”

黎斯接过内衣，检查衣袖，竟然发现在衣袖位置有一个暗兜，上面涂有不少鲜绿的草粉，黎斯思索道："莫非这是天虫草的草粉？"

"不错。我检查过了，这草粉正是天虫草。天虫草过于昂贵，看来死者生前是把这天虫草藏在了内衣之中。"老死头点头道。

"凶手用药材商人自己所携带的天虫草毒死了他。"黎斯望着草粉慢慢道，"这说明凶手是一个很了解他的人。"

老死头插嘴道："或者是和他做过生意的人。"黎斯点头道："不错，也只有向死者买过天虫草，才能清楚了解死者把天虫草藏在什么地方。那个买过天虫草的人，很有可能就是杀死药材商人的凶手。"

老死头缓缓点头，突然又道："还有些东西给你看。"黎斯笑道："看来你从死人身上发现的线索要比我在活人身上找到的东西管用许多。"

老死头淡淡道："因为活人告诉你的有太多的虚假，而死人对我说的则都是真正的事实。"老死头说着，从药材商人头部位置的石床上抽出一个黄色的小纸包，慢慢打开，里面竟有几粒类似黑色虫蛹的小颗粒，老死头将其放在黎斯面前，道："你一定不会知道它是什么。"

黎斯摇头笑，仔细观察了一会儿，问道："这也是从死者肚子里找到的吗？"

老死头不说话，只是点点头。黎斯道："这是不是天虫草的种子？"

老死头突然笑了，黎斯好久没看见老死头笑了，看着老死头笑，自己心中竟突然冷了起来，因为这老死头的笑容看上去并不比看一具死尸舒服许多。老死头笑容神秘地道："这不是天虫草的种子，而是天虫草的幼虫！"

"什么？幼虫……"黎斯似是很吃惊，忙道："天虫草不是一种珍贵的药材植物吗，怎么会有幼虫？"

老死头淡淡道："看来你还并不是很了解它。不错，像天虫草这种几乎绝迹的神秘物种，现在真正完全了解它的人已经不多了。"老死头微微摇头，暗淡的目光竟慢慢明亮起来，他缓缓道："这天虫草之所以叫天虫草，因为它最初是以黑色幼虫的姿态出世的，这种幼虫本就难得，而它生存的环境则必须符合高、寒、潮、暗、毒的特点，所以它们能够生存下来的机会就更小了。而只要度过这段时间之后，黑色幼虫就会钻入悬崖绝壁的岩石缝隙之中，发出植物的牙苗，牙苗会充分吸收幼虫尸体内的养分，十年之后就会长出幼苗，然后过五十年开花，五十年成熟。而当天虫草成熟以后，其作为最宝贵部分的根，其药用价值会超过所有人的想象。据说，一棵天虫草的根系部分其作用抵得上一百棵百年人参的效果。不过，虽然其根系部分如此珍贵，但天虫草其他部分，比如茎、叶、花却是充满剧毒，而且至今没人可解此毒。”老死头说着，突然一顿，望着黎斯道：“你可知道它们的毒源自什么地方吗？”

黎斯望着老死头满面神秘的模样，突然道：“莫非来自它的幼虫？”

老死头满意地点头：“不错。天虫草植物形态的毒完全来自作为最初形态的黑色幼虫体内的毒素。这些毒素不会被消除，而是转移到了天虫草的茎、叶、花之中。”

黎斯听完老死头一番话，不禁重新仔细地看黄色纸包中的黑色虫蛹，道：“这个世界还真是奇妙，竟然有虫子可以变成植物。”

“这个世界当然很奇妙，人类在其中所获得的知识只是渺小的一部分。当然会有更多解不开的问题，比如这些毒蛹如果流入了人体血脉中，会有什么样的结果？”老死头始终是淡淡的口气。

黎斯忍不住问道：“对，会有什么样的后果？”

老死头淡淡地道：“凶手可能没有想到他用来毒害死者的天虫草的叶片之上还混杂着天虫草的幼虫。不过，这也可以帮助我们解开一个从未解开过的谜题。”老死头将罩着死者身体的白色细席完全揭开，席下药材商人的死尸竟从心脏开始向身体的奇经八脉散射出无数道隐隐的紫色细脉，药材商人的全身如同被一张紫色的大网所覆盖。黎斯看得心中惊叹，刹那间黎斯似是想起了什么，伸手翻开了死者已经紧闭的双目，而在黎斯手下，其药材商人的一双瞳孔竟是如同梦幻般神秘的紫色！

老死头也有些惊讶，道：“竟然连眼睛的颜色都改变了。”

“果然，果然是了。”黎斯恍然，心中似在一刹那间想到了许多：那个竹舍中面目美秀，拥有紫色瞳孔的楼天命，是否也中了天虫草幼虫的毒？如果是，又会是谁下的毒？下毒者是不动山庄里的人，还是外面的人？下毒者是楼天命身边的至亲，抑或者只是武林中痴迷于不动山庄武功秘籍的人？而如果真的是中了天虫草幼虫的毒，为什么楼天命可以不死呢？

黎斯这一瞬间的思索，最后绞成一团，什么都无法想通。黎斯不由长长吁出一口气。

老死头似是注意到了黎斯表情的变化，问道："你在想什么？"

黎斯惨笑道："我在想，如果我死的那一天，也能拥有一双紫色的瞳孔，也许会是件不错的事情。"老死头淡淡道："那你可以把这些虫蛹留着，等着快要死的时候吃下去。"

黎斯大笑，道："果然是个好办法。但我还有个问题。"

"哦，什么？"老死头问道。

"那些天虫草的幼虫为什么喜欢阴冷潮湿而又黑暗的地方？它们如果见了阳光会变成什么样子？"黎斯道。

老死头沉默半天，道："这个我也不知道，或许没人会知道。"

黎斯突然对老死头笑道："也许我有办法知道。"黎斯突然抱起了药材商人的尸体向石屋门口跑去，老死头被黎斯的举动吓了一跳，想阻止却又停了下来，嘴角突然又露出了一个神秘的微笑，淡淡道："看来我是老了。"

黎斯冲出了石屋，外面昏黄的日光已达最后时刻，太阳就要西沉落入远山之下，而在最后的日光里，黎斯将药材商人的尸体高高举起，阳光洒在死者面上，竟慢慢发生了令人惊异的变化。

如同得了某种严重的恶疮一般，死者身体竟慢慢开始溃烂，随着日光照耀全身，这种溃烂也不断扩大，黎斯将体无完肤的尸体抛在地上，目光随着远处天空的太阳一同缓缓坠入山下，口中喃喃道："青鸟为什么不能飞向天空呢？"

黎斯微笑道："因为对于这只拥有紫色瞳仁的青鸟来说，飞翔意味着死亡！"

黎斯晚上睡觉时做了一个梦，梦见自己变成了一只紫眸的鸟，展开翅膀翱翔在天空，只是天空中没有太阳，一片黑暗。

"捕头！捕头！"耳边突然传来了吴闻的叫声，黎斯眼还未睁开，已经笑了，道："你这小子，有一天或许我真会让老死头给你嘴里塞一块死人肉！"

黎斯睁开眼，却发现自己竟睡在老死头的大石屋里，周围一片冷丝丝的阴风，黎斯不禁打了个冷战，忙起声去寻找老死头，却没找到，黎斯问道："老死头呢？"

“哦……”吴闻上下盯着黎斯，就像在看一个怪物，道，“老死头昨天晚上跑去我们那里睡了，他说你占了他的床，他没地方睡。可是，捕头，你怎么会想在这死人屋子里睡觉，还要抢老死头的床？”

黎斯摸摸脑袋，喃喃道：“可能我昨天真是累了，本想躺下休息一会儿，谁知竟真睡着了。这个老死头，看来他是成心想让我尝尝与死人同眠的感觉！”黎斯摇头笑笑。一旁的吴闻向里面眺望十数具死尸，好奇地问道：“捕头，那究竟是什么感觉，晚上会不会有奇怪的声音？有没有人的呼吸声或者是细微的脚步声？”

黎斯坏笑一下，道：“你想知道吗？”

吴闻忙点头，黎斯故作神秘道：“那今天晚上你来这里睡一晚，就什么都知道了。”吴闻听完，面色立变，忙向石屋外奔去，边跑边喊：“我可没这兴致！”

吴闻身后，黎斯大笑。谁知吴闻跑出一半就又跑了回来，道：“对了，捕头，这个忘了给你。”吴闻说着，从怀里取出一张鲜红的请柬，黎斯道：“这是什么？”

吴闻笑道：“这是一大早不动山庄的人送来的。上面说，今天是楼傲六十岁的寿辰。他们在不动山庄大摆寿宴，邀请我们去。”

黎斯望着请柬，沉默了一会儿，道：“昨天他们山庄刚刚死了两个人，今天就要大摆寿宴庆祝，的确有点意思。”吴闻点头道：“或许他们没了严鹰和孙藐这两个大对头，心里高兴。”

吴闻迟疑了一下，道：“捕头，那我们去不去？”

黎斯淡淡笑道：“去，当然去。有免费的酒喝，我们为什么不去！”

# 第五章 寿宴

楼傲的寿宴是晚上才置办的，黎斯、吴闻、肖凝三人来到不动山庄时，天色已晚，而山庄已经足够热闹，红漆铁门上不仅挂上了红红的灯笼，也挂上了鲜艳的红丝红带，显得很是喜庆。楼家三小姐楼天舍在大门外蹦蹦跳跳地指使着家丁忙这忙那，望见黎斯三人来，天舍狠狠盯着黎斯身后已经开始躲藏的吴闻，吴闻小声嘟囔着："怎么一来就碰见这霉星！"一旁的肖凝几乎要笑出声来。

楼天舍一步蹦了出来，道："你们怎么来了？今天这里没死人。"

黎斯尴尬地笑道："三小姐，我们不是来办案的。令尊邀请我们来参加他的寿宴。"

"邀请，我怎么都不知道？"楼天舍歪着脑袋，喃喃问道。吴闻忍不住道："难道我们还会来这儿骗吃骗喝不成？"

楼天舍哼了一声，道："别人可能不会，你这坏小子就会！"

"什么坏小子，我可比你大不少，怎么这么没礼貌。"吴闻终于露出半个身子来和楼天舍理论。楼天舍也似乎来了小姐脾气，迎着吴闻道："就没礼貌，就没礼貌，你能把我怎么样？坏小子，坏小子，我叫你一百遍坏小子！"

"天舍！"楼傲高大的身影突然出现，叫住了楼天舍，楼天舍果然不再说了，却还是躲在楼傲身后不停地向吴闻做鬼脸。吴闻简直气得鼻子都歪了。

楼傲望着黎斯道："黎捕头，不好意思，天舍这孩子从小被我惯坏了。"黎斯摇头道："不会，三小姐很可爱。"

楼傲点头，引着几人来到不动山庄大厅。黎斯看见厅前的场院也被清理了出来，显得很是气派干净。楼傲瞥见黎斯的目光，笑道："天凡说我这些天苍老了许多，所以从番泊城请来最出名的杂技班子来给我消遣。这才清理了场院！"

黎斯点头，随着楼傲进了大厅，大厅中已经摆满了一大桌酒席，足占了大厅的一半地方，旁边的小厅和偏厅也摆了几桌酒席，但都小了许多，想来那应该是给家丁们准备的。

楼傲、黎斯先后落座，寒暄几句之后，黎斯端起一杯酒敬向楼傲道："黎斯这杯酒敬楼大侠，愿楼大侠年如松，岁如柏，年年岁岁松柏常青！"黎斯道完，身旁的吴闻和肖凝也忙着端起酒杯，起身向楼傲敬酒，楼傲笑着点头，喜道："黎捕头，你说得真好！这酒我喝了！"楼傲大笑着，一口将杯中酒饮尽。

黎斯刚放下酒杯，一直不曾露面的楼天凡从后面走出，望见黎斯等人先是一愣，随后径直走向楼傲身旁，低身在楼傲耳旁说了几句。楼傲方才本是红润的面孔在听完楼天凡的话后难看了许多，他突然长长叹息一声，目光望着楼天凡来时的方向。

黎斯有些好奇也随着看去，只见一个纤细身影出现在黎斯的视线中，她长着一双碧绿的瞳孔，正是楼天命房中的丫鬟青蝶，青蝶面静如水，目光温柔，却似任何人的身影都未荡漾其中。青蝶走到楼傲身旁，款款下拜行了一礼，随后端起旁边一杯酒敬向楼傲。楼傲面色缓和了一点，道："天命还是不肯出来见我？"

青蝶道："二少爷说身体不适，想早些休息。二少爷嘱咐青蝶，要敬老爷一杯酒！"

一旁的楼天凡突然插嘴道："爹就是为了他才把寿宴安排在晚上，他怎么能连面都不露，真是太气人了，简直……"楼天凡的话还未说完，楼傲突然喝道："你住嘴，这里还没你说话的份！"楼天凡双眼怒睁，望着青蝶，不敢再说一句。

青蝶依旧面无表情地道："老爷，您喝不喝这杯酒？"楼傲凝望青蝶一眼，突然大笑起来，声音中带着几分无奈，道："喝，当然要喝！我最聪明的儿子要敬我酒，我为什么不喝！"楼傲说着，接过青蝶手中的酒一饮而尽，而后将酒杯重重砸在桌子上，小小一盏酒杯竟生生将最坚实的红木桌压下一个深窝。而青蝶似是什么都看不见，又从桌上端起另一杯酒，微一转身，竟送到了黎斯面前，道："这杯酒是二少爷敬黎捕头的。"

黎斯显然有些意外，问道："敬我？为什么？"青蝶本是平淡的面上突然泛上一抹笑意，道："天命少爷说，黎捕头是他这八年来除了青蝶外，他觉得最亲近的人。所以敬你！"

青蝶话说完，一旁的楼傲突然起身，一言不发地向厅后走去。楼天凡本想跟着出去，但迟疑了下又转回了身，黎斯望着青蝶如碧绿深潭一样似是可以洞彻一切的目光，微微笑道："好，我喝！"

楼傲一路向后院走来，转过花园和小泉，停在了楼天命的竹舍前，想着面前咫尺距离内自己八年来从未见过一面的儿子，不由叹息摇头。

"楼大侠！"楼傲身后，一人跟了上来，楼傲慢转回头，见来人正是黎斯。黎斯来到楼傲身旁，也望着竹舍道："我不是很清楚楼大侠和二公子之间究竟发生了什么事情，才导致如此隔阂。但如果楼大侠不想办法将这隔阂打破，那它会一直变大、变深，最终在你们父子之间形成不可逾越的鸿沟！"

楼傲长长叹息一声，道："我也想挽回我和天命之间的感情。不过，有些事情一旦做错了，就会错一辈子，永远不可能再弥补。"

黎斯微顿一下，道："那会是什么样的错误，竟然无可弥补？不知道楼大侠愿不愿意说给黎斯听？"

楼傲望着黎斯，道："黎捕头似乎对什么都很好奇。"黎斯也笑道："这已经成了我的习惯。"

楼傲点头道："其实也没什么不可以说的。"楼傲望着竹舍，缓缓道："天命之所以始终不肯原谅我，其实是因为天命的娘。"

黎斯听着楼傲的话，突然想起了竹舍之中墙画上的女子，道："天命的娘？"

楼傲点点头，眼神变幻，似是在回忆过往，继续道："天命的娘，名叫子晴。她是一个很好的女人，当初她嫁给我时，正是我刚刚接管不动山庄后不久，那时总会有一些江湖门派想来不动山庄里滋事，窥探着根本不存在的武功秘籍。而那时的我十分懦弱，心中的担忧很多，这种状态到了后来几乎把我折磨得快要疯掉。幸好子晴一直陪着我，不停鼓励我，才让我度过了我生命中最晦涩的时光。我很感激她，也更加爱她，我对她发过誓：这一辈子就只爱她一个女人！可是后来……”楼傲顿一下，面色难过地道：“可是后来我又遇到了天舍的娘，她也是一个奇女子，一个最美艳的江湖女侠。我无可抑制地爱上了她。而同时，我也背叛了我对子晴的誓言，也是因为这件事，子晴一怒之下冲出了不动山庄。当时我本该立即去追她的，可是我没有，而这也成了我这一辈子做得最错的一个决定。”

“后来发生了什么事情？”黎斯问道。

“子晴遇到了山匪。”楼傲面色苍白地道，“当我找到子晴的时候，她正被一群山匪逼到了一个悬崖边上，然后，她就那么……那么，没有丝毫犹豫地跳下了悬崖，在我的面前跳下了悬崖！”

楼傲目光中满是痛苦难过的神情，道：“一直到今天，我还记得子晴跳落悬崖前望向我的目光，那里面没有伤心，也没有难过，有的只是一种心死的绝望！”

楼傲呼出一口气，道：“天命知道子晴的死讯后，就再也没有见我一面。一直到今天，已经整整八年了。”

黎斯听楼傲说完，心中只觉得被什么东西堵住了，很难受。许久，黎斯才道：“那天舍的娘呢？”

楼傲摇摇头，道：“子晴死后，我变得很消沉。而天舍的娘也是个十分敏感的女子，她认为是她逼死了子晴，又害我如此消沉。于是，她留了一封诀别信，就离开了我，再也没有回来。”

楼傲望着黎斯，突然笑道：“我的一个错误决定，毁掉了两个女人，也让两个孩子失去了他们的娘，这岂非已经是不能再坏的事情了。天命一直不肯原谅我，而天舍，虽然我经常看到她笑，但我也清楚，她心里一定很想念她娘。”

黎斯本想说些什么来安慰一下楼傲，可张开嘴，却又觉得自己无话可说。

# 第六章 楼傲之死

“捕头、楼大侠，你们在这里啊，让我好找！”黎斯身后传来了吴闻的声音，黎斯转身，果然看见吴闻，吴闻此刻脸上表情似也不怎么好看，黎斯微低头，又看见了吴闻身旁的小姑娘，楼天舍！

楼天舍笑道：“看，我就说他们一定在这里！”吴闻点头笑道：“是，是，你厉害！”

黎斯笑笑，楼天舍扑到楼傲身旁，拉住楼傲衣服，道：“爹，走了。大哥找的杂技班就要开始表演了，要是你不在，我就看不上了。”

楼傲望着依偎着自己的小女儿，点头笑道：“好，爹这就去。”楼傲说着，向黎斯点了一下头，就随着楼天舍向前面走去。吴闻则绕到黎斯身旁，好奇地问道：“捕头，你们两个出来这么久，究竟说了些什么东西？”

黎斯捏住吴闻肩膀，笑道：“楼大侠说……”吴闻仔细听着，道：“楼大侠说什么？”

黎斯在吴闻耳边小声道：“他说，想把三小姐送给你。”

“啊，什么？”吴闻几乎要原地蹦了起来，望着一脸坏笑的黎斯走远，吴闻忙着跟了上去。

黎斯、吴闻回到大厅时，楼傲已经端坐在上席了，令黎斯有些吃惊的是，丫鬟青蝶竟也坐在席中。

肖凝望着黎斯回来，起身道："捕头，发生什么事情了吗？"黎斯笑着摇摇头，道："没有。只是在山庄里散步。"黎斯说完，也坐了下来。

楼天凡从一旁的偏厅里走出，来到楼傲身旁，道："爹，杂技班已经准备好了。今天有他们最拿手的节目，'追星赶月'，您要不要看？"

楼傲点点头。不多时，大厅前面的场院里聚集了一班穿着怪异滑稽的杂技班员。班主在对楼傲说过几句喜庆话之后，就开始表演节目了。楼天舍似是很高兴，不停地拍着手。而杂技班的表演也的确很精彩，令人眼花缭乱，心情也不自觉地轻松愉快了许多。

而杂技班的压轴节目，正是"追星赶月"！所谓"追星赶月"，实际就是在场中立一标靶，长弓先射出一箭，随后紧跟再射出一箭，后射出的箭会在途中超过先射出的箭，刺入靶心。这就是"追星赶月"了。而这个杂技班的"追星赶月"似是更有新意，因为长弓射箭之红袍人乃是用黑布蒙住面的。

大厅中的楼天舍不知为什么竟有几分失望，突然对身旁青蝶道："这个不好看，一点都没有青蝶姐姐来得精彩。"

青蝶听着，面上竟浮现淡淡笑意。一旁的黎斯插嘴问道："三小姐，青蝶会表演杂技节目吗？"

楼天舍瞥一眼黎斯道："当然了。而且最、最、最精彩了！"

"哦，这我倒好奇了。"黎斯笑问道："她表演的是什么节目？"

楼天舍也似来了兴致，道："那是三年前，爹爹为了庆祝二哥的悬弧之辰，特意从外面请来一个很厉害的杂技班。青蝶姐姐就在杂技班里，她也是压轴出来的，肩膀上停着一只青鸟，青蝶姐姐只要一伸手，她肩膀上的青鸟就会像人一样笑，还会学打呼噜的声音，可有意思了。"

黎斯的目光转到了青蝶的脸上，继续问道："哦，是吗？那青蝶为什么后来不在杂技班里，却留在了不动山庄？"

楼天舍还没有回答，一直沉默的青蝶却突然开口道："是二少爷花钱把我买了下来，黎捕头，你对我还有什么好奇的吗？"青蝶目光微转，凝望着黎斯。黎斯似是不愿与她目光对望，笑了一下道："没了。"

而此时，厅前场院中，“追星赶月”已经准备好了。一个红色大袍的男子面上围着厚厚黑布，拉弓甩肩，低呼一声：“飞！”一箭已应声离弦。随即男子迅速射出第二箭，同时低呼一声：“追！”

厅中几人但见第二箭似流星穿月一样飞纵过第一箭身旁，而后直直刺透标靶。

吴闻当先拍掌叫好，叫道：“好箭法！”黎斯点点头，也鼓掌称好。

众人以为“追星赶月”已经结束了，但场院中红袍男子竟又是三箭在弓。“嗖，嗖，嗖！”只听得三次破风声起，三箭已经飞射向标靶。吴闻已经激动地从座位上站了起来，道：“他要一箭赶三箭了！”厅中其他人听了吴闻的话后，也都转了目光去看飞出的三箭，而就在这一刹那，红袍人竟突然射出一箭，箭的速度远远超过前面的三次，而箭去的方向也不再是场中标靶，而是射向了大厅之中的楼傲。

楼傲还未做出反应，他身前的楼天凡眼见楼傲有危险，已经合身扑了上来，想要以身体挡住飞箭，但箭速太快，楼天凡横飞出去之后，仅仅是右手探到了箭尾，却依然没有拦下它。

噗的一声，锋利的箭刃已经刺入楼傲胸前。楼傲望着胸前犹自晃动的箭身，伸手将身前的桌子掀翻，而楼傲面上则是不敢相信的惊讶之情，随后竟是大笑起来，目光在身前所有人的面上转过，黎斯，吴闻，肖凝，楼天凡，楼天命，青蝶。黎斯被突然发生的一幕震惊了，楼傲整个身体靠在黎斯怀里，嘴在黎斯耳边轻轻道：“我说过……有的事情做错了……就是一辈子……这是我的报应，我的报应。”

楼傲声音慢慢变弱，最后完全消失。黎斯探过楼傲鼻息，向着其他人微微摇头。楼天凡似是很激动，怒喝一声：“我要杀了你！为我爹报仇！”楼天凡扑向场院中的红袍人，而红袍人在射出最后一箭后一直是动也不动地立在原处，此刻突然咚的一声，倒在了地上。

楼天凡赶上去，一把扯下红袍人的黑色眼布，场中的杂技班班主望了一眼，不由大叫道：“不，他不是我们班的人。我们不认识他，根本不认识他。”

楼天凡丧父的痛恨无处发泄，他上前一把扯住班主的衣襟，狠狠道：“一定是你们串通好了，想要害死我爹，然后来抢不动山庄的秘籍，对不对？”

杂技班主似是被吓坏了，只是一个劲地摇头，说不出话来。而杂技班其他人则缩成一团，没一个敢吭声的。楼天凡目光中的怒火越来越盛，喝道："我要杀了你们全部的人，来给我爹报仇！"

"就算你杀光了他们，也没有任何用处。"黎斯突然喝住，一字一字地道，"因为杀死楼大侠的根本不是他们，而正是你，楼天凡。"

黎斯此话一出，所有人都不由得诧异地望向楼天凡。而楼天凡本是怒极的一张面孔竟有一丝惊慌，但随即大笑道："黎捕头，你在胡说什么？我爹被这杂技班的人射死，所有人都看见了。你怎么能在这里平口白话地诬赖我？"

黎斯目光似是两道利刃直直望着楼天凡，道："有些事情即使是自己亲眼见到的，也不一定是真的。"黎斯说着，突然将楼傲胸膛敞开，刺杀之箭此刻依旧刺在楼傲身体内，而奇怪的是在箭伤附近竟还有大片紫红色的伤痕，而且这紫红伤痕并不像是外伤，却似是在楼傲体内显现出的颜色。黎斯指着楼傲胸前的紫红色伤痕，道："普通的利箭最多只是令楼大侠受伤而已，但不足以夺走他的性命。因为箭射入楼大侠体内后，会遇到保护心脉的内力阻止，所以不至于失去性命。而楼大侠致死的真正原因，则是隐藏在这利箭之后的一股内劲。而这片紫红色的伤痕，就是两股内力相撞后，令心脏附近的血脉完全震裂而形成的！"黎斯说到这里，突然一顿，走下大厅，来到红袍人身旁，漠然道："他虽然拥有不凡的射术，但本身却并没有内力，所以，那股致命的内力并不是来自他。而在从利箭飞入楼大侠胸膛这个过程中，所接触过箭身的就只剩下大公子了。虽然方才看上去，你是置自己安危于不顾，想要救你爹一命，但其实真正想害死他的人是你。我说得对不对，大公子？"

楼天凡听黎斯说完所有，突然也笑了起来，他笑得疯狂，望着黎斯和厅中所有人，道："黎捕头，你是我见过的最聪明的捕头了。不错，是我杀了他，是我杀了我爹！你说得很对，一点都没错。"

"大哥，你为什么要杀死爹？"厅中的楼天舍像个泪人似的趴在楼傲身旁，哭着问道。

"为什么？哼！天舍，这许多年来我过着什么样的生活，应该没有人比你更了解了吧。"楼天凡望着自己的妹妹，道，"我这二十多年来，像是一只狗残喘地生活在不动山庄。只要爹稍微说一句话，甚至只是瞪一下眼，我就不敢再动一下，连气都不喘。这是什么样的生活，这根本不是人的生活。”

楼天凡又望向黎斯，道：“黎捕头，你也许很好奇。就在昨天，我爹还为洗脱我杀人嫌疑的事情而苦苦哀求你，如果你这样想，你就错了，大错特错了！”楼天凡将自己的衣袖子翻了上来，黎斯看到了楼天凡袖下一个殷红色的伤口，伤口入骨，触目惊心。黎斯禁不住问道：“这是……”

楼天凡轻轻触摸着自己手腕上的伤口，道：“这就是昨天你离开后，我爹留在我身上的教训。”楼天凡悲伤地道：“他废了我的一只手，只是因为我让他在你面前出了丑。他从来没有关心过我，他所关心和在乎的，只是这个禁锢了一代又一代楼家人生命和灵魂的不动山庄。这就是我爹，这就是你们口中的楼大侠。我没有别的办法，如果他不死，我早晚也会死在他的手里！”

楼天凡突然顿了一下，眼泪流淌，道：“其实，我也不想杀死他。但我是一个人，我不是一只畜生，我也是他的儿子，我是他堂堂的大儿子。我也需要他的爱，我也需要他的关心。他哪怕只要拿出对天舍和天命的十分之一，不，百分之一的好来对待我。我也不会去害他，更不会杀他。”

黎斯望着楼天凡，慢慢道：“也许，你爹对天舍和天命好，是因为亏欠了他们太多。”

楼天凡抬起头，望向厅中的楼傲尸体，疯狂冷笑道：“如果说是亏欠，那么他所亏欠的绝对不是一两个人，是不动山庄的每一个人！每一个人！”

楼天舍泪流满面地望着大哥，喃喃道：“大哥，我知道爹对你不好。我明白你心里难过，也很痛苦，但我始终没能帮助你……”

“不怪你，天舍。你又何尝心里好受过。实话说，在这不动山庄里真正快乐过的究竟有谁？没有，一个也没有！每个人都在受折磨，每个人的灵魂都在受煎熬，而每个人都逃不出去。不是吗？”楼天凡再一次笑了，只是这次他的笑容里没有了疯狂，也没有了痛苦，有的是一种解脱后的淡然。

黎斯望着楼天凡，突然想起了那个楼天凡的木偶小人，小人上的笑容与此刻楼天凡面上的笑容竟是如此相似。难道，那个凶手也可以体会楼天凡内心的痛苦吗？抑或者，那个凶手根本就是楼天凡本人，所以才可以将自己的笑容那么真实地反映在木偶上。

黎斯心中一时间又冒出许多疑问，刚想开口询问，此时却从大厅后隐隐传来一阵丝琴之声，琴声婉转动人，细细听下，内心竟有种莫名的隐隐作痛的感觉。黎斯不禁被琴声所陶醉，沉迷其中。

楼天凡望着远处，喃喃道："好美的琴曲。这是为我所弹的琴曲，或许在这阴霾的山庄里真正可以懂我的人只有你了。但我已经有了我的归处，而你呢？"楼天凡嘴角轻扬，手间突然一亮，现出一把匕首。黎斯再想阻止已经晚了，匕首在楼天凡脖颈间割出一道很深的伤口，鲜血似泉水一样汩汩冒出，楼天凡倒了下去。

黎斯望着已经死去的楼天凡，他竟带着一抹安详的微笑，这是黎斯看到楼天凡后，他最安静，也最美丽的笑容。

# 第七章 疑点

似水城的似水平静总是容易让人忘却一些发生过的事情。

黎斯已经趴在桌子边上好久了，吴闻也看了黎斯好久了，终于忍耐不住问道：“捕头，我还是不懂，既然楼天凡已经承认人是他杀的，而且他也自杀了。你为什么还要将箭带回来交给老死头重新检查呢？”

黎斯歪着脑袋笑道：“我也不知道。是感觉或者是别的什么，我总觉得楼傲的死并不是我们所看到的那样简单。”

吴闻显然完全不懂黎斯在说些什么，晃着头道：“不是我们看到的那样简单？怎么，难道其中还有鬼不成？”

“你说对了，有鬼！”吴闻身后突然响起冷沉沉的话声，吴闻被吓了一跳，转身看，是老死头。吴闻抹了额头一把汗，抱怨道：“老死头，你怎么每次露面都像鬼一样不着踪迹？”

“也许你看见的老死头就是一个鬼。”黎斯在一旁笑道，目光则盯着老死头的眼睛。

老死头淡淡道：“我就算是鬼，也不会害人。但有的鬼就可能会去害人了。”

黎斯目光灼灼地问道：“怎么样，有什么发现？”

老死头慢慢从自己宽大的衣袖里取出黎斯带回来的射杀楼傲的利箭，从上面小心地抽出一根细丝道："我发现了这个。"

"哦，这是什么？"黎斯接过老死头递过来的白色细丝仔细看了几遍，却不得要领，不由问道。

老死头望着细丝，道："这不是一般的丝，是昆仑山上的白蚕丝，也就是武林中奉为宝物的天蚕丝！"

"天蚕丝？"吴闻听得纳闷，道，"箭上怎么可能会有天蚕丝呢？"

"如果不是箭上的呢？"黎斯的目光越发明亮起来，继续道，"如果天蚕丝是在楼傲身上的，那这件事情就有意思了。"

"哦，什么意思？"吴闻更是听不懂了，摸着脑门想着，突然叫道，"是天蚕丝做的天蚕衣！难道楼傲死时是穿着天蚕衣的？"

老死头点头道："应该不错。看来楼傲早就知道自己生命有危险，事先就准备了这一手。可没想到这一手也保不了他的命。"

"可、可也不对啊，天蚕衣是刀枪不入的，那射杀楼傲的利箭又是如何刺穿天蚕衣而杀死楼傲的呢？"吴闻摇着头道。

黎斯突然开口道："如果利箭不可以，就一定有别的东西先于利箭之前刺穿了天蚕衣。"黎斯微一顿道："这也就说明楼傲可能不是死于楼天凡之手，而是死在这个刺穿了天蚕衣的神秘人手中。"

老死头淡淡道："看来我有必要和楼傲见一面了。"

# 第八章 幕后之凶

不动山庄。

楼天舍紧紧依偎在楼天命的身边，望着外面漆黑的夜，害怕道："二哥，我不敢一个人睡。你说爹和大哥的鬼魂会不会在我睡觉的时候来找我？"

楼天命望着竹舍外浓深的夜色，摸着楼天舍的脑袋，道："不会的。即便真的有鬼魂，爹和大哥也不会来吓你的，他们会保护你的。"

"真的？"楼天舍抱着二哥的臂膀，开始昏昏欲睡，半睡半醒间还在喃喃着道，"我……其实想见……他们……"楼天命望着睡梦中的妹妹，紫色眸子竟开始闪烁起来。

不知过了多久，睡梦中的楼天舍流下了泪水，泪水顺着楼天命的臂膀一直流到手上，楼天命轻轻擦拭着泪水，突然间全身竟像是僵住了一样，动不了了。

而方才还在睡梦中的楼天舍慢慢睁开了眼睛，道："二哥，对不起了。"

楼天命望着自己的妹妹，淡淡道："为什么？"

楼天舍慢慢抚摩楼天命的脸颊，最后停在紫色眸子上，道："因为你太聪明了。这个世界上没有任何一件事情可以瞒得过你，我只能杀了你，才可以保护我自己。"

"你做了什么？"楼天命轻轻问道。

"你怎么会不知道？"楼天舍露出一个撒娇的笑容，摇头道，"你知道的，你什么都知道。你从很小的时候就是一个神童，爹说，你不是一个普通的孩子。你可以看穿所有人内心在想什么，对吗，二哥？”

楼天舍突又笑问道：“二哥，不如你猜猜，你现在为什么会动不了？”

楼天命目光从楼天舍脸上移开，落在自己手上，道：“是你的泪。”

楼天舍又笑了，笑得像春天的花一样娇艳，道：“二哥，真的什么也瞒不了你。不错，我早在我的眼中下了‘烟木粉’，你一旦沾染了，就会全身无力而且动不了。”

“你早就想好了要杀我。”楼天命的紫色眸子似水晶一样闪烁，道。

楼天舍缓缓点头，道：“二哥，你已经是我在这个世界上唯一的亲人了。只是有些秘密永远只能一个人知道，所以你必须要死。不过我不会令你死得难过、难看的。”楼天舍说着，从自己怀里取出一个绿色的小瓶，轻轻道：“这是曼陀罗花的花汁，它会令你忘却一切痛苦。而这些花汁一旦遇到了渗入到你体内的‘烟木粉’，就会变成致命的毒药。二哥，你不需要担心什么，你会在毫无痛苦的奇妙幻觉里离开的。”

楼天舍将绿色小瓶慢慢移向楼天命的嘴边，楼天命目光里倒映着自己妹妹的影子，他突然开口道：“天舍，对不起。”话落，楼天舍身后突然现出一人，拿住了楼天舍的双手。楼天舍惊恐地回头去看，却是一身青衣捕服的黎斯。

黎斯目光灼灼，对楼天舍道：“三小姐，久违了，黎某在此恭候多时了！”

楼天舍惨然一笑，回转目光望着楼天命紫色的眼眸，道：“你安排的吗？你早知道我要来杀你？”

楼天命还未开口，黎斯却已经先道：“三小姐，是你自己疏忽大意留下了线索，怪不得任何人。”

“哦，我留下了什么线索？”楼天舍被迫站了起来，一双手还是紧紧被握在黎斯手掌里。

黎斯笑道：“你忘记了这个！”黎斯说着，用一只手牢牢扣住楼天舍，另一只手从自己怀里取出一个黄色纸包，慢慢打开。纸包里有一小段暗色的铁片，黎斯将它送到楼天舍的眼前，问道：“三小姐，还记得这是什么吗？”

楼天舍面色一变，不再说话。黎斯则道：“如果你不记得了，我可以告诉你。这是你前日里，绣花时所用的铁针尾片！而且，这一小段的铁片已经被证实是出自玄铁。无坚不摧，世上最锋利的武器——玄铁！还有，它是从楼大侠碎裂的心脉里找到的。三小姐，你记起来了吗？”

楼天舍的面色慢慢平静下来，笑道：“看来的确是我大意了。”

“事实上，在你大哥楼天凡下手杀害你爹楼傲之前，你就已经先他一步下手了。当时，我们的注意力都在场院中红袍人的身上，而你则在任何人都不知道的情况下，利用玄铁针刺穿了你爹身上的天蚕衣，也正因为天蚕衣已破，才令后来你大哥的利箭得以刺入你爹的胸膛里。而在你大哥招认一切的时候，你又悄悄地将刺入你爹胸膛里的毒针收了回来，这样你就可以完全消灭一切证据，做到杀人于无形，而让楼天凡承担了一切后果。但百密一疏，由于心脉附近两股内力碰撞，令你的玄铁针折断了一小片，而就是这一小片针尾，揭示了你所做的一切。”黎斯盯着楼天舍，顿一下问道：“不过，我还有一个问题始终不明白。”

楼天舍淡淡笑着，道：“我还以为你什么都知道了，竟还有不知道的事情？”

黎斯将玄铁针尾悄悄翻转了过来，在其背面竟有一抹淡绿色痕迹，只是时间似已久远，绿色痕迹已牢牢印在了针片上。黎斯指着绿色痕迹，道：“你爹并不是死在你大哥的利箭之下，而是死在你的毒针之下！我想知道，你是从什么地方得到的天虫草？”

“死在毒针下？这么说，就是我杀了他？”楼天舍听完黎斯的话，竟带着几分激动和欣喜，“没想到大哥煞费苦心安排了一切，竟被我捡到了便宜。”

“他是你们的爹！你们真是如此想让他死吗？”黎斯怒喝道。

“爹？”楼天舍突然笑道，“你想不想知道我为什么要杀了他？”

黎斯先是一愣，楼天舍则趁着黎斯发愣的刹那，突然从口中喷出一口绿雾，绿雾扑向黎斯，黎斯身不由已地向后退去，但同时也放开了紧扣住楼天舍身体的手。楼天舍从黎斯身旁擦过，向外奔去，黎斯毫不迟疑地追了出去。

一时间，竹舍中只剩下了楼天命一个人。而方才还是石头般僵硬的楼天命突然站了起来，向着竹舍门口道：“你早就知道了这结果，对不对？”

“就算我知道了所有的事情，也还是不能阻止，我为什么还要知道？”竹舍门口，一身淡装的青蝶迈步走了进来，道。

楼天命走向门口，似也要追着楼天舍而去，一旁的青蝶则开口道："没用的，你是知道的。"

楼天命停住了脚步，紫色眸子凝望着门外夜色，喃喃道："我现在已经失去了一切，不是吗？"

青蝶来到楼天命面前，凝视着他紫色的眼眸，淡淡道："有的时候，想要得到，就必须先要失去。"

黎斯跟着楼天舍在不动山庄后院转了几个圈子，然后楼天舍在山庄最深处的一间破烂屋子前停了下来，而后一闪身进入了屋子。

黎斯微一顿，将佩带的长刀拿捏在手里，一矮身，也进了破屋。

破屋里燃着一盏昏暗油灯，黎斯观察破屋，整间屋子里只有一张几乎塌掉的大床。此刻，楼天舍侧卧在床上，背对着黎斯，吃吃笑了起来，黎斯听得奇怪，问道："三小姐，你怎么了？"

"我怎么了？你不是想知道我为什么要杀死他吗？"楼天舍不停地吃吃笑着，道，"这就是原因！"

楼天舍将身子让过，在大床里面竟横卧着一副人的骸骨，骸骨全身呈现出令人吃惊的淡绿色。黎斯被眼前的一幕吓了一跳，搞不明白楼天舍话里的意思，不由问道："你说的原因是这个，可它是谁？"

楼天舍将自己的脸贴在骸骨的面骨上，目中流出泪水，喃喃道："她……是我娘。"

"什么！"黎斯诧异地微退一步，道，"她是你娘？你娘不是离开了吗？"

"哼！"楼天舍微微起身，目光中充满了怨恨，摇头道，"一定是我爹告诉你的吧。他杀了我娘，竟还有脸说出这样的谎话！"

"楼傲杀了你娘？"黎斯想起楼傲曾经对自己所说的，不由内心一阵错乱，道，"可……他为什么要杀你娘呢？"

楼天舍笑得凄惨，道："就是因为你现在所站的这个地方。"

黎斯愣了一下，随即脱口道："你是说不动山庄？"

楼天舍重新躺在了尸骸旁边，伸出双手紧紧地搂住它，对黎斯喃喃笑道："黎捕头，你知不知道我为什么要用玄铁针杀死我爹？"

黎斯摇摇头。楼天舍凝望着尸骸，缓缓道："因为七年前，爹就是用那枚玄铁针毒死了我娘，我什么都看见了。爹把娘的尸首埋在了后山，而我又把娘的尸首挖了出来，一直藏在这里。整整七年了，当我寂寞的时候，我就会来找娘陪我。我恨爹，他竟如此狠心地杀死了他曾经爱过的人。所以，我要报仇，我杀了他，用他七年前杀死我娘的毒针。"楼天舍说到这里，笑容迷幻道："黎捕头，你猜现在那枚毒针在什么地方？"

黎斯望着楼天舍的眼睛，心里竟有一丝不安，问道："它在哪里？"

"在这里！"楼天舍微微侧身，一枚暗色的铁针正瞬间刺入楼天舍的胸口。黎斯赶上去，扶住楼天舍肩膀，道："你……你这又是何苦？"

楼天舍目光瞬间开始涣散，喃喃着说："爹、娘、我，都死在这毒针之下……这就是所谓的……宿命吗？"楼天舍语声慢慢虚弱下去，终于再没了声息。

黎斯抱着楼天舍回到了竹舍，竹舍之中，楼天命正自轻弹着一首韵律舒缓的琴曲。黎斯走到楼天命身旁，道："对不起，我没能救得了她。"

楼天命望着黎斯，将妹妹接了过去抱在自己怀里，一只手还在琴上轻弹，喃喃道："天舍是一个好女孩，小的时候总是喜欢黏在我和大哥身旁，让我们带着她玩，一旦只剩下她一个人，她就会哭，一直哭，她不喜欢一个人，她是害怕一个人的。有一次，我把她一个人留了下来，而我藏在角落里一直望着她哭，她哭了好久，一直没有停过，可后来她突然不哭了。我走出去问她为什么不哭了，天舍告诉我，因为她刚才看见了已经死去的亲娘。而从那以后，天舍再也没有哭过，她悄悄和我说：娘不喜欢她总是哭，娘要她变得坚强，要她一直笑着生活。但我看得出，天舍的笑里隐忍了许多难过，我曾经盼望过她在我怀里再痛快地哭一次，把她积攒在心中这许多年的伤心和难过一并哭出来，我不想看到一个表面笑着而心在流泪的妹妹。"楼天命伸出另一只手轻轻地抚摩楼天舍的头发，微笑道："我今天很高兴。因为这许多年以后，天舍又在我怀里哭了，不管她的泪水里有什么，但我知道，那些眼泪是真的。"

黎斯静静看着楼天命闪动的紫色眸子，静静地听着楼天命指下如夜风星辰般流出的丝琴声，在这一刻，他觉得自己是多余的。面前的两个人似已占据了所有。黎斯悄悄退出了竹舍。

# 第九章

# 隐藏的脸

“捕头，她真是这样说的吗，一切都是她做的？”吴闻似是到此刻还不愿意相信楼天舍做的事情，追问着黎斯。

黎斯道：“你已经问了我许多遍了。”

吴闻喃喃道：“是吗？可我还是不敢相信这一切都是她做的，她才十岁，美好的生命刚刚开始，她为什么要做这些呢？”

吴闻身旁的肖凝好奇道：“这也怪了。她活着的时候，你总说她是你的霉星，巴不得一辈子再也不见她。可她死了以后，你又如此替她难过。吴闻，你不是真喜欢上这个小女孩吧？”

“我哪有！”吴闻大声否认道，“只是，只是觉得很可惜，她本可以成为一个很好的女孩子。”

黎斯拍拍吴闻肩膀道：“吴闻，你是一个捕快。你必须要清楚，在这个世界上，有些你所看到的东西并不是真实的。而那些真实的东西，却是你不愿意看到的。当你无法对一切做判断时，一定要记住，不要被自己的感情所左右。”

吴闻望着黎斯，似懂非懂地点点头。

肖凝道：“对了，捕头。老死头让我来告诉你，你送来的那具尸骸里，的确验到了天虫草遗留的痕迹，说明尸骸的主人确实是死在天虫草的剧毒之下。而在尸骸的胸骨上发现了一个小小的针孔，可见毒针应是一直留在死者体内，后来尸身腐烂后才被楼天舍发现了毒针。而且，这具尸骸死亡的时间最少已经有五年以上了。”

黎斯点头，道：“一切正如楼天舍所说，毒害死她娘的应该正是楼傲。”

“楼傲就是天虫草的买入者。楼傲买来天虫草后就毒死了楼天舍的娘。”肖凝道。

“不仅如此，他还给楼天命下了天虫草幼虫的毒。”黎斯接口道。身旁两个捕快都点头，他们已经听黎斯说过事由。

吴闻又是好奇地道：“既然楼傲才和天虫草有关，那么杀死西域药材商人的是否就是他？”

肖凝点点头，又摇摇头道：“看上去似是这样。但他为什么要杀药材商人呢？难道他下毒的事情已经被人发现，他要杀人灭口？”

黎斯道：“即使楼傲杀了药材商人，可为什么要在现场留下木匣子，又在死者的肚子里留下自己儿子的人偶呢，这岂非把一切的线索又推回到了自己身边？”

“可能木匣子只是楼傲用来迷惑我们的，让我们把注意力放在这上面却找不到一点线索。至于肚子里的人偶，或者是他想陷害楼天凡也说不定。”肖凝蹙眉道。

吴闻点点头，道：“有这个可能。楼天凡曾经在芙蓉亭和西域商人吵过架，可能已经从西域商人身上了解到了什么。楼傲为了避免东窗事发，就先杀了西域商人，然后栽赃自己的儿子！一石二鸟，除去自己两个隐患！”

黎斯道：“这似乎说得过去。不过，西域商人此来的目的又是什么？”

“难道是想敲诈楼傲？”肖凝怀疑道。

黎斯目光沉静似水，道：“也许，楼傲又有了新的目标。”

吴闻目光也是一亮，接口道：“捕头，你是说他又想利用天虫草杀人？”

黎斯吐出口气，笑道：“也许是，也许不是，这一切都只是我们的推测而已。现在所有的人都已经死了，我们可能永远不会知道事情的真相了。”

吴闻从三人面前的桌上捡起了从老死头石屋里取来的木偶小人，歪着头道：“难道这些精致的人偶真的只是用来迷惑我们的吗？”

黎斯也望着吴闻手里的木偶小人，突然心里一动，黎斯脱口道：“吴闻，你还记不记得楼天凡的长相？”

“当然记得。怎么了？”吴闻纳闷道。

黎斯不多说话，从吴闻手里接过楼天凡的木偶小人摊在自己手掌心，道：“你们不觉得这个小人有什么地方和楼天凡不太一样吗？”

吴闻和肖凝彼此望一眼，然后都将自己目光集聚在木偶身上。许久，吴闻道：“很像，但又有点不太像。可是哪里不像呢？”

肖凝目光一亮，道：“是鼻子！我记得楼天凡的鼻子是小而圆的，而木偶上楼天凡的鼻子似乎挺直了许多！”吴闻赞同道：“不错，是鼻子。不过这么点小人要刻画得一模一样也的确很难，这有什么奇怪的吗？”

黎斯笑得神秘，道：“如果一个木偶上的瑕疵是偶然之作，那么两个木偶上的瑕疵呢？”黎斯说着，将刻画有孙藐的木偶也摊在了自己手掌心，道：“你们看孙藐的眇目。”

吴闻和肖凝瞪大了眼睛去看。吴闻摇头不解道：“孙藐我见过，他眇目上的眉毛似乎是很粗很黑的，而这个人偶的眉毛则是细长了不少。”

黎斯点头，再将刻画有严鹰的人偶摊在手掌，道：“第三个人偶的瑕疵是嘴巴。我清楚记得严鹰的嘴很大很宽，而这个人偶则是小口。”

吴闻和肖凝看过后都点头。吴闻好奇道：“捕头，我还是不明白。这些究竟是什么意思？”

黎斯笑道：“现在，我们正慢慢解开凶手留下这些小人的真正意图。”

“真正意图？”吴闻又歪着脑袋道。

黎斯缓缓起身，望着三个小人道：“鼻子、眼睛、嘴，这些会留给我们什么？”

吴闻沉默片刻，突然一下子从座位上蹦了起来，目光中闪烁着光芒，叫道：“我知道了！”

肖凝被吴闻吓了一跳，但还是耐不住好奇问道：“你知道什么了？”

吴闻激动地望着黎斯，一字一字清楚地说道：“脸！是一张脸！凶手留给我们一张人脸！”

肖凝恍然，喃喃道：“脸？不错。鼻子、眼睛、嘴，是一张脸！”

黎斯满意地拍着吴闻的肩膀，道：“看来你会成为一个好的捕快。”接着笑道：“也许我们很快就可以看清楚这张隐藏在木偶小人背后的脸了。”

黎斯用老死头处取来的银色小刀轻轻地将木偶小人楼天凡、孙藐、严鹰的鼻子、眼睛、嘴割了下来，放在一张白净的纸上，然后小心翼翼地拼凑在一起。吴闻望着渐渐拼凑在一起的五官，摇头道：“不行，这个孙藐只有一只眼。这个样子拼在一起，根本看不出谁是谁啊！”

肖凝沮丧道：“难道是我们错了？”

黎斯微微摇头，心中暗道：错了吗？是我错了吗？黎斯心中一片杂乱，不由抬起头来，正看见吴闻的一张脸。黎斯心中一动，凝视着吴闻的脸，突然道：“不！如果是凶手根本只想让我们看到半张脸呢？”

“半张脸？”吴闻摇头道，“什么意思？”

黎斯不说话，手下银刀挥出，将纸张上已经拼凑起来的鼻子和嘴从中间位置直竖着割了下去，瞬间，一张清秀的女子侧脸出现在三人面前，黎斯只看了一眼，不由叫道：“竟然……是她？”

黎斯看到，银刀之下所出现的清秀侧脸，竟同楼天命墙画之上侧身而立的女子一模一样。黎斯的心似乎瞬间被揪住了一般，喘不上气来。

吴闻并未进过竹舍，不解地问道：“捕头，你认识她吗？”

黎斯缓缓点头，道：“她是楼天命的娘，也就是楼傲的第二位夫人。”

“楼天命的娘？”吴闻更是不懂，道，“难道木偶小人是楼天命做的？西域商人也是他杀的吗？”

“不可能，楼天命根本就离不开不动山庄，又怎么可能跑到似水城来杀人呢？”肖凝否定道。

吴闻想起楼天命不可见光的怪病，也点点头，道：“这件事情似乎越来越复杂了。”

# 第十章 扑朔迷离

黎斯突然一语不发地起身走向门外，吴闻和肖凝不知道黎斯要去做什么，也忙跟了出来。黎斯径直来到了老死头的大石屋前，伸手推门而入，走近石桌前，望着两个黑匣子，黎斯一把将黑色匣布完全扯了下来，转头对身后两人道："如果他留下三个小人是为了一张脸，那他留下两个木匣子也一定有他的用意。"

吴闻和肖凝这才明白黎斯的举动，他们望着面前的黑匣子点点头。黎斯将两个黑匣子中的一切重新看了一遍，眉头紧锁道："可他究竟想利用黑匣子告诉我们什么呢？"

黎斯身后的吴闻突然道："捕头，我记得在'有来客栈'里，它的窗户是紧紧关着的。可这匣子里的窗户似是露出了一道缝！"

"窗户？"黎斯立即去看，在两扇看似紧闭的窗户之间果真有一道微微开启的小缝，黎斯用手里的小刀将小缝慢慢挑开，紧闭的窗户也被打开，而在窗户的背面竟轻黏着一样东西！

黎斯小心地用小刀将黏住的东西刮了下来，放在自己眼前，仔细去看，竟是一片青色的鸟羽。

"这个是……羽毛吗？"吴闻搞不清楚，问道。

黎斯的目光紧紧盯在青羽上，喃喃道："难道是……"黎斯的话轻轻道在心中，并没有完全说出来。

而一旁的肖凝道："如果是窗户的话，那第二个木匣子里也有一扇窗户！"肖凝说着，指着木匣子里的马车。

黎斯道："说得不错！"黎斯用小刀又轻轻挑开了马车上紧紧闭起的窗户，而这一次，在马车两扇窗门上竟各自轻黏着一小片青色鸟羽。黎斯将三片青色鸟羽放在一起，道："这就是凶手留给我们的东西。"

"鸟羽，凶手留这些羽毛是什么意思呢？代表什么？"吴闻歪着脑袋道。

"代表死亡！"吴闻又被吓了一跳，回头去看，却不知何时，老死头已经站在了三人身后。老死头望着三人，淡淡道："我记得，在苗疆有一个神秘的宗教，他们宣扬，人类最初的生命开始于天空中高傲飞翔的鸟类，而单独遗落的鸟羽则代表着灵魂的开始，也就是生命的终结——死亡！"

吴闻若有所悟道："三片羽毛，三个死人。一片羽毛代表着一个人的死亡。对，就是这个意思！"

老死头望着三人，突然道："也许不止三片。"

"不止三片？"吴闻望着老死头，道，"老死头，难道还有其他鸟羽吗？"

老死头微微摇头，他沉着脸道："我没有看见鸟羽，不过我在楼傲的血液里发现另外一样很有意思的东西，就是这个。"老死头取出一个黑布兜，两面有一小块银片，银片上用黑色胶泥固定了几根肉眼很难发现的细线，老死头用自己特制的细铁钩勾起了这几根细线，对黎斯说："这些线是我从楼傲的血液里发现的，先前并没有在尸体的器官、内脏里出现，看来线是一直沿着血液流动下来的，不过奇怪的是，这些细线我到目前为止也没想明白是什么东西，它本身极其坚韧，却又柔软，不似平常细线，我还要再做思量。所以这个就暂时不交给你了。"

老死头说完，也不等黎斯回答，就转身向石屋深处走去。黎斯三人愣了一下，吴闻道："为什么这个老死头总是这么奇怪？"

黎斯笑道："如果你整天只和死人在一起，你也会变得和他一样的。"黎斯说完，跟着老死头走向了石屋深处。吴闻耸耸肩，也和肖凝跟了上去。

天幕时分，黎斯派留不动山庄的几个捕快回来了，他们面上都带着一股恐惧的表情，彼此紧张地望着，黎斯忙问："是不是不动山庄出了什么事情？"

其中一个捕快道：“回捕头，好像是出事了，但又好像没有出事。”

“这是什么话？”吴闻在一旁听得莫名其妙，追问，“把事情说清楚了。”

“是。”当头的小捕快想了想说，“其实，不动山庄自黎捕头走后，一直风平浪静，看不出发生过什么，但就是，就是太平静了。我们几个兄弟都感觉连一点人的生息都没有了，更奇怪的是……”

“是什么？”

“有一股淡淡的血腥味从不动山庄里飘了出来，不过，就我一个人闻到了，他们没有闻到。我觉得事情还是不妥，就先回来报告捕头了。”

黎斯没时间考虑，他带着衙门的捕快赶到了不动山庄，时值日落，黄昏夕照的残影正好落在山庄之上，宛如不可逆转的坠落，吴闻上前去推门。

不动山庄的大门突然吱呀呀自己缓缓向里翻开一道小缝，黎斯瞥见门内，一摊黑色的血迹正涂在门房位置，他当先赶进门内。

黑血已凝固，黎斯望着黑血，血迹从门房内侧起，稀稀拉拉流淌下一条黑血痕迹，黎斯顺着黑血痕迹一直跟到山庄大厅之外，再望时，黎斯却被吓了一跳。

黑血四下八通，延伸向山庄的各个角落。黎斯屏息，突然开口道：“不对，空气中除了血腥味道，还有股别的味道，是火？”

黎斯话音刚落，山庄各处腾起了黑烟，黑烟迅速升腾，伴随着人的呼救和惨叫，吴闻赶忙招呼其他捕快救火，但从山庄里取来的水浇在燃烧的火焰上，火焰不灭反而蹿得更高。黎斯诧异地望着火焰，但见火焰中隐约升腾着一缕缕黑色焰苗，他摇摇头说：“这绝对不是普通的火，恐怕寻常扑火的法子没有用。”

“那怎么办？”肖凝望着越起越高的火苗，担忧地说。

黎斯目光凝聚，一字一字道：“只能找到放火的人，他总应该有办法灭掉这邪火。”

“可，究竟谁是放火的人呢？”

黎斯不语，踏入黑雾迷绕中的山庄之后，整座山庄短短的时间已被升腾而起的巨大黑烟浓雾所笼罩，一行人行在黑雾里，觉得呼吸不畅，有几个年轻捕快已经无法行动，黎斯留下了多数人做后应，只带着肖凝同吴闻闯进了山庄后院。

黎斯等人绕过小泉跟树林，停在一间竹舍前。吴闻望着竹舍，脱口而出：

"楼天命的竹舍？"

竹舍的门被推开了，里面并没有人，吴闻疑惑道："楼天命人呢？难道逃跑了？"

黎斯没有回答，他侧目凝望着楼天命始终坐望舒琴的青鸟图，展翅的巨大青鸟，孤独徘徊的灵魂，风华绝代的女子，以及角落中的阴影，一个想法渐渐在黎斯心中明了。吴闻跟肖凝将竹舍前后找遍了，也没找到任何线索，便在此时，一缕沁人心扉的琴音从不远的地方缓缓传来，宛如一条流入世间疲惫心灵的清心曲，黎斯觉得有些恍惚，但他收回了心绪，带着两人奔出竹舍。

琴音舒缓异常，如清丽佳人的对镜梳妆，一目倾色，再望却为年华的逝去。

琴音渐近，黎斯已发现琴音乃是出自后院最为中心的一处所在，而随着靠近，地上蔓延汇集的黑血痕迹越发多了。黎斯目光不由一聚，他赫然停住了脚步，转身一跃，纵上了相近一座卧居的房顶，向下望去，但见得相近的黑血痕迹从远而近，由散而成，竟似凝聚成了一扇飞鸟的羽翼，再看远些地方，虽然望不全，但黎斯心中一幅诡异的图案已然形成——偌大的不动山庄被人用黑血印记图绘成了一幅巨大的图画，黑血燃烧为青，图画中正是一只展翅的巨大青鸟。

黎斯心中急迫，琴音倏然而断，但黎斯等人已然找寻而来，这是一间看似简陋的堂房，地处偏僻，藏在了楼傲宏伟巨大的连厢后面，若不是琴音带来，恐怕黎斯也不会这样轻易找到。

黎斯推门而入，令几人没想到的是，这间外表看似破旧的堂房里竟供奉着楼家历代主人的灵位，顶端是楼不动，依次而下，末尾的是楼傲。吴闻望着空旷的堂房，晃了晃脑袋，诧异地问："怪了，明明听见琴声从这里面传来的，怎么没看见人？"

肖凝也是奇怪，凑过来说："莫非是我们听错了？"

黎斯没说话，径自绕过后面牌位，道："所有牌位都沾染了尘土，看来楼家人并不经常来这里祭拜祖先，唯独楼不动的牌位洁净无尘，岂非有古怪？"黎斯转动楼不动牌位，吱呀呀，牌位立柜之前突然裂开了一个黑洞，一条幽暗的密路向下延伸。

# 第十一章 密室

黎斯等人一进入密室，浓烈的血腥味扑鼻而来，而后黎斯看见的是一双紫瞳，微光轻转，紫瞳主人笑而言："黎捕头，我已久候多时。"

黎斯望着楼天命如梦幻的微笑，再侧目，黎斯不由倒吸一口冷气，同时一股无可抑制的愤怒涌上心头——楼天命背后的密室空间里，如牛毛般立着不下百根巨大的钢针，高可达人，而此时此刻，在这百数根锋利钢针上刺悬着百数人的尸体，鲜血已凝固，黑色的血水淌满了地面，而楼天命就委于一方细榻，盘坐在这血尸地狱间，轻言，微笑，手指在榻上琴弦间微微拨挑。

"你、你终究还是如此做了。"黎斯突然说出一句莫名其妙的话。

楼天命望着他，紫幽的瞳孔散出冰冷的寒意："你看见了，不动山庄，所有庄丁，一百二十九人，皆已死于钢针之上。我说过了，青鸟无法飞离，等待它的始终是它的宿命。"

"宿命？那只是神棍用来欺骗世人的说头而已，难道就因为这宿命，便可以牺牲如此多的人命？"黎斯无法抑制心中的愤怒，喝问。

楼天命紫瞳变得暗淡，他望着黎斯，操琴而语："黎捕头，你可知道不动山庄自建立五百年来，死于山庄内的人有多少吗？"

黎斯茫然摇头，他不懂楼天命为什么问这样的问题。楼天命抚琴的手微微一颤，他缓缓道："有两千一百二十人，这两千一百二十人中，除少数死于疾病、衰老，其余皆毙命于各代庄主之手。在这些人里，有庄丁，有婢女，也有同我一脉血缘的楼氏族人，就在这里，他们毙命于楼氏山庄最大的秘密的枷锁上，他们的血被榨干，他们一点点死亡，而在他们面前眼睁睁看着他们死亡的，是他们最亲近的人。"

黎斯听着楼天命所言，心中不觉升起一股悲愤，他静静地凝望着楼天命，觉得胸口被堵上了一块巨石，让他透不过气来。

"当天空蔚蓝，月亮明亮，太阳温暖，人世一片平和时，在这里，在不动山庄里，发生的却是一幕幕人间惨剧。我亲眼看到天舍的娘被爹杀死在这密室中，当时我和天舍正在游戏，不小心撞见了这一幕。当时天舍没有哭，她也没有难过，她还对我笑。但自那之后，我便了解，天舍的心里只留下了仇恨，至死的怨念。黎捕头，你可知发生这一切，是为了什么吗？"

黎斯迟疑了片刻，开口说："楼不动的秘籍。"

楼天命突然笑了，但笑容中有太多的酸楚："这话自你口中说出来，好简单。但它却正是拘禁了楼氏族人五百年，染透了无数血泪的白骨枷锁。楼氏族人历代有训，凡入山庄日起，除非人成死骨，骨成灰烬，方可离开不动山庄，否则，至此一生不得离开不动山庄半步。若违此例，身透尖针而血尽。"楼天命一顿，继续道："天舍的娘就是无法忍受这枷锁，所以她死在了爹的手里。五百年间，死于此祖训的楼氏族人，不计其数，即便有偶尔逃离者，也会被重新抓回，接受更加残酷的死刑。而这所有的一切，只是为了不把秘籍的秘密带出山庄，只是为了一本不能确定其存在的秘籍，人都死了。而活着的人也备受煎熬，生一日，枷锁重一天，惶惶不可终日。"

楼天命说完，语气平静地望着所有人，又说："这就是宿命。"

黎斯、吴闻、肖凝不由被楼天命的一番话语所带动，人人面色起了变化，黎斯突然想起了什么，他从怀里取出了一张白纸，纸上粘贴着用三个小人五官拼凑出的侧脸，黎斯道："若我所记无误，这纸上之人乃是令堂？"

楼天命没有看，他轻轻弹奏古琴，紫瞳紧紧凝聚在琴弦之上，似瞬间将琴外所有之物忘记得干干净净。黎斯望着他，继续道："我不明白，你留下了令堂的面画给我，难道就是为了将所有矛头指向自己？难道所有的一切，同令堂的死有关，抑或者，你同天舍一样，令堂也是死在了不动山庄的宿命之上？”

楼天命神色随琴而走，并不理会黎斯。黎斯接着道：“其实，我一直猜测是楼傲杀害了西域药材商人，还有严鹰、孙藐，因为只有他才有动机，也才有实力杀死他们。但在这三个死人身边发现的黑木匣子，腹中找出的雕刻木人，却一直令我困惑，直到这半张人脸的出现，才令我找到了些头绪，虽然我并不知道是如何做成的，但杀人者的矛头已指向你，是你杀了他们？”

楼天命突然抬头，紫瞳在一瞬间闪烁，令黎斯觉得有些不自在。楼天命的目光在四下躲避，这让黎斯心中大异，楼天命而后斩钉截铁地说：“人都是我杀的。你说的三个人，商人、严鹰，还有孙藐。”

“可你是如何……”黎斯话还未完，突然半边身体一阵麻木，竟是不能动了。

黎斯诧异地向后看，站在身后的吴闻和肖凝，表情也不自然，看样子也是身体不能动了。

楼天命冷然道：“明白了吗？我手中的琴虽然不能杀人，我却可以用琴音暂时令人失去自主意识，身体不受大脑的控制，当然必须是在心神没有防备的情况下才奏效。”楼天命随意拨乱两丝琴音，黎斯等人的身体重新恢复了知觉，黎斯微微转动手肘，言：“但即使如此，你也不可能就这般杀人。”

楼天命突然一笑，黎斯紧紧盯着他的目光，楼天命道：“当然，我还有别的方法。”楼天命目光微转，密室深处转过一面藏壁，藏壁上用铁链铁锁拴住了一个女子，黎斯望着女子，不由脱口道：“青蝶？”

“不错，就是她。”楼天命手下的琴弦发出尖锐之声，如穿云之鸣。眨眼，一只浑身青色的飞鸟从黑暗的不知名处飞了出来，安静地停驻在楼天命身前，微恭下身，似在等待命令的仆人一样。

黎斯瞅见青鸟喙上套着个暗色的罩子，其色暗中带寒，黎斯恍然明了道：“原来如此。你先用琴音迷惑住人的身体，令他不能行动，而后控制青鸟飞出，用嘴上的锋利铁罩抹断脖子，一静一动，杀人于无形。而药材商人之死，估计是你利用青鸟下毒害死了他。”

楼天命没有说话，只是淡淡地笑了笑，他的目光凝聚在琴上，而一丝丝血溅之声吸引了黎斯等人的注意。吴闻最是眼尖，他看见了方才从藏壁中转出来的青蝶，此刻手脚位置被鲜血浸染了一大片，青蝶则面色苍白，奄奄一息，鲜血瞬间流淌在地上。

“捕头，你看！”吴闻急忙说。

黎斯也看到了，他凝眉望着：“你究竟还要害多少人才肯罢休？青蝶是你的丫鬟，一直侍奉你的人，你也不肯放过她？”

楼天命闭合双眼，喃喃道：“我已无能为力。”

黎斯不多废话，抽佩刀在手，一步跨过楼天命，赶到青蝶面前一刀砍下，只听得当的一声，刀裂成两半，黎斯再看，才发现青蝶手镣脚锁都是玄铁而制，除非有钥匙，否则一时半会决计无法打开。黎斯撕下衣袖，想给青蝶包扎，他看到青蝶身上都是细密的小伤口，这种小伤口时间越久，冲出体外的鲜血就越多，看样子，楼天命在青蝶身上刺下如此伤口已是多时了。

“把钥匙拿出来！”黎斯喊着，目光紧迫。

楼天命还是闭着眼，微微摇头：“你们走吧，这些不关你们的事。我无能为力，你们同样是无力可为。”

肖凝将剑搭在楼天命的脖颈上，冷冷地说：“废话少说，赶快拿出钥匙。”

“我没有钥匙。”楼天命已然不肯交出钥匙。

肖凝的剑微微一侧，锋利的剑已紧贴楼天命颈部血脉，只需再用一分力，楼天命就再也回天乏术。黎斯本想阻止，因为他还有许多问题没有搞清楚，但瞧着身旁的青蝶，此刻已是血人一般，他将话又吞进了肚子。

“这是你自找的，你害了这么多人，就当是报应吧！”肖凝喝道，手中刚待用力，突然眼前掠过一团黑影，密室里顿时升腾起一阵浓雾，黎斯大呼一声，举刀护在自己同青蝶身边，但待烟雾消散，黎斯等人惊奇地发现，楼天命不见了，青蝶也不见了。

黎斯追赶几步，终是望着密室中空留的古琴发呆。

# 第十二章 真相重现

楼天命静处自己的竹舍中，紫瞳凝望着对面墙壁上的画面，从画中女子而下，掠过角落阴影，直至孤索的青鸟，他就如此静静凝望。片刻，楼天命转了目光，轻笑道："黎捕头，好快啊！"

"哼！应该叫天网恢恢，疏而不漏。不动山庄此刻大火，四下出口早已安置下我的人，你先前所害三条人命，接着又是百数条人命，即便让你死一百次，也难抵消你的恶罪。若是还有一点良知，赶快缚手随我回衙门。"黎斯步进门口，身形封住了所有路径，方才一时大意，让楼天命逃脱，已是不该，决计不能再犯同样的错误。

黎斯看见，在楼天命旁边软榻上，一身鲜血的青蝶已是奄奄一息，面色煞白。黎斯面色冰寒，手已贴在刀上，却在此时，楼天命突然开口道："黎捕头，你不是一直想知道我做所有事情的原因吗？原因就在这里。"楼天命说着，平平伸出一根苍白手指，他所指不是别处，就是黎斯背后的墙画。

黎斯蹙眉，摇头说："我不懂你指的究竟是什么。"

"你可看出画中不一样的地方？"楼天命平静地说。

"不一样？"黎斯重复一句，目光再次在画中找寻，这一次，一抹诡异意象令黎斯心中顿然，他不自觉走近一步，"这里？"

楼天命微微点头："是。"

黎斯所看见的地方，正是画中的青鸟，此值暮落深时，稀薄的月光洒入，黎斯果真看到了同白天不太一样的地方，青鸟一身伏羽，蓝青有暗，层次清晰，就宛如真正的羽毛一般，只是唯独青鸟的胸口位置，虽然也画有羽毛，却是色彩虚白，看上去就不真实，黎斯望着出神，突然心中一震，他伸出手，轻轻地开口数了起来："一，二，三？"

黎斯若有所得地从怀里取出了三片青色鸟羽，这鸟羽正是从黑木匣子中获得的。黎斯小心地将鸟羽一片片粘贴在青鸟胸口位置，三片青羽瞬间同其他鸟羽融为一体，而接下来，黎斯看到了更为不可思议的一幕。

画中青鸟突然微微动了一下，而后是第二下，青鸟开始持续地在画中振翅，就如同活了一般。黎斯呆呆地望着，整幅墙画的景象开始变化，随着青鸟振翅，画中景物慢慢消退下去，如同浑浊后的山水画，最后只余下了浓浓的墨色。黎斯瞧着，画中唯独白衣女子的倩影没有消退，最后消失的是永远无法真正起飞的青鸟。青鸟消失的瞬间，画面角落的阴影迅速扩张，一个，两个，三个，四个，四个人从扩张的阴影里冒了出来，阴影渐渐变大，占据了整幅画，而黎斯也终于看清楚了四个人的面容，他不由倒吸一口气，这四个人正是已经死去的西域商人、严鹰、孙藐，另一个赫然是楼傲。

阴影中，四人正将白衣女子，即楼天命的娘——子晴逼到悬崖边际。四人俱是邪恶的笑脸，手中各自持有兵器，而子晴将冰冷的目光从四人脸上一一扫过，最后恨恨地望着楼傲，她直至此刻都无法相信，相约百年、情深比海的男人竟要将自己推入地狱！黎斯瞧到子晴藏在背后的左手轻微摆动，而在其摆动的方向，一块巨大黑岩后面，黎斯看见了一个年轻的孩童，他面目凝重，目光里尽是悲伤和愤怒，身体在剧烈颤抖，他正是楼天命。楼天命眼睁睁望着娘被四个凶恶之人逼入绝境，恶徒中还有自己的至亲，他心中如何不痛，如何不忿？子晴最后望了一眼楼天命藏身的黑岩处，身体凌空飞出，宛如飘离尘世的仙子，就如此，如此直坠深渊。

黎斯最后看到了四人得逞后的嘴脸，他转过头不想再看。

"特殊的颜料，暗淡的月光，还有回归原位的青羽，将多年前发生的一幕重现。”楼天命静静地说，“这就是你想知道的。”

“他们为什么要害你娘？”

“因为我娘不想让我一生都活在不动山庄巨大的阴霾里，所以她决定带我离开山庄，但可惜的是，爹被贪欲蒙蔽双眼，他只认得那本天下人梦寐以求的秘籍，他执意认为是娘找到了秘籍，想独自带出山庄，于是纠集了他曾经的恶友，害死我娘。”楼天命说完，微微吁出一口气，一抹久违的淡然出现在他脸上，“原来将心中的秘密说出来是如此畅然的事情，可惜这个世上的人将太多秘密埋在了心中，埋得很深很深，所以终其一生，他们都活在巨大的累赘中。”

“我已说了我该说的，做了我该做的。我不会离开这里，如果你想，可以用你手中的武器来带走我。”楼天命闭上了眼睛，不再说话。

黎斯虽然犹豫，但还是抽刀在手，一个跨步刀锋卷起气浪袭向楼天命，而就在锋刃刮上楼天命脖颈的刹那，黎斯突然一个甩身，半空里鹞子翻身，急如飞影般落在了楼天命身侧，出手如电，点了下去。黎斯所点的乃是人的几大命门穴位，黎斯动作一气呵成，随后静静望着，言道：“你不用再装了，可以起来了。”

“青蝶！或者是子晴？”黎斯脱口。

# 第十三章 执念为谁

黎斯出手点住的只是大穴，并未点住腿部穴位，方才还蜷缩在软榻上的青蝶缓缓睁开了眼睛，冰冷的目光盯着黎斯，她慢慢站了起来，冷笑道："我不懂，你不可能猜到是我，你是如何发现我的？"

"是我。"楼天命没有睁眼，说。

"你？"青蝶如冰雪的眼神里现出一丝困惑，"不可能，自你们见面起，你就已经被我控制了所有的行动，你的一言一行都逃不出我的双眼，你不可能告诉他这些。"

"不错，我的一言一行皆被你安插在我关节之上的细如毫厘的腹羽所控制，令我形如傀儡。但有些东西，却永远不是羽线这些死物可以控制得了的。"楼天命睁开了眼。

黎斯拍手，门外窜入两人，正是吴闻同肖凝。吴闻手中捧着楼天命的古琴，黎斯淡淡说："楼天命所言不错，从我见到楼天命第一眼起，我就觉得他有些古怪，他的眼神一直飘离，即便同我说话时也是眼不在位，于是我留了小心，暗自记下了他的眼神，后来他人消失，我才恍然顿悟。原来楼天命的眼神飘忽，并不是毫无来由的，我发现，他是在用眼神对我写字，我尝试着将记忆中他眼神的游走重现在古琴之上，得到的是四个字。"

“哪四个字？”青蝶问。

“青蝶，子晴！”黎斯说了出来，接着道，“直到那时，我才怀疑你。而方才脱离密室，逃脱我们注意的，其实并不是楼天命，而是你，青蝶，也是楼天命的亲娘，子晴！”

子晴嫣然，语气依然冰冷：“看来我也不必狡辩。我就是子晴，也是天命的娘，更是在鬼门关游走一遭的未亡人。”

黎斯望着子晴，喃喃道：“但我不明白，你自坠崖到如今，已经有十年了，为什么却不见你容颜老去？”子晴容颜秀美，宛如情窦初开的少女姿容，子晴凄然一笑：“你是问我这皮囊吗？事到如今我也不必对黎捕头有所隐瞒，其实我本是苗疆人，是苗疆鬼门的圣女，这常驻童颜就是鬼门秘术中的一门，虽然可以令我年华常驻，但它同时会减损我十年寿命。”

“你是鬼门圣女？就是二十几年前失踪的鬼门圣女？”黎斯听闻过江湖上的传闻，当时鬼门圣女的失踪在江湖上也引发了不小的风波。子晴点点头，微微叹息：“若非我是鬼门的圣女，他楼傲又如何会招来帮凶一起对付我？哼，他是害怕一个人不是我的对手，这才以众欺寡，将我逼落悬崖。后来，我大难不死，但容颜被山岩尽毁，我恨透了他，于是再用秘术改变了我的容颜，重新回到了不动山庄。”

“你要报仇？”黎斯发问。

“若是你，放着切齿之仇，可能不报？”子晴逼视黎斯双眼，黎斯微微躲避，事实上，若换成是自己，或许也会做同样的事，黎斯叹息。

“我进入了不动山庄，瞒过了所有人，但还是没有瞒住我自己的儿子。”子晴走到楼天命面前，望着他，“天命将我要了来给他做婢女，并恳求我能放弃这段仇恨，我当时再见到自己儿子真的好高兴，就答应了他。但这段仇恨，我又如何能放下？”

“于是你开始计划报复？”黎斯接口。

“不错。本来我只想报复楼傲，恨他的薄情无情，但后来我改变了主意。楼傲虽然罪有应得，但其背后隐藏的罪魁祸首才最不可饶恕，而这个罪魁祸首便是楼不动留下的秘籍，一切一切的果都是因它而起。所以，我对自己发誓，一定要找出这本秘籍，并彻底地毁掉它。”子晴说着，面色浮青，似强忍住心中的愤怒，而在她目光注视下，楼天命如雕塑般端坐榻前，一动不动。

“如此说来，真正杀人者并不是楼天命，而是你！西域商人、严鹰、孙藐，全死于你手？”黎斯言道。

子晴冷哼一声：“他们都该死，同楼傲同流合污，而其背后目的依然是冲着秘籍而来，我杀掉他们乃是为报十年前的围杀之仇！至于天命，这孩子天生性软而善，他根本不会下此狠手，他是为了保护我才承认这些杀人的行径。”子晴微微叹息。

黎斯目光微动，说道：“还有一件事情我不是很明白。”

“什么事情，你尽管问便是。”

“就是楼傲之死。虽然我已查清楼傲是死于其子楼天凡与其女楼天舍双重伤害之下，先是楼天舍用玄铁刺穿楼傲身上的天蚕衣，而后是楼天凡用内力震碎了楼傲心脉，致其死亡。但我不久前，却又在楼傲回转的血液中发现了一些坚韧异常的白线，不知道其是何物，也不知道其同楼傲之死是否也存有联系？”黎斯将心中疑问悉数说出。

“你倒是蛮细心，你也无须再查。我可以告诉你，你发现的那些白线乃是属我之物，是我取自西域归鸟之腹羽。一只西域归鸟终其一生，仅生长出一根白色腹羽，其坚韧程度超乎寻常。楼傲身体里的腹羽就是我在寿宴之上悄悄刺入他体内，而后腹线游至身体各个关节、各大穴位，线入骨缝，但这腹羽并不会伤害他，而时间一久腹羽也会随着血液自行退去，只不过在那片刻之内，他会形如傀儡，毫无反抗可言。你方才片刻前所看见的天命，也是被我用同样方法控制住了身体举止，只是这孩子聪明，还是给你留下了线索。”

“既如此，你大可亲自杀死无行动能力的楼傲，却为何迟迟不动手，而让楼氏兄妹出手弑父？”黎斯脑海中不觉浮现出楼天凡、楼天舍的面貌，他们临死前的忧伤神情已刻入了黎斯脑海。

“哼！我杀他自然是轻而易举。但我不想让他这样痛快地死去，我要楼傲亲身尝试一下众叛亲离的感觉，尝试那种心死大于身死的痛苦，死在自己儿子、女儿的手里，他应该没有想到吧。”子晴冷冷地说，“他害死了天凡同天舍的娘，又将他们终身拘禁在这山庄牢笼中，实际上不仅仅是他的亲生儿女，就算是换了山庄里的其他人，也都恨不得将其杀之而后快。”

“但如此，你不觉得对楼天凡、楼天舍太过残忍了吗？”黎斯逼上一句。

子晴面色一暗，微微点头：“这一点是我事先没有考虑过的。因为我当时忽略了你的存在，你睿智地解开了天凡、天舍的暗杀玄机，他们的心本就日夜承受着煎熬，再被逼入绝境，选择离开，或许也是唯一的抉择！这对于他们，也是一种解脱。”

“死亡就是解脱，好，即便楼氏兄妹的死是他们自己选择的，那么，楼氏山庄百余庄人的性命呢？难道他们的死，也是他们自己选择的解脱吗？”黎斯想起百余人无辜而死，心中不由愤慨。

“你真的以为他们都是平常庄人？”子晴突然反问一句。

黎斯有些茫然，问：“什么意思？”

“黎捕头，你可以去你的衙门里查一查，被我杀死的这些人大多数都是在江湖上已无立足之地的恶徒，他们被江湖正道所追杀，躲入了这偏僻的不动山庄掩饰身份，而另外的目的，无须多说，还是为了传闻里的秘籍。其实，自两百年前，已没有多少清白的人敢进入不动山庄了，这山庄如同活人的噩梦，试问，还有谁敢犯险进入？于是，山庄上上代主人就大开门径，收容了这些江湖恶徒，为他们看家护院。”

“竟然有这样的事？”黎斯听后，心中不由一阵暗淡。

“况且，我本不想杀他们。而杀了他们，我也是为了别的目的。”子晴言说。

“别的目的？什么目的？”黎斯问。

“你应该问问天命。”

“她想找到不动山庄隐藏的秘籍。”本一直紧闭双眼的楼天命此时突然接口，双眼也终于缓缓张开。

“可杀死这些庄丁，同找出秘籍有什么干系？”黎斯还是不解。

“我在要挟他。”子晴清冷地说，“我在用百余条人命要挟天命，但令我很吃惊的是，我并没有成功。”

“要挟天命？难道楼天命知道秘籍所在？！”黎斯望着楼天命。

楼天命睁开双眼望着窗外，外面已是深夜，却被焚烧的红焰渲染得通红一片。

“再用不了多时，不动山庄就成了灰烬之地。”子晴望着他，说着，“命儿，难道到了此刻，你也不愿意说出秘籍所在？”

“五百年的秘籍，你又是如何肯定楼天命知晓它的所在？”黎斯犹豫。

“不会有错，这件事是天命亲自说出来的。”子晴顿一下，继续说，“虽然不是亲守着我的面，但也差不多。他将秘籍的发现告诉了我的青鸟，但命儿没有想到，青鸟早已被下了连心劫，我可以知晓它所听到看到的一切。”

楼天命笑笑：“我是大意了，但心中藏了太多的秘密，我真的好累。”

“百余条人命，密室里的百余条人命，难道就是为了逼楼天命说出秘籍所在而付出的代价？”黎斯心中愤慨，子晴淡然接口：“不仅仅是他们的命，还有我的。”

黎斯霍然想起，密室中全身被锁链封闭的子晴浑身鲜血尽流：“原来你全身的伤口，只是为了这个，为了要挟楼天命！”

“不错，我本以为那百十个陌生人的性命不具分量，我只有用命儿亲娘的血来威胁他！但我还是失算了，命儿，你真的令我好意外，若是以前善良孝顺的命儿，看到我不断流血，生命耗尽，肯定会说出秘籍所在。而现在你却始终沉默，真的令我没有想到。”

“娘。”楼天命突然张口管子晴称娘，黎斯不知道楼天命以前是否也叫过，但这是他第一次亲耳听见楼天命开口喊娘。子晴的表情也是一阵触动，她微笑着点点头：“好，好，命儿，整整三年了，我回到不动山庄三年里，你第一次喊我娘，我真高兴。”

楼天命起身，同子晴的目光在空中相接，那是血缘骨肉的融合，楼天命投入感情地说：“娘，放手吧！可以了！”

子晴本是微笑着的脸庞倏然收紧，她猛地摇头：“不可能，这绝对不可能。命儿，你知道的，就是它害得我失去了所有，家、幸福，甚至是你！若不是为了它，你爹会狠心对你下毒以此来逼我交出秘籍？天虫剧毒，我自小以毒物毒酒练功，几十年里我的体内储存了巨大的毒素，在你毒发时刻我将全身毒液逼入到你体内，以毒攻毒，保住了你的性命，若非如此，你早就离我而去了。但即便这样，你也永远失去了沐浴在阳光下的自由，我痛恨，我恨不过，我放不下啊！孩子……”

“我知道，所以我想让娘放下，只有放下，你才可以真正解脱。”楼天命紫瞳中闪烁光芒，“否则，娘也会变得跟爹一样。”

“闭嘴！你休要将我同那个畜生相提并论！这个畜生什么恶事都做得出，杀妻害子，我又如何能成为他？”子晴面上怒色涌现。

“对！爹是杀妻害子。但娘呢，你岂非也为了这秘籍害死了百数条人命，严鹰三人可以算是报仇雪恨，那其他人呢，他们同样是无辜的生命，他们也有家人，也有孩子，你是否也是夺走了别人的丈夫，夺走了别人的爹！”楼天命语气悲伤。

“不要说了，不要说了！不要再说了！”子晴用力甩头，极力否认，“我没有，我不是，我只是要找出它来毁掉它！”

“不，你跟爹都一样，你们心中存在着强烈的执念，你们同样为了秘籍不顾一切，不计一切后果。娘，你说我没有救百余条庄人的性命，但你可否平心而说，即便我说出了秘籍的所在，为了自己找寻到秘籍，你也会杀掉他们，杀人灭口。娘，你敢说你不是如此想的吗？”楼天命凝望着自己的娘。

子晴没有说话，面色苍白地望着楼天命，许久她才点点头：“不错，我是如此想的，你没有说错。为了秘籍，我可以杀掉任何人，但除了你。”

“除了我？娘，看到你变得跟爹一样，我生不如死，情愿你杀掉我而能放下这份执念。但是，我知道，即便我死了，你也不会放弃，因为这仇恨的种子、执念的火焰，在你心中已发芽、燃烧、成长、焚灭。我真不想看见你这样一步步走下去了，娘！”

子晴缓缓抬起头，望着自己的儿子，茫然地说：“命儿，我真如你说的一般吗？”

楼天命点头，再言：“我本想阻止你，我暗中让天舍将黑木匣子还有木偶小人留在了杀人现场，为的就是可以找到一个人阻止你，因为我太无力了，反抗的无力，情感的无力，甚至是活着的无力。娘，我真的想过回小时候的生活，留一块薄田，守着爹娘，看着天舍一天天长大，或许会在房屋后面种下一团兰花，养娘最喜欢的青鸟。那时没有江湖，没有秘籍，只有我们。真的好美，我不止一次在梦中见过如此场景，每一次我都会在梦里哭泣，因为我知道，这永远只是个梦。是吗，娘？”

子晴颓然地坐在榻上，晶莹的泪水滴落在地上：“我、我究竟是怎么了？命儿，我究竟是怎么了？”

楼天命静静走了过去，坐在她身旁，轻轻抚拍着她的脊背。子晴望望天命，像是孩子一样在楼天命怀里闭上了眼睛。楼天命微笑道：“娘，你太累了。需要休息，好好睡吧，命儿会陪着你，咱们一起看初升的太阳，我已经好久没有看过太阳了。”

子晴闭合着眼睛，轻轻点头，泪水浸透了她同楼天命的衣衫。楼天命将脸贴在娘的发梢，那里有很久以前的温暖味道，像是太阳的温暖。他对黎斯说：“黎捕头，谢谢你。事情走到这一步，应该有个了结了，好好保管我交给你的东西，希望有一天，你可以找到它的秘密。”

黎斯感觉眼圈湿润，刚想开口说什么，突然身体一抖，门口的吴闻与肖凝也是齐齐跌倒，三人脚下裂开一个巨大的黑洞，黎斯没来得及反应，已经摔入到黑洞里。

黎斯挣扎着将眼睛睁开，发现自己不知道什么时候已经离开了不动山庄，身后是山谷里一条隐秘的滑道，看来自己是从楼天命的竹舍一直滑出了不动山庄，吴闻和肖凝也已经醒转。

“捕头，你快看！”

黎斯闻言，抬头去看，不远处的不动山庄，已被黑青色大火完全吞噬，不动山庄地下开始胀裂出深不见底的巨大裂缝。倏然，一只恍似燃烧的青色火鸟长啸着飞上半空，如同挣脱了命运的枷锁，呼啸天地。

黎斯看得心惊，他的心一点点收紧。

# 尾章　尘封

楼天命轻轻拍打着娘的背，子晴像是婴儿般沉沉睡去，头顶的竹舍被燃烧殆尽，温暖的阳光洒了进来，那是久违的黎明。楼天命笑了，他紫色瞳孔中凝聚着一团水雾，他喃喃地说："好美的太阳，好温暖的阳光，我真不想离开。娘，不要再留命儿一个人了，好吗……"

"轰隆隆！"不动山庄如同崩塌的巨山，瞬间跌入地下。黎斯望着消失的地方，缓缓抬手，他的手中，是一张古琴，带着尘封已久的悲伤。

# 幻之狱

## 楔子　古道红棺

青州古道，百年沧桑，路边落满了枯叶。一道清冽寒风吹来，树叶随风飘向黑色古道的尽头。古道深处有一辆驴车缓缓而来，驴子瘦得只剩下皮包骨，耷拉着脑袋毫无生气。

驴车迟缓，车旁跟随着一个男子，长发挡住了他半张脸，但仍可看到他左眼至嘴角一道狰狞的青色胎痕。他背上有一个长包袱，男子每行一步包袱便随之轻微颠簸一下，包袱俨然成了男子身体的一部分。

寒风夹杂枯叶袭来，吹开了驴车遮帘。帘后露出了一个三十多岁妇人的面容，神情憔悴，在她身旁竟有一副四尺红棺。红棺散发丝丝寒气，妇人不由打战，但仍然咬牙坚持。

男子瞧了车内一眼，低低说道：『就在前面吧，我记得有一座浮云观。』

妇人没抬头，双目紧紧注视着红棺，回了一句：『好，都听你的。』

帘子重新落下，红棺和妇人消失在帘后。

男子待驴车走过，猛地驻足望向左边一片枯树林，目光迸发出逼人的冷森寒意。凝望片刻，男子眼中露出茫然之色，跟上了驴车。

而就在男人离开后不久，地面厚厚的枯叶下突然冒起一个人，双眸闪烁着迷离的色彩，他冷冷望向男子消失的方向，嘴角结成刺骨笑意，嚅嚅地说：『死吧，都死吧，嘿嘿嘿嘿——』

山中有仙不识容，浮云座下静修禅。

扶摇山中，浮云观前，是面带微笑的道观掌教空鱼子。男子和驴车渐来到跟前，空鱼子一扫拂尘道：『蒙侠士再踏金霞，空鱼子不胜荣幸。』

守护驴车的男子正乃大世四大神捕之一——青锋神捕蒙锐。蒙锐恭敬还了一礼：『蒙某又来打扰道长清修了，罪过。』

『哈哈哈，世间诸般皆无我，唯有心中常自道，又何来打扰清修之说呢？』空鱼子声音洪亮，蒙锐点了点头：『说得好，道长修心非修身，蒙锐受教。』

空鱼子同蒙锐相聊几句，将其请入浮云道观。蒙锐掀帘，妇人先走了下来，但依然恋恋不舍地回头凝望，蒙锐轻轻说：『我会安排好的，牛嫂先入观吧。』

妇人乃是蒙锐故乡的旧识牛枝英，在『魔罗之花』凶案里失去了丈夫和孩子，精神恍惚，故将蒙锐之妹蒙挽香当成了自己孩子，一路跟随蒙锐从宿州来到了青州。

红棺里就是蒙挽香，她被摩罗之花吸光了鲜血，成了一具冰冷的尸体。但蒙锐得知妹妹仍有还阳之机，于是用寒冰红棺安置蒙挽香，踏遍大世寻求复活之法。

牛枝英和红棺进入了浮云观，蒙锐忽地感觉背后一凉，在瑟瑟冷风中仿佛藏着一双眼睛，正注视着他的一举一动。

蒙锐抿了抿嘴，青胎可怖如魔，身后的浓酽夜色渐渐晕染开来。

在距浮云观几里外的断崖，眸光闪烁的年轻人狠狠抖落了肩头的落叶，一双冷森的眼神似刀光割裂着面前猎物，猎物步步后退，已经退到崖边。

崖下是峥嵘的山石和湍急的河流。眸光凶狠的年轻人从喉咙里发出沙哑的撕裂笑声，接着疯狂地扑了上去——

# 第一章

# 公子宫乐

“啊！”他从噩梦里惊醒，梦里的人从高冷的断崖下坠落，身体一分为二，是他的朋友。他喃喃自语：“阿川！”

“公子，你没事吧？”丫鬟听到叫声，一脸慌张地望向公子宫乐。宫乐勉强摇了摇手，没说话，脸色却苍白得吓人。

“公子，要不要告诉老夫人？”丫鬟看出了宫乐的虚弱，担心地问。

“不要去，娘早睡下了，不要为了一点小事去吵醒她。”宫乐接过丫鬟递来的茶水，喝了一口问，“今儿个几号了？”

“已过了子时，是十月初九了。”

“初九。”宫乐没来由地笑了笑，丫鬟低头不语。

“你下去吧。让老黄明早备好车，我要出去。”

“是，公子。”

熹微的风带有丝丝凉意，金霞县首屈一指的商首宫府早早开了门，宫乐独自一人出来，府门再次关闭。

车夫老黄早已备好了车，站在外头问：“公子，您想去哪儿？”

宫乐踩上车，悠悠道：“隐村。”

老黄捏着马鞭的手一抖，他明白公子又要去找那个人了。老黄不记得名字，唯一记得他是公子的朋友，也许——是唯一的朋友吧。

“公子坐好，走喽！”

天亮，城门已开。

马车徐徐通过城门，宫乐心绪烦乱地撩开了车帘。城门口正有一个男子往城内走，长发遮面，目光似藏着寒冰。

宫乐忽而觉得他不是一个普通人，就如自己和孟川，与他人有别。

再回神，眼里藏着寒冰的男人已经消失在了城内。

宫乐轻轻放回帘子。

正如其名，隐村，一个隐蔽避世的村子。它藏在两座大山的夹缝里，悄无声息地存在了百余年。村子里人不多，只有二十几户人家，大多是世代居于此地的老人。

老黄将车停在村头，因为村路崎岖难走，老黄也留在了村头。宫乐又一个人穿行过古老的村落，路上会遇见两三个耄耋老者，他们依着石墙，双眼浑浊地望向村外。

村东第一家，宫乐停下了脚步，拍打黄木门。

一个愁容满面的妇人开了门，她看到宫乐，躬身道：“公子来了。”

宫乐径直走入院内，推开南侧小屋的门，门内黑幽幽的，看不到一点亮光。宫乐看了一眼，神情黯淡：“阿川还没回家？”

妇人正是阿川的娘。她叹息了一声：“没回来。阿川他爹找遍了前后两座大山，都没有找到他。不知道这孩子又发病跑去了哪里。”

宫乐静站在小黑屋里，这是阿川的屋子。阿川总是藏在小屋的黑暗中，抱着双臂，等候唯一的朋友来找他说话。但宫乐来了，阿川却不见了，已经失踪十天了。

阿川有一种怪病，发病时全身抽搐，手脚失控弯曲，整个人也会弯成一个“弓”字，厉害时甚至会折断骨头，同时伴随着难以忍受的剧烈痛感。每一次阿川疼得受不了时，他就会用牙齿咬自己，用双手撕扯脸颊，所以他的脸上全都是伤疤。他因此变得丑陋无比，没有人愿意跟他交朋友，都像躲怪物一样远远避开他。

宫乐除外。

后来，阿川每次发病就往大山里跑，不让别人看到。去几个时辰或一整天，症状暂时消失后才回来。

但这一次，阿川走了十天。宫乐认定他一定遇到了意外，也许有生命危险。

找回阿川！因为他是跟自己一样的人啊，宫乐想。

老黄驾车出了隐村，村外是两座大山。宫乐的脑海浮现同阿川第一次相遇的情形，就在一座山的山脚。那时宫乐受了箭伤，刺鼻的血腥味引来了饿狼，宫乐以为自己死定了，却没想到一个少年突然出现在他的眼前。

少年背着宫乐疯狂奔跑，风在耳边呼啸，饿狼在身后狂追。浑浑噩噩的宫乐伏在少年肩头，第一次看向少年，只看到了满脸的伤疤——宫乐还以为是地狱的恶鬼要将自己背入鬼门关。

宫乐忽地笑了笑。

阿川，你到底在哪儿？

# 第二章 秦河浮尸

金霞县城。

杏春药堂的伙计瞅清了男子狰狞的胎记，吓得连摔了两个跟头跑回堂里：“不好了，师父。去过前街华生堂和善慈斋的怪人来咱们这里了，怎么办啊？”

坐堂郎中轻轻吐气说：“既来之则安之，随他吧。”

伙计让开了门，怪人一步就跨了进来。

这个怪人便是蒙锐。为了能救活妹妹，蒙锐下决心寻遍大世境内的神医妙手，今日便是来金霞县寻医求药的。

蒙锐刚欲开口，郎中却先说话了：“先生可是想救你妹妹吗？”

蒙锐一怔，回头望了望来时的前街，几个药堂间的消息倒是灵通。

“令妹全身血干，无脉无心跳？”郎中又说了。

蒙锐“嗯”了一声。

“你已经去了华生堂和善慈斋，就应该知道，除非扁鹊转生、华佗再世，否则这世上只怕没人可以救活你妹妹。”郎中直言不讳道。蒙锐眼中闪过一丝痛苦神情，他突然跨一大步来到郎中身前，声音微颤地问：“大夫，您可听说过令人起死回生的神药？”

“神药！这——从未听说。”郎中慑于蒙锐凶容，转脸不敢再瞧。

蒙锐道了声谢，转身刚想走，这时药堂门口突然拥入了一群缁衣捕快，为首的捕头奔到蒙锐面前，一脸兴奋道："卑职金霞县涂金雄见过蒙大人，大人别来无恙啊。"

蒙锐打量这位涂金雄，阔眉大眼，一脸络腮胡子，觉有几分面熟，却又想不起在哪里见过。涂金雄爽快地说："蒙大人兴许不记得我了。两年前我曾跟随轩辕善大人办差，后被六扇门调来了金霞县。"

"我想起来了。"蒙锐展开笑容，"铁捕的得力助手涂金雄。"

"正是涂某。不想转眼多年，竟会在金霞重遇蒙大人。"涂金雄有几分激动，满脸络腮胡抖个不停。蒙锐瞅了瞅他身后的一众捕快，笑了笑："你要去办案？"

涂金雄脸一红，讪笑道："算、算是吧。其实是……小案子。"

蒙锐见涂金雄吞吞吐吐，也不便再问。涂金雄怕蒙锐生有误会，倒是直截了当地说明："金霞县黄员外家死了一只金丝雀，不知是被猫挠死了，还是怎么死的，县令王大人责令我过去看一看，就这事，唉！"

这差事实实在在有些荒谬，为一只金丝雀竟如此劳师动众，还要带整班捕快去。蒙锐心想：这金霞县县令就算不是酒囊饭袋，也相去不远了。

涂金雄奉命行事，实属无奈。涂金雄干咳了两声，说道："不过说来也挺奇怪的，这半个月来城中死了不少名贵宠鸟，而且都是大门大户的。"

涂金雄正说话间，突然从长街尽头奔来两名衙役，一人扑到涂金雄身前，急赤白脸地说："涂捕头，出人命了！"

"啥？在哪里？"涂金雄眉毛一竖，喝问道。

"就在秦河里漂着呢。"

"赶紧走！"涂金雄理直气壮地不去黄员外家，赶往城外秦河。

金霞城外三里，秦河河畔。

仵作吩咐人打捞上来死者，尸体被扔到了岸边。死者脸部残缺不全，当中有一个大窟窿，也不知被何物所击穿，面目难辨。前胸亦有一个拳头大的窟窿。死者穿了一件破旧的黄衣，怀中有一件纯白玉马。

涂金雄和蒙锐赶来。仵作对涂金雄道："捕头，死者的脸和前胸有严重的穿透伤，像是正面撞击了巨大尖锐的物体。另外还有几处不起眼的小伤痕，兴许是在河中时被浮木所划伤。”

涂金雄略略点头，仵作自顾忙去了。涂金雄盯着死者衣物，又瞧瞧纯白玉马，满脸疑色：“死者穿着窘迫，但为何身上会有这么一个价值不菲的白玉马呢？”

蒙锐在一旁，顺着急流朝上望：“秦河上游布满了嶙峋怪石，亦有不少断崖。”

涂金雄领会了蒙锐的意思，眼里一亮道：“是了！死者乃是从断崖掉落，后被乱石刺死。”

“我这便带人去上游。”涂金雄勾首望了望秦河。突然，从聚拢的人群里冲出了两个人，一老一少。涂金雄刚欲叫人拉走，一歪头却看清了少年的面目。这少年涂金雄竟认得，乃金霞县商首宫家的少爷，宫乐。

宫乐扯住死尸破烂的衣衫，神态有失地叫喊：“这是阿川的衣服——阿川，你醒醒，你醒醒啊！”

“你怎么了？是谁害了你？”

蒙锐侧脸看了一眼宫乐，若有所思。涂金雄皱着眉头问：“宫少爷，你认识死者吗？”

宫乐苍白的脸颊上全是凄然悲怆的表情，看得涂金雄有些发呆。宫乐紧紧抿着双唇，回答道：“他是我的朋友，孟川。”

“孟川？”

涂金雄“唉”了一声，安慰了宫乐两句。宫乐却像一句都没听到，他两眼直勾勾地望着面目全非的尸体，用极低的声音喃喃说：“我会替你报仇的，阿川。”

蒙锐一怔，盯着叫宫乐的少年。好一会儿，他才将视线转到了秦河湍急的上游，真相就藏在那里的某一个角落吧。

现场整理完毕，尸体被运回县衙黑屋子。涂金雄从宫乐那儿问清了孟川的住址，那个叫作隐村的小村落，他安排了人前往隐村，自己则赶往秦河上游。

涂金雄也不愧跟随轩辕善多年，诸事布置得一丝不苟、井井有条，他恳请蒙锐留下帮忙。蒙锐想了想，暂时算答应了。

酉时末，天色昏暗，蒙锐回到浮云观。

观中没有多少道人，更显得有几分冷清。蒙锐穿过前殿道院，后面的一间厢堂中摇曳着昏黄灯光，光芒在蒙锐的青脸上照耀，淌出少许的温暖。

蒙锐来至厢堂，厢堂内很宽敞，当中停放着红棺。牛嫂正用干布一点点擦拭红棺的边边角角，似是感觉到有人，牛嫂霍然起身冷冷地问："谁？"

牛嫂双手交叉置于小腹前，正是华山飞燕掌的起势。飞燕掌是蒙锐教给牛嫂的，因为她说要保护红棺。蒙锐立即出声："牛嫂，是我。"

"公子，你回来了。"牛嫂撤了掌势，继续擦拭红棺。

"嗯。"

"外面冷吗？你应该再多穿件外衣。"牛嫂关心地说。

蒙锐心头有了一丝久违的感动，他笑笑说："不碍事。"

"她还在睡，不知道要睡到什么时候。"牛嫂坐在红棺旁，轻轻摸着棺木，好像在自言自语，又似在询问蒙锐。

"快了，牛嫂。你放心，我一定会让她醒过来。"

牛嫂不说话了。夜缓缓吞噬了这偏远道观中的一切。

# 第三章 祸起萧墙

十月初十，天微雨，魔神生东南。

天刚蒙蒙亮，涂金雄便派人来请蒙锐。前一天蒙锐已经告诉涂金雄，自己住在扶摇山浮云观里。

县衙黑屋子外，涂金雄早候在那儿了，跟他一起的还有两个人，一男一女，年纪都在五十岁上下。涂金雄给蒙锐介绍，这两个人就是孟川的爹娘，孟川娘说孟川已经失踪十多天了。

涂金雄朝蒙锐看了一眼，推开了黑屋子的石门。瞬间一股子夹杂着腐败、恶臭、腥腻的气息扑面而来，涂金雄微微皱眉，孟川爹娘都捏住了鼻子，只有蒙锐面无表情。

几个人走入黑屋子，仵作掀开了一张石床上的尸布，布下正是在秦河河畔发现的死尸。

“这是不是你们的儿子？”涂金雄让开位置，后面两个人跟上。

孟川爹娘盯着尸体看了一会儿，孟川娘突然大哭起来：“儿啊，这就是我的儿孟川！儿啊，你死得好惨，你死得好惨啊！”

孟川爹也断断续续地哽咽。蒙锐默默观察两个人片刻，就转过脸不再看了。

孟川娘泣不成声，声音越来越大。涂金雄只能将二人送出，然后回来道：

“昨天我查探了秦河上游多个断崖，不过都未有收获。那秦河断崖真不少，粗略算算也有十二三个。”

蒙锐“嗯”了一声，注意力却在孟川的尸身上。尸身脖颈处有一道纵向的刺入伤，蒙锐在伤痕周围比了比，目光疑惑。涂金雄插嘴说：“仵作说这道伤痕是被河中的朽木所刮。蒙大人觉得不妥？”

蒙锐淡淡说：“没事，只是看看而已。”

“差点忘了，昨天从死者身上搜到的白玉马是宫乐送的。”涂金雄揶揄地笑了笑说，“孟川和宫乐。一个是山野少年，一个是富家公子，他们怎么会成为朋友——而且宫乐那么伤心难过，两人友情可非一般呀。”

“人世间的事千变万化，没人说得准。”蒙锐道，涂金雄赞同地点了点头。

“我总感觉叫宫乐的少年，他心里藏着一些东西，让人难以捉摸他在想什么。”蒙锐转望涂金雄，“你对宫家可熟知？”

涂金雄咧了咧嘴：“还行。王大人以往摆宴总会邀请一些乡绅富商，这宫家乃金霞县商业之首，产业足抵半个县城，每次摆宴宫家人都坐首席。这一代的宫家掌权人是宫老夫人，也就是宫乐的娘。嘿，宫老夫人四十岁才生下宫乐，膝下只这一根独苗，所以宝贵得不得了。据传自幼至今，伺候过宫乐的奴婢仆人没有一百，也有八十了，每次只要一不合心思就会换掉。”

蒙锐嘴角上扬：“藏匣之珠，未必得好。”

涂金雄接着说：“宫乐还有个叔叔叫宫四海，他跟宫老夫人不和，一心想独霸宫家产业。豪门内部爱钩心斗角，看来钱少了未必是坏事，钱多了也未必是好事啊。”

涂金雄说完其他，又跟蒙锐唠起了嗑，说他在轩辕善手下时办过哪些大案，还说起轩辕善常挂在嘴边的两个人，一个是蒙锐，另一个则是鬼捕黎斯。蒙锐讨厌聒噪，但对于涂金雄的滔滔不绝，他倒也没有太多反感。

说到最后，涂金雄换了一副苦瓜脸：“唉，我这差办得憋屈啊。今儿个一早，王大人把我喊了去，我以为是为了孟川的案子，谁知道竟又是为了什么金丝雀、鹦鹉的无辜丧命——还说人命案要查，但杀鸟案也要查清。”

说着，说着，涂金雄不自觉苦笑。

“哼，王县令真乃第一知鸟善趣的父母官。”蒙锐话锋讥讽，丝毫不给谁留面子。

“昨晚又死了一只价值百两的鹦鹉，让人咋舌的是，鸟主人说看到了一个诡异的绿色猫影。接着王大人要我去抓猫——”

涂金雄的话被打断，衙役匆匆奔入堂内：“涂捕头，宫家有人杀人！大人令你马上去宫府！”

涂金雄和蒙锐对望一眼，涂金雄无奈道：“宫府这是要闹哪出啊！”

宫府在金霞县城西有一大片宅院，涂金雄、蒙锐进到亭台楼榭鳞次栉比的宫府。家仆将他们引至五进院的正堂，蒙锐在堂外就看到了脸色苍白的宫乐坐在下首椅，左手好像受了伤，用白布包裹了几层。

宫乐对面坐着一个四十来岁的男子，虎背熊腰，目光逼人。这人乍一看是个莽夫，但再看其穿着，锦衣华靴，头绾青云坠，又给人一种富贵威严之感，尤其是那一双眼睛，精芒闪动。

男子脚边扔着一把黑漆漆的匕首，透着丝丝森寒。

这人应是宫乐的叔叔，宫四海吧。蒙锐心道。

正堂中央上首是一位六十上下的老夫人，自然是当代宫家掌权人宫老夫人了。宫老夫人慈眉善目，安之若素地端坐着。

宫四海看到涂金雄，冷冷地开口道：“长嫂，现在官府的人也来了，这事总该给个说法了吧。”

“什么说法？”宫老夫人语气平静。

“宫乐私藏匕首想行刺我，哼，不过被我制服了。杀人行凶肯定是要下牢的，长嫂。”宫四海拔高了音量。

“好大的本事啊，将你的亲侄子送进牢狱就这么光彩？”宫老夫人语锋一转，变得犀利睿智，正好遏制了宫四海的撄怒。宫老夫人稍稍动容道：“四海啊，你大哥死后，宫乐唯一的父辈就只有你一个了，你便等同于他爹。你可听说过，儿子要刺杀爹的吗？”

“但他明明怀藏匕首来找我——”

“你这就有所不知了。宫乐平素最为敬仰之人便是你，他知你乃习武之人，年轻时还当过镖师闯荡江湖，就对你的武功心慕已久。唉，宫乐想多跟你亲近亲近，这才怀藏匕首想让你教授他武艺。这孩子内向，肯定被你一吓，就惊慌失措地摸出了匕首，接着又被你伤了左手。”宫老夫人话至此，泫然欲泪下，“此时此景，宫乐早已失魂落魄。你这个当叔叔的非但不安慰，还咄咄逼人地请来了捕快要将他送进大牢——四海，你于心何忍啊！”

“我，他，哎哟！”宫四海的方脸憋得像猪肝，却又无话可辩。

宫老夫人令宫四海哑口无言，转看涂金雄：“宫家家事怎敢惊扰官府？来人啊，替每位官爷备一份薄礼，送客。”

涂金雄干笑两声：“宫老夫人，那涂某告辞了。”

宫老夫人闭眼，不再言语。涂金雄和蒙锐转身往外走，猛然间，一个柔弱却又倔强的声音传了过来：“等一下。”

蒙锐回头，说话的是脸色苍白的宫乐。

宫乐用手一指宫四海，一字一字清晰地说：“我不是想跟他学武，就是想杀了他！”

宫府正堂内，每一个人的脸色都为之剧变。

“宫四海害死了阿川，我要替阿川报仇！”

# 第四章 潜行者

宫府正堂。

宫四海小眼眯成一道缝，冷冷盯着宫乐：“你胡说什么！”

“我没胡说，就是你杀了阿川。”宫乐道。

“阿川？哼，什么阿猫阿狗的东西，简直脏了我的耳朵。”宫四海眸中冷芒乍现，“你果然是想行刺我啊，太好了，我这就把你送进牢里！”

“谁怕谁！就算进了大牢，我也绝不放过你！”

“都闭嘴！”宫老夫人大喝道，继而重重咳嗽了几声。宫乐担忧道：“娘，你没事吧？”

“想让我多活几天，你们就都给我闭嘴！”

宫乐咬着牙，低下头。宫老夫人望着宫四海，宫四海也移开了目光。宫老夫人朝涂金雄赔笑道：“涂捕头，让您见笑了。他们都是血气方刚的男子，难免说些混账话，还请涂捕头莫要往心头去，老身替他们告罪了。”

“宫老夫人哪里的话，口舌之快本就算不得数。”涂金雄躬身一礼，“涂某告辞。”

涂金雄和蒙锐从宫府出来，涂金雄跟前两步道：“宫四海很有嫌疑啊。”

“哦，如何见得？”

“宫四海乃宫乐亲叔，若没有真凭实据，他怎敢乱咬宫四海？”涂金雄胸有成竹地说，“不过宫乐为了替孟川报仇，连命都豁出去了，倒是让我有几分佩服。原来并非所有少爷都是胆小鬼啊。”

“那你为何不抓宫四海？”

“嘿！我没这胆子。”涂金雄大咧咧地笑道，“宫家不是寻常人家，据传在圣城里都有靠山。所以不可轻动，还得请县令定夺。”

蒙锐心里发笑：你是想拉县令做替死鬼吧。

“你觉得孟川爹娘可有异常？”蒙锐忽然问道。

“异常？没觉得啊。”

蒙锐站定，转头看了看涂金雄说：“也许是我多虑。这样，你派个人随我去一趟孟川家。”

涂金雄想也不想就答应了。

申时末，蒙锐第一次来到了隐村。

隐村中几乎见不到人，蒙锐拍开了孟川家的门。

孟川爹娘一脸愕然，他们没想到衙门会接二连三派人来。蒙锐走进孟川的小黑屋，将其他几个人都留在了屋外。

小黑屋里逼仄潮湿，而更可怕的是黑暗。黑暗如同野草，长满了小屋的每一处角落。屋里只有一张半塌的木板床、一个黑沉沉的旧衣箱、一张残破的矮脚板凳，这便是全部。

蒙锐打开旧衣箱，用手先在里面摸了摸。箱里都是些破衣旧衫，蒙锐转望门外，孟川爹娘的衣衫却都是干净崭新的。把衣箱里的衣服一件件都翻了出来，蒙锐再一件件放回去。

半塌的木板床上面没有被子，蒙锐躺在床上，周围像有无数双黑色的眼睛、无数张黑色的嘴、无数双黑色的耳朵，在看着、说着、听着这狭隘空间的一息一变。

头有些昏沉，蒙锐走出了小黑屋，不再看孟川的爹娘，他对随行的老捕快邱大胆道：“走吧。”

隐村外有三条路，一条是蒙锐来时的路，另外两条分别通向两座大山。

蒙锐伫立在三岔路口，询问邱大胆："哪一条路能去秦河？"

邱大胆是本地人，张望了两眼便道："回大人，走右边的，穿过蛇山两个山头，便是秦河上游。"

"唔，那我们就走右边。"

邱大胆一怔，又补充说："但走右边的路绕远了，而且翻山越岭，最起码要多走一个时辰。"

"无碍。"蒙锐意味深长地说，"相比起其他的，翻山越岭算最简单的了。"

蒙锐大步而行，邱大胆听得一头雾水，不过涂金雄嘱咐过要好好保护蒙锐。邱大胆心中叫苦，也只能匆忙跟了上去。

酉时，在山中赶行了一个时辰，四周渐渐都黑了，虫豸鸟兽的啁哳叫声多了起来，蒙锐发觉邱大胆神情颓唐，便找了个开阔地坐下休息。

邱大胆取了水壶咕咚咕咚喝了好几口，面色才好了些。蒙锐站在山头，原来蛇山之西就是扶摇山，却不知浮云观里的牛嫂此时可好，她定然还守在红棺旁吧——恍惚间，蒙锐猝然间发现了苍郁丛林中有一双碧绿的眼眸，还未来得及反应，便有一道快若妖魅的影子在林中转瞬闪过，再寻觅不到。

一丝难以言喻的冷意将蒙锐包围，那双碧绿的眼眸同夜色融为一体，犹如了无声息的黑暗潜行者。

"大人，天色不早了，我们还是赶路吧。"

邱大胆的话唤回了蒙锐散乱的思绪，他嚅嚅道："貌似在这大山深处游荡的不止我们两个呀。"

又行了半个时辰，翻过了蛇山两个山头，隐隐约约可以听到秦河湍急奔腾的水流声。蒙锐下到一个僻静山谷，秦河从外侧流过。山谷左右有两个突出的山体断崖，蒙锐昂头辨了辨，爬上了左侧断崖。

上断崖的路是一条羊肠小道，路两侧长满了荆棘荒草，蒙锐的长衣也被勾破了几个小洞。断崖上一大块空地，蒙锐走了两圈。在崖边干燥的土壤里有什么东西在微微闪烁，蒙锐弯腰捡了起来，竟是一枚扣拢腰带的青玉钩，玉钩边缘沾着一丝干涸的黑血。

蒙锐深吸一口气，发现青玉钩的地方依稀可辨凌乱的足迹，这里应该就是孟川跌落的地方。那么这枚青玉钩莫非是凶手不慎遗落的？

邱大胆也发现了疑点，急忙说道："断崖上好像发生过争斗，大人，会不会跟孟川的案子有关？"

蒙锐收好青玉钩："我也是这么想的。你记牢山谷的位置，回去便告诉涂金雄。"

邱大胆重重点了点脑袋。

"下去吧。"蒙锐转身说。

两个人下了断崖，沿秦河往下游走。行至戌时前后，秦河之水渐渐变缓，两个人到了秦河中游缓冲地段。

蒙锐有意无意地放缓脚步，目光在岸边打量，岸边一块大青石吸引了蒙锐的目光。这块大青石比其他的更干净光滑，蒙锐饶有兴趣地盯了一会儿，一屁股坐在大青石上面。

"你累了，大人？"

蒙锐起身拍拍屁股："滑了一跤。"

两人刚欲走，倏然从东面的林子里传来一声凄厉的惨叫！

林中鸟被惊飞，蒙锐隐约看到有个人在逃跑。他扔下邱大胆，左脚在树上一踮，兔起鹘落间已经冲到了那人前头，一回手攫住了对方衣领。

"不要杀我，求求你，不要杀我！"被攫住的是个年轻人，年轻人闭着眼一个劲儿求饶。

蒙锐将他往地上一扔，年轻人"哎哟"一声痛叫。他张眉张眼地看到了蒙锐，忽地长吁一口气："幸好，幸好不是——"

"你是干吗的？叫什么？"林中冷风吹开了蒙锐的头发，露出了狰狞青胎。年轻人吓得一哆嗦，赶忙说："我是山里的猎户，叫安娃。"

"方才谁在追你？"蒙锐盯着安娃问。

安娃眼珠子往下一落，道："没有人。是一头发了凶的野狼狂追我，想要吃了我。"

"野狼。"蒙锐轻轻重复道。安娃穿着一件兽皮做的袍子，后背有一道长长的划痕。狼爪要比这划痕深多了，这小子在撒谎，蒙锐笃定。

安娃躲避着蒙锐的目光，下意识地将两只脚往后靠。安娃蹬着一双价值不菲的紫纱长靴，腰畔还挂有一个做工精致的荷包。

“你撒谎！”蒙锐突然冷喝，“打猎穿蒲鞋、麻鞋，哪有穿纱靴的！你腰畔的荷包也不是你的——还有你背后的划痕绝非狼挠的。说，到底是怎么回事？”

蒙锐声色俱厉。安娃眼瞅着漆黑夜幕里如同魔王的男人，腿根子发软，颤声说道：“我看见有人杀了人！”

蒙锐浓眉一挑，正等安娃继续往下说。忽地从不远的丛林处传来咆哮声，像人又似兽，安娃恐惧地抱紧脑袋道：“它来了！就是它在追我！它的眼眸是绿色的，如同幽鬼一样。”

绿眸——是他，黑暗潜行者。

邱大胆刚刚寻来，蒙锐将安娃交到他手里，说：“这孩子很重要，把他先关进大牢里。”

没等邱大胆多问一句，蒙锐已冲进了林子深处，循着咆哮声追赶绿眸潜行者。

邱大胆瞅了瞅浑身哆嗦的安娃，苦笑道：“得了，你跟我走吧。”

绿眸潜行者只留下一道浅浅的影，稍不留神就会失去目标，蒙锐丝毫不敢大意，双眼如鹰隼般牢牢锁定那道浅影。在林子深处东穿西拐了好一会儿，浅影忽地一错身冲出了树林，蒙锐也紧跟着冲了出去。

冲出林子后，竟到了相距金霞县不远的一片山野里。绿眸潜行者继而向东疾驰。他想要进县城——这念头在蒙锐脑海里一闪而过，他却来不及多想。

浅影摸到了残缺有洞的城墙，从墙洞钻了进去。

蒙锐不敢怠慢，也钻进墙洞里。但等他钻出来，墙洞外的大街上黑黢黢一片，哪还有人影。

该死的，让他溜掉了。

从长街另一头传来了杂乱沉重的脚步声，接着有人吃惊地说：“蒙大人，你怎么会在这儿？”

蒙锐一抬头，迎面而来的是涂金雄。

# 第五章

# 金笼为墓

"我从隐村回来了。"蒙锐发觉涂金雄脸色怪异，问道，"你要去哪里？"

"唉，一言难尽啊。既然蒙大人来了，便一道去看看吧。"

蒙锐心中一动："莫非是王大人？"

涂金雄无奈地点点头。蒙锐没说什么，随涂金雄来到了金霞县县令王怀安府邸。

秋露凝重，夜风渐寒，秀丽的高轩台花都已凋谢。书房外的小廊一隅，这位闲情雅致的王大人此刻脸色如同一块猪肝，酱红发紫，不知是挨了打，还是受了惊。

王怀安一见到涂金雄和蒙锐，便脚步趔趄地跑来说："涂捕头，我的茗儿死了，它死得好惨啊。你一定要为它报仇，找出杀死它的凶手。"

王怀安突然抱住涂金雄，一把鼻涕一把眼泪地哭个没完。蒙锐斜眼望了望涂金雄，涂金雄哭笑不得地说："茗儿是王大人养的黄嘴鹦鹉的小名。"

死的是鹦鹉！这般为一只鸟号啕大哭的"人中俊杰"到底是怎么当上县令的啊，苍天啊，是谁的错！蒙锐无语，恨不得甩王怀安两巴掌。

涂金雄安抚好王怀安后，跟蒙锐进了书房。关鹦鹉的金笼原本挂在木架上，但此刻金笼被扔在了角落，黄嘴鹦鹉趴在地上。赶来的仵作看了看说："鹦鹉肚子被剖开了，内脏都被挖空了。"

蒙锐注意到鹦鹉羽毛上几乎没有血，即便巴掌大小的一只鸟，要剖身挖脏不沾血也绝非易事。蒙锐忽然觉得连环杀鸟案的背后不那么简单，好像还藏着另外一场诡谲黑暗的阴谋。

“这书橱是怎么回事，以前也是这样？”涂金雄在前头问道。书橱门上有一道深深的划痕，下人回答道：“不，以前不是这样的。”

对着划痕，蒙锐用右手中指、食指比画了几下。而后顺着划痕的方向扭头看，却看到里面有一张软榻，上面锦被半掀。

“王大人，你今晚睡在书房？”蒙锐跑到外面，问王怀安。

王怀安先一愣，而后点点头：“我夫人这几日回老家了，所以这几天我都睡在书房。”

王怀安受惊不轻，脸色发紫。蒙锐顿了顿，又问他：“黄嘴鹦鹉被杀时，你是不是看到了什么，或者听到了什么？”

“啊！”王怀安打了一个激灵，似乎不愿意再想起那一幕，“我看到一只匍匐在地的大猫——它杀了茗儿，又在黑暗里注视着我。我整个人僵在那儿，像被一条看不见的绳子捆绑住了手脚，动也不能动，甚至连张嘴求救都办不到。”

“我害怕极了，担心那只猫会从黑暗里扑过来，如同虐杀茗儿一般杀了我——我对不起茗儿！”王大人掩面难过。

“当时黑吗？”蒙锐问。

“很黑。”

“那你怎么就认定了是一只猫？”

王怀安愣了愣，然后才道：“因为它四肢都匍匐在地上，而且它有一双碧绿的眼眸。只有猫和狼是绿眼珠，但它肯定不是狼，所以是只猫。”

“一只凶残的猫。”王怀安肯定道。

涂金雄在旁边说：“对，对，估计也只有猫才对鹦鹉、金丝雀这些鸟感兴趣。”

再聪明的猫，要它剖尸挖心，岂非鬼史野闻。一双绿眸！蒙锐想到了绿眸潜行者，莫非杀鸟案同他有关？蒙锐瞥了眼王怀安，默默地不再作声。

涂金雄派人搜查了一番，毫无所获之后将茗儿扔回金笼里，遵循王大人的意思，准备就近找个明亮怡人的林地给埋了。

金笼被提溜走了，蒙锐看着横尸在内的茗儿，那金光灿灿的笼子宛如一座牢墓：囚了它的命，埋了它的尸，注定了它的一生。

蒙锐忽然想起了红棺里的妹妹蒙挽香。她若还有所感知，是否也会有茗儿那般的苦与愁？

涂金雄给蒙锐使了个眼色，两人绕开王怀安。蒙锐直截了当地说：“你也觉得是猫？”

涂金雄连忙摇头：“任何一只猫都不具备重复作案的大脑，那绝对不是猫。不过顶头上司死活认准了，我也不好说什么。”

蒙锐明白无可奈何的滋味，略微沉了沉说：“连环杀鸟案存有几分邪异，你将之前的案子给我讲一下，越详细越好。”

涂金雄讲述完了，王怀安把他又叫走了，这位王大人估计要大举出动抓猫了。蒙锐踽踽出了府邸，挥掉心头雾霾。因为他知道，等待他的还有另外一场意想不到的考验。

蒙锐离开后，就在王怀安府邸后面的污巷内，有一个匍匐在地的影子，正在一口一口吞吐着肮脏腥臭的内脏，“它”的眼眸呈现出鬼魅的妖绿。

# 第六章　青玉识凶

十二日，又过了两天，孟川之案撒下的大网徐徐收拢。

涂金雄一方面遵从王怀安的意思，全城抓捕绿眼凶猫。另一方面在蒙锐的帮助下，在可疑的山谷断崖取证，围绕找到的沾血青玉钩进行调查，孟川之案渐渐清晰。

邱大胆将安娃送回了金霞县衙，暂押大牢。这年轻的猎户愁容满面，再见到蒙锐，他就扑到牢门前大喊冤枉："为什么要把我关进牢里？我是冤枉的！我什么都没做，求求你，大人，放我走吧。"

蒙锐令狱卒打开铁门，目光漆黑似刃望着安娃。安娃不自觉低下头，像是害怕看到蒙锐的眼神。

"你看见有人杀了人？"蒙锐缓缓问。

"我、我太害怕，乱说的。"安娃低垂着眼，否定了之前的话。

"哦。"蒙锐将两样东西扔在门口，正是安娃的纱靴和荷包。安娃面色一下子凝重起来，蒙锐渐渐冷漠道："纱靴和荷包上都染有血迹，而且两样东西都不属于你。我有足够证据怀疑在秦河流域发生了一起凶杀案，既然你之前是乱说的，那么凶案最大的嫌疑者便是你了。"

"不，这两样东西是我的，上面的血也是我的。"

“哼，紫纱长靴价值不菲，整个县城只有两家鞋铺在卖，卖出的也都有记录。而荷包内也绣有真正主人的名讳。”蒙锐青面无容，“这两样东西还是你的吗？”

“我、我——”

“罢了，既然你铁了心不说实话，就自己去阎王殿前喊冤吧。”蒙锐转身就走。

“别走啊。我说，我都告诉你！我真的看见有人杀了人！”

脚步倏然停住，蒙锐深吸一口气，回身蹲在牢前：“仔仔细细地说来听。”

安娃忙不迭地开口讲述。

讲到最后，蒙锐问他：“当晚究竟是谁在追你？”

安娃脸上立刻充满了恐惧之色，牙齿颤抖地说：“追我的那家伙浑身绿毛，还有一双绿眸——我也在老山林里待了三年了，见过不少凶禽猛兽，但从未有一种动物像它那样让我打心底里感到毛骨悚然，就仿佛它能随时抓住我，把我给吞了。”

“但有一点我可以肯定，‘它’是个人。”安娃瞪大了眼。

蒙锐若有所思地走出了大牢，迎面正撞上涂金雄。涂金雄张嘴便说：“蒙大人，你怎么在这儿，我找你好久了。”

“有事？”

“嘿，宫府公子到底是把宫四海给告了，状告其乃杀害孟川的凶手。”涂金雄捋了把络腮胡，干劲十足道，“宫家人现都已到了大堂，王大人让我来请你。”

“宫府公子，宫乐。”蒙锐眼前蓦地浮现出苍白少年坚定而倔强的眼神，对涂金雄说，“去大堂。”

金霞县县衙大堂。

宫乐和宫四海怒目相瞪地跪在堂上。王怀安给宫老夫人设了椅座，老夫人闭目安坐，旁边站着一个青衣丫鬟，丝毫看不出老夫人心中变化。

王怀安见蒙锐到了，请他到堂侧坐好。接着，他朗声道：“堂下宫乐，你状告宫四海杀害孟川，此非泛泛，你可有确凿证据？”

“有。”宫乐声音不高，却十分坚定，“阿川死前，宫四海曾派了两拨人到隐村打听他的情况，从那以后阿川就神秘失踪了。一定是宫四海先掳走了阿川，再残忍地杀了他。”

“嘿嘿，哈哈，天大的笑话！”宫四海歪着大嘴道，“大人，休听宫家孽子的满嘴胡话。我是派人打听过孟川，那也是因为宫乐从未有过什么朋友，他涉世未深，做叔叔的担心他被图谋不轨的人给欺骗了，故才派人去问底实。”

“你的朋友才图谋不轨！阿川是我最好的朋友，他比这里的所有人都好——你才是狼子野心！你在府上喝醉后曾说过要杀掉阿川，对不对？”宫乐声音陡然变高，脸色却越发苍白。宫老夫人那边依旧闭着双眼，不闻不问。

“哼，你也知道那是酒后之言，醉酒之言岂可当真？况且，那个孟川也不是什么善类，除了性格孤僻残暴外，还身染恶疾。这种人也只有你才会跟他交朋友，物以类聚呀。”宫四海冷言冷语地针锋相对。

“你住口！”宫乐嘴唇发紫，双眼充血，“阿川其实是被我拖累的，应该死的人是我！”

宫乐说罢，猛然间从怀里摸出一样东西扔在堂上，神情凄然地说：“大人，其实宫四海想杀的人是我——这箭镞便是两年前宫四海派刺客暗杀我时留下的，当时我重伤昏迷，是阿川在鬼门关前救了我。事后宫四海就对阿川怀恨在心，恨不得杀了他。叔叔，我可有说错？！”

宫四海死盯着箭镞，脸皮子抽了抽，突然摇头长叹一声：“宫乐，做叔叔的事事都为你着想，没想到你竟为了个疯子来诬陷我。好啊，你说我这个亲叔叔要杀你，那拿出证据来啊，就凭这么一个烂铁头？”

“箭镞背后刻着一个‘梅’字，乃是刺客的名号。”

“少说废话，刺客在哪儿？如果没有人，这箭镞什么都不是。”宫四海带着一抹讥笑。

涂金雄也开口了：“你叔叔所说不错。宫乐，你可找到了那个刺客？”

宫乐渐渐垂下脑袋，茫然地摇了摇头：“我尝试找过，但——没有找到。”

“哈哈哈，哈哈哈！”宫四海狂笑不止，“大人，他无人可证了。现在我就反告这宫家孽子诬陷之罪，还请大人明察。”

王怀安一愣，搓了搓手：“这个嘛——”

“等等。”一声沉缓却不容置疑的声音响起，所有人都顺着声音望向宫老夫人。她不知何时睁开了眼，浑浊的目光从宫四海转到宫乐脸上，长吁一口气说：

“王大人，刺客就在堂外。”

“堂外？”王怀安瞧了眼涂金雄，涂金雄挥手道：“来人啊，把刺客带上来。”

“长嫂，你！”宫四海脸色霎时变得煞青，待他看清从堂外进来的人后，更觉得眼前发黑，险些一屁股跌倒。

从堂外走入的人四十多岁年纪，鼠须黄脸，耷拉着脑袋。

涂金雄凝视片刻，问道：“来者何人？”

“草民梅子冲。”

“两年前，可是有人指派你行刺宫府公子宫乐？”涂金雄继续问。

“是。”梅子冲承认了。

“指使你的人是谁？”涂金雄瞟向宫四海。

梅子冲头也没抬，拿手一指宫四海道：“就是他。”

“你、你胡说！”宫四海面容扭曲地焦急否认。

“宫老爷，当初你交付我的银票还在我怀里，上面有你的印章。”梅子冲一语击破了宫四海的虚假面孔。宫四海颓然地后退两步，又看了一眼面沉如水的宫老夫人，倏地点点头，道：“原来长嫂早有准备，早就找到了这梅子冲来对付我，哈哈！”

宫老夫人低低一叹：“天作孽犹可活，自作孽不可活。”

“罢了，即便我曾经想除掉宫乐，但他并没有死，还好好地站在这里，你们也不能判我死罪。而我暗杀宫乐也不能证明是我杀了孟川！”宫四海终于承认暗杀过宫乐，但依旧否认残杀孟川一案。

“你们还有证据？”宫四海冷眼望着宫乐和宫老夫人，两个人都沉默不语。大堂上另一人突然开口道：“他们没有，我有。”

开口之人正是涂金雄。

涂金雄缓缓地说：“官府已找到了孟川跌落的断崖，并在上面发现了争斗痕迹，以及一件凶手遗落的物证。”

涂金雄拍了拍巴掌，堂外有人端来一个木盘，上面盛放着蒙锐寻到的那枚青玉钩。一瞅见青玉钩，宫四海全身一震，无比惊诧道：“青玉钩怎么在这里？”

“宫老爷可也瞧得眼熟？就在你赶来县衙前，我已派衙役去过你府中了。府里的使唤丫鬟已经证明，这枚青玉钩乃你的常用之物。”涂金雄盯着宫四海，继续说，“衙役还在柴房里找到了一件染血的蓝纹锦衣。来人啊。”

蓝纹锦衣也被呈上堂，锦衣里外都破破烂烂的，像是打架争斗所致。在蓝纹锦衣左侧尚有几小块黑色血污。涂金雄将青玉钩、蓝纹锦衣摆在宫四海面前，厉声说道：“宫四海，你早欲诛杀孟川，便掳走或暗中跟踪孟川到了山谷断崖，经过一番争斗，你无情地把他推落下断崖。你可还想狡辩？”

宫四海怔忪之间，突然像噩梦初醒般大叫一声：“大人，我冤枉啊。我也不知道青玉钩怎么就跑到断崖上了——但这不是真的，不可能是真的！”

“哼，你残杀孟川一案铁证凿凿，早已是百口莫辩。”涂金雄吩咐衙役道，“来人啊，将宫四海暂押死牢，等候州府死刑文书。”

“等一下，大人。我冤枉啊，我冤枉啊！”宫四海被拖了下去，宫乐失神地望着宫四海消失的背影，喃喃自语：“报仇了，阿川——杀死你的恶人被抓起来了，哼哼，哈哈哈哈。”

宫乐从堂上爬起来，往前走了几步，突然“扑通”一下子晕了过去。宫老夫人喊来家丁把宫乐背上马车，车夫老黄一挥马鞭，马车匆匆远离。

王怀安筋疲力尽地下了堂，揉着脑袋说：“这审案太费神了，最近不要再审了。那个宫四海吵得我耳朵里嗡嗡直响，都快晕死了。来人啊，回去，回去。”

金霞县青天大老爷被人搀扶着回到后堂，涂金雄和蒙锐面面相觑，涂金雄仰天一叹：“世间无常态，无人是自由。怎么偏这种闲庸之人做了官，可笑也。”

涂金雄抱了抱拳想走，却被蒙锐一下子拉住了。涂金雄一脸愕然：“蒙大人，还有事吗？”

“大牢里尚有一个安娃，我觉得你该去见一见他。”蒙锐忽地笑了笑，神秘兮兮的。

“那个偷人纱靴和荷包的年轻猎户？我听邱大胆说了，他是蒙大人亲自抓的。哎哟，这两天给孟川案忙活得晕头转向，倒是忘了去审一审。大人放心，我过会儿就去牢里。”涂金雄保证道。

蒙锐左右瞧一眼，压低了声音说：“他可不是普通的小贼。”

“啊？”涂金雄露出一副诧异的表情，仿佛没明白蒙锐的意思。蒙锐却也不再点拨他，而是转了话题：“涂捕头，我想再借用一下邱大胆。”

“没问题。”涂金雄点点头。

堂审宫四海时蒙锐一句话未插，他心头其实牵挂着另一件匪夷所思的案子——连环杀鸟案。

邱大胆将鸟主的名单递给了蒙锐，蒙锐瞅了瞅上面列举的四五个人名，眼眸里射出冷冽的寒光：“走吧，先从第一家开始。”

第一户杀鸟案发生在书房，蒙锐来到鸟主人的书房里。书房案几上有一道划痕。宠鸟被剖肚挖心。

第二户杀鸟案发生在花厅，花厅内一扇屏风上发现了划痕。宠鸟被剖肚挖心。

第三户杀鸟案发生在厢房，香炉桌的桌腿上也发现了划痕。宠鸟被剖肚挖心。

第四户杀鸟案跟发现秦河浮尸的时间相差不多，正是王怀安曾令涂金雄调查的黄员外家。黄员外心爱的金丝雀被杀死在书房内，蒙锐很快在古董木架一侧找到了一道深深的划痕。这道划痕似有所不同，蒙锐用心打量，划痕后段像突然打了个弯，有了些许的扭曲偏差。

如果所有划痕都是指甲留下的，那么打弯有可能是——指甲断裂。

“一寸寸地搜找古董架周围的角落。”蒙锐一声令下，邱大胆立即撅屁股开始找，端茶进来的丫鬟也被两个撅屁股的官差吓了一跳。也不知找了多久，终于邱大胆叫了一声：“大人，这儿有样东西。”

邱大胆小心翼翼地从字画罐底下捡起一小截绿色的指甲。蒙锐面带喜色：“就是它了。”

“它？”邱大胆不明所以。

赶回金霞县县衙的途中，邱大胆犹豫了好久说道：“大人，这几起杀鸟案虽不算大案，但着实让人一头雾水。之前县令王大人说是凶猫所为，但我却不这样认为。”

“你怎么想的，说来听听。”

“好。”邱大胆做了十几年的捕快，也算是老捕快了，他立即条条框框分析起来，“这几起杀鸟案都存在着几个共同点：第一，案子都发生在大户人家。第二，被杀的都是名贵的宠鸟。第三，现场都留下了长约一寸的划痕，应该是指甲留下的。第四，宠鸟全被剖肚挖心。”

“食鸟之猫是做不了这些的。”邱大胆下结论道。

“你还忽略了一点，案发时主人和鸟都待在同一个屋里。”蒙锐放缓了语速，“大户人家、宠鸟、同室、剖肚挖心——一而再再而三地重复同一案件，其需要埋藏极大的仇恨。”

“我能明白大人说的意思，但藏着这么大的仇恨，仅仅就是为了杀几只鸟？”

“这不是他的目的。”蒙锐目如鹰隼般犀利，慢慢道，“若我所推测得不错，他只是在寻找。”

“寻找？”邱大胆似懂非懂。

“寻找真正的目标。”

两人边说边走，已然来到了金霞县衙外。涂金雄早等候在那里了，他一把拉走了蒙锐，找了一个僻静的角落急急道：“蒙大人，那个安娃他说——”

“嘘——”蒙锐示意涂金雄不用说出口，“少安毋躁，我们现在要做的只有一件事。”

“什么事？”涂金雄忙问。

“等。”蒙锐从牙缝里蹦出了一个字。

# 第七章 镜中窥己

十四日，未时，扶摇山中浮云观。

房中摆了一张棋盘，空鱼子手执黑子已行许久，忽地望了一眼对面的蒙锐，笑笑说："半年未见，蒙侠士的棋技精湛太多了。"

"道长谬赞，心如棋盘，装得多了自然就看得透了。"蒙锐语出睿智，空鱼子大为欢喜："空鱼子早就看出蒙侠士乃具有大智慧之人，只是入观这几日，蒙侠士始终愁眉不展，不知所为何事。或许，空鱼子可破解一二。"

"多谢道长，但有些事只能自己面对，告诉别人只会多增烦恼。"蒙锐婉言谢绝。空鱼子颔首，目光忽而一瞥房门："门外的施主，若有事便请进来吧。"

蒙锐似早料定了门外人的身份，清了清嗓子喊道："牛嫂，稍等片刻，我这就出去。"

"是。"门外有人回答，正是牛嫂。

蒙锐起了身，空鱼子笑而说："这盘棋局，我还会为蒙侠士留着，期待终有一个圆满的结局。"

蒙锐跟空鱼子告辞，出门见到了牛嫂。两人也不说话，一前一后回到了停放红棺的厢房前堂，牛嫂眼神凝着红棺："这两日我总觉得心里突突直跳，像有什么不好的事要发生。公子，我们还要在这里逗留多久？"

蒙锐环顾堂内，而后坐在红棺旁说："牛嫂放心，用不了多久了。等离开这儿，我就带你们去定水城。定水城乃青州三大州城之一，毗邻浩瀚无际的东海，城中不乏东海异术师和当世名医，在那里或可有所收获。"

牛嫂眼里闪过一丝希冀，但很快转入黑沉沉的眼底："希望一切如公子所愿。"

"这儿托付给你了，我这就去金霞县。"

牛嫂默默点了点头。

蒙锐赶到金霞县衙时已是未时末，他没去找涂金雄，而是先找来了邱大胆。他贴耳嘱咐了几句，邱大胆脸色惊疑地点了点头，匆匆奔出了县衙。之后蒙锐到了县衙黑屋子外，推开石门，里面的仵作正在炼制熏香，用上等红油加燕回草、知寒子、云末等十味草药便可炼成尸臭熏香。这法子还是蒙锐从老友大世第一仵作老死头那儿学来的。

仵作收了香，起身拜礼。蒙锐道："无须多礼。孟川尸首在哪儿？"

"孟川？"仵作微一迟疑，但还是指向东头第三张石床。

蒙锐掀开尸布，底下是渐渐腐烂的尸首。蒙锐回头对仵作说："你先出去吧，我自己待会儿。"

"这——涂捕头知道吗？"仵作尚不敢擅离职守。

"他知道。"

仵作这才转身离开。黑屋子的石门一关，周围的温度好像突然下降了许多，蒙锐甚至可以感受到冷气在裸露皮肤上一点点凝结。他甩了甩手，从银盘里取出银刀、镊子和长针，漆黑的双眼锁定在死尸的脖颈处，下手。

大半个时辰后，蒙锐乏力地走出黑屋子。仵作还留在外面，让蒙锐吃惊的是涂金雄也在，涂金雄的络腮胡子又抖个不停，他每次激动或紧张时才会这般表现。

"什么事，涂捕头？"

"安娃那边有动静了。"涂金雄急迫道，"蒙大人，咱们这就去吧。"

蒙锐望了望天边低垂的暮色，点点头："好吧。"

河水柔缓，他反而感受到了寒冷刺骨。从秦河下游一直往上，他来到了整条河流的中段。在这片开阔的天地里，河道变宽，河水渐缓，陪衬着棉絮般的白云、碧玉般的蓝天，这画卷中的山水树林，一切仿佛在这里都静止了。

只是这静止的时刻却被他打破了。他踩在浅水里，视线来回徘徊，好像在寻找遗失的东西，走走停停不知有多少次，倏然他停下了脚步，站在一块光滑的大青石前。他低身摸了摸大青石，语气微微紧张："就是这块石头，那么东西应该在东边的刺桐林里。"

他三步并作两步冲进树林里，很快找到了一棵茂盛挺秀的刺桐树，树背后有一个隐蔽的树洞。他用颤巍巍的手摸进树洞里，只一会儿便拿出了男子长衫、纱靴、腰带和一个荷包。眼看这些东西都在，他才终于呼出一口气，蹲下来将东西一件件收好，但当他摸到那个荷包时突然愣住了——荷包里还有别的东西。

他打开荷包，里面竟是一柄小巧铜镜。铜镜里映照出他苍白的脸颊、阴暗陌生的眼神和颤抖的双唇。他嗫嚅道："怎么会多了一面镜子？"

"镜者，照人以形而不透影。许多事情都好像这面镜子，只能看到表层，却无法观测到内心。这面镜子是送给你的。"铿锵有力的声音来自身后，他像只受惊的小鹿猝然回身，蒙锐正站在两丈外。

蒙锐望着他，缓缓说："宫乐，到时候看清楚自己了。"

他扭曲地笑着，镜子里的面容除了宫乐，又是哪个？宫乐紧握镜子，眼珠转动："我散心时无意间找到了这些东西——大人，你怎么也来了？"宫乐说了个理由，蒙锐看着他，清楚地说："为你而来。"

# 第八章 幻萤

蒙锐、宫乐来到秦河岸边。宫乐抿了抿干涩的嘴唇："我不懂大人的意思。"

蒙锐突地席地而坐，面对天地山河道："宫乐，你真的认为是宫四海杀了孟川？"

宫乐一怔，随即点头："是。"

"好，那我便来说一说。"蒙锐摸到一颗小石子扔进了河中，石子在河面上飞溅了五六次才咕咚一声没入水里。而就在石子消失的刹那，蒙锐开口了："宫四海没有杀孟川。"

"或者说，凶案尚有许多不可忽视的疑点。"

"第一，宫四海乃是习武之人，早年更混入镖队走南闯北。你也曾暗袭过他，应该知道他武功之高强。孟川则是一个瘦弱的患病少年。且论，一个武功高手同一个瘦弱少年在断崖争斗，怎么可能会留下那么多的痕迹，甚至宫四海还掉落了贴身的青玉钩？"蒙锐凝望河面，"于理不合，此其一。"

"第二，宫四海的蓝纹锦衣。在宫四海府邸找来的蓝纹锦衣有多处残破，相反，孟川的黄衣虽破旧，但除了尖石刺穿的裂口外，其余地方丝毫未损。这难道是实力悬殊的两人争斗的结果？显然更加说不通，此其二。"

"第三，再说说孟川的黄衣。我也爬过孟川坠落的断崖，崖下长满了荆棘，我的长衣亦被勾破了几个洞。但孟川黄衣上却连一个荆棘勾洞都没有，加之上述的第二个疑点，我怀疑——孟川坠崖时穿的并非那件黄衣。”

“但为何尸体被发现时却变成了黄衣？”蒙锐眸光闪烁，一字一字地说，“原因就是尸体在从上游漂至下游的过程中，有人做了手脚。”

“秦河之水汹涌湍急，唯一能做手脚之处便是相对平缓的中游河段。喏，就是你我面前的这块河域。”蒙锐眼角余光扫向宫乐，宫乐恍若未闻，没有说话。

蒙锐走到光滑的大青石前，“这块大青石倒也合适。从河里捞出尸体，将尸体搁在大青石上，再换衣。换好后将尸体重新扔回秦河，用河水清洗干净大青石。”蒙锐的手指在石上划了一下，“所以这块大青石才比其他的更加光滑，更加干净。”

“这都是你擅自的揣测，你有何证据？！”宫乐剧烈喘息了两次，目光游移不定。

“证据吗？我有啊。”蒙锐又捡起了一颗石子，在手里颠了颠，倏然望了眼身后的树林。人影晃动，从树林里走出来两个人，一个是涂金雄，另一个则是安娃。

安娃看清了宫乐模样，大声惊呼道：“就是他！我看到他抱着一具血淋淋的尸体，然后换掉了尸体的衣服，把尸体扔回河里，又把换下的衣服藏进了刺桐树的树洞里。他杀了人，你们快把他抓起来！”

一旁的涂金雄问：“你可瞅准了？”

“我这双眼睛不会看错的，就连蛇山里最狡猾的狸猫都逃不过我的眼珠子。那天我便是追一只短尾鹿来到秦河，亲眼看见了刚才说的一幕。”安娃认真地说道。

“行。”涂金雄点点头。这边宫乐先看到涂金雄脸色一变，又听到安娃的话，表情变得凄苦。他回头望了望蒙锐，道：“那是谁？”

宫乐问的是安娃。

“他是蛇山里的猎户，那天碰巧撞见了你捞尸换衣的过程。他当时被吓跑了，但后来这小子生了几分贪心，悄悄溜回去偷了纱靴和荷包，却又倒霉地被我抓住了。”一抹蕴含深意的笑容凝在蒙锐嘴角，“这也许便是冥冥之中的天意吧，注定了藏于黑暗里的真相会被暴露。”

宫乐大口喘息，盯着蒙锐侧脸问：“所以你早就怀疑我了？”

“还要更早一些，在秦河河畔我第一眼看到你时就怀疑你了。”蒙锐脑中浮现秦河浮尸的场景，“当时尸体刚被捞上来，你就迫不及待地扑过去喊‘你怎么了，是谁害了你’。”

“这也许是没多想的一句话，但最可疑的点往往就在最无意识的时候暴露——死因都尚未确定，你如何知道他是被人害死的。”蒙锐顿了一下，“除非你知晓真相，或者，你就是凶手！”

宫乐沉默了好久，才缓缓说：“既如此，为何在公堂上你不说？”

“我跟你一样，也在等。”蒙锐淡淡地笑了笑，“你等着凶案平息好毁灭证据，而我则等着看真相之后的真相。”

宫乐重新凝望蒙锐，眼神放着奇异的光芒：“你跟其他捕快不一样，你到底是谁？”

“我只是一个捕快，普普通通的捕快。”蒙锐这般说。

“好啊，我宫乐这辈子能折在一个‘普普通通’的捕快手中，了无遗憾。”宫乐挺直了身板，苍白的脸上涌现红晕，朝着走来的涂金雄说，“涂捕头，宫四海是无辜的，我才是杀害孟川的真正凶手。”

“你？”涂金雄狐疑地说，“即便你是真凶，那被害死的也不是孟川，要不然你也不用捞尸换衣。”

“不，我杀死的就是孟川。”宫乐神情落寞地道，“他之前是跟我一样的人，丑陋自卑，没有朋友，被所有人厌恶，我可以从他的双眼中看到自己的影子。但之后他就变了，目光变得阴鸷和冷酷，心里则只剩下了贪婪。我不想失去唯一的朋友，所以我才杀了他。捞尸换衣只是为了找回曾经的孟川，起码最后一刻我希望是他。”

涂金雄听得有些莫名其妙，但也大致明白了：“是因为孟川变得你不认识了，所以你才杀了他。”

“是。”宫乐没有犹豫。

“唔。”涂金雄心头仍然不解：为何宫乐会觉得丑陋自卑、没朋友的孟川是同他一样的人？稍停顿了一下，涂金雄又问：“那么宫四海呢？”

“宫四海一心想除掉我，我也采取了相同的办法——用死了的孟川，把宫四海除掉。”宫乐脸色重新变得苍白无血色，他找了个空地坐下，“断崖争斗的痕迹是我伪造的，青玉钩是我偷来的，还有蓝纹锦衣也是我扯破的。”

涂金雄惊诧地望着宫乐：“你做这一切，宫老夫人知道吗？”

“不，我娘不知道。娘这些年虔心礼佛，又怎么会参与这些肮脏血腥的事？所有的所有，都是我一个人做的。”宫乐仿佛解脱了，“你将我抓走吧。”

“嗯，好吧。”涂金雄上前想扭住宫乐双手，谁知蒙锐却伸手一抬，阻拦涂金雄。

涂金雄愕然道：“蒙大人，你这是——”

“涂捕头，你可有过一个人待在冰冷潮湿、阴暗孤独的狭隘空间里的感觉？举目茫然，仿佛整个世界只剩下自己和身旁的一片黑暗。”蒙锐闭上眼，仿佛回到了神秘隐村那间无光的小黑屋里。

“有时候在生与死之外，更渴望的是存在过。”

涂金雄有些头大，茫然地瞧着神游物外的蒙锐，不知道其话中含义。

宫乐眸光变得透彻：“你去过隐村了？”

“是。”蒙锐忽然问，“你知道问题出在哪里吗？”

宫乐一怔，局促地说：“哪里？”

“太干净了。”蒙锐微微一顿，陷入到回忆中，“我小时候住在破旧的老宅子里，老宅里也有一个用过好多年的枣木箱，只要几天不给打扫，枣木箱里便会落满老宅的灰尘。”

“小黑屋里到处是灰尘，但那个箱子却干干净净，从里到外没有一丝灰尘。”蒙锐沉了沉说，“所以那个箱子完全是个摆设，应该是个做旧的新物件。”

宫乐垂着眼，咬着牙，手攥着衣角。

“哦，还有孟川的爹娘。”蒙锐笑了，“这世上哪里有爹娘穿着崭新的衣裳，却让自己的儿子穿一整箱破衣烂衫的，岂非笑哉！”

“做旧衣箱，薄情爹娘，这些都是欲盖弥彰而已。”蒙锐目光锁定宫乐，“从小黑屋里出来后，我就明白了——这世上并没有孟川这个人，有的只是另外一个宫乐。”

宫乐牙齿咬出了血，他突然猛烈地摇头："不，不！孟川存在，他是我的朋友，我唯一的朋友——他只是变了，变得我不认识了。所以我要找回他，把他找回来！"

"你醒醒！"蒙锐攫住宫乐双肩，大声告诉他，"看看你自己，问问你的心，孟川存在不存在！"

"大人！"从下游河岸来了一个人，却是邱大胆。

邱大胆上气不接下气地赶来，瞥了眼失魂落魄的宫乐说："孟川爹娘已经全说了，是宫乐花重金让他们承认说有一个叫孟川的儿子。"

宫乐颓唐地跪在地上，神情忽然变得模糊："大人，让我为你讲一个故事吧。"

"有一个体弱多病的小男孩，他有叔叔和娘。但叔叔憎恶他，因为他夺走了原属于叔叔的财产；娘也讨厌他，因为小男孩并非她亲生，只是她不想财产旁落他人而扶植的傀儡。小男孩就这么一天天在憎恶和讨厌中长大，他身边的家丁和丫鬟都是叔叔和娘派来监视他的，家丁和丫鬟换了一批又一批，但小男孩始终没有一个朋友。"宫乐眼中泛着泪光，"小男孩就好像生活在一个透明的茧壳里，他看得见别人，别人也看得见他，但他和他们却处在两个不同的世界，从没有人想过敲破那层茧壳救他出来，小男孩就永远只能缩进狭小黑暗的空间里。"

"直到，他出现了。"宫乐的瞳孔有了光辉，"他叫孟川，来自于茧壳外的世界。他家境贫寒、丑陋、患有怪病，所有人都厌恶他。小男孩觉得孟川是跟自己一样的人，他们很快成了好朋友。孟川将外面的世界描绘给小男孩听，小男孩一次次幻想逃离茧壳后的生活。"

"破茧重生，越渴望却越难过。小男孩每天怀揣希望入睡，却总在噩梦中惊醒，身体一天天虚弱，已快到了灯尽油枯的时候。孟川心疼小男孩，他下定决心说：你放心，无论如何我会帮你从那层茧壳里逃出来。只要你相信我，总有一天会实现的。"宫乐声音带有一种魅惑，"那一天来了，孟川发现了从秦河上游漂来的一具男尸，他对小男孩说了他的计划。小男孩惊诧惶恐，因为孟川竟然要牺牲自己来成全他。小男孩坚决不答应，但孟川划破了脸，戳破了胸，决绝道：难道你想今生今世都生活在这层茧壳里吗？只有勇敢面对才能击破那层壳，记住啊，宫乐！"

“孟川第一次，也是最后一次喊出了小男孩的名字，然后他幻化成一团血雨，不见了。”宫乐泫然泪下，“而那个叫宫乐的小男孩也第一次学会了勇敢面对。”

宫乐的故事讲完了，在场的涂金雄、邱大胆和安娃仿若听到了天方夜谭，只是傻傻站在原地。蒙锐望着宫乐，宫乐肩膀一高一低，无声地哭泣：“所以我没说谎，孟川他存在——死的就是孟川，他是为我牺牲的，是我害了他呀！”

“宫乐，你错了。”蒙锐声音坚定地说，“孟川没有死，他就在这里。”

蒙锐指了指那面小铜镜：“当你在他的眼睛里看到自己时，其实，他也在你的眼睛里看到了他自己。就在这里，看！”

宫乐牢牢攥紧了铜镜，镜中的瞳孔里赫然有着另外一张脸，是孟川！

“真的，真的是孟川。”宫乐喜极而泣，在岸边转了一圈又一圈。

蒙锐看了看涂金雄：“所以孟川的案子也结了，凶手不是任何人，因为孟川还活着。”

# 第九章 绿眸凶影

宫乐回了家，宫四海也被放了。金霞县县令王怀安是一头雾水，听涂金雄说完后更加迷糊，涂金雄则感慨道："原来孟川乃是宫乐幻生出的人物，为了帮宫乐走出宫四海和宫老夫人铸成的围墙而牺牲了自己。孟川的计划是将宫四海拉下水，然后再对付宫老夫人吧？"

"什么跟什么呀，我只知道死的不是孟川，那他到底是谁？"王怀安高声道。

涂金雄挠了挠头："还不知道。"

王怀安看向蒙锐，蒙锐方才一直陷入沉思，这时回过神来说："其实想找出死者身份也很简单，既然留有衣物和荷包，就从这些东西下手去找。"

"对啊，怎么把这些东西给忘了！"涂金雄一下子蹦起来说，"我这就去。"

"不用了，我已从荷包里的绣字寻到了死者的身份。死者叫陈实，药商，三十岁，祖籍正是青州金霞县。"蒙锐说道，"陈实并无仇家。"

"那这么说陈实是失足坠崖死的了？"涂金雄又捋了捋络腮胡子说。

"不然，他是被人害死的。"蒙锐果断地说，他望了望几个人，"诸位请跟我来。"

蒙锐将大家带到黑屋子里，掀开了尸布，露出了真正死者陈实的尸首。尸首已经僵硬，令脸部、前胸的伤口更添血腥狰狞。蒙锐指着脖颈那道一寸长的刺入伤说："有没有觉得这道伤痕很眼熟？"

邱大胆也被叫来了，他眯着眼突然说："大人，这跟连环杀鸟案里的划痕很相似啊。"

"正是，都是一寸长余，而且切口几乎一模一样。"

蒙锐摸出一块绢帕，里面包裹着从黄员外家寻到的小半截绿指甲："这个是连环杀鸟案真凶留下的物证。"

王怀安愣了愣："杀鸟的不是凶猫吗，怎么又出来了个真凶？"

涂金雄低声道："大人，过会儿给您说明。"

"另外半截绿指甲我也找到了，藏在陈实刺入伤的深处。"蒙锐说道，"这道刺入伤未被怀疑，所以绿指甲一直藏在其中。"

黑屋子里的仵作羞愧地低下头，这乃是他的疏忽所致。

两截绿指甲刚好拼凑完整，邱大胆一拍巴掌道："连环杀鸟案和陈实案的凶手竟是同一个人，真是没想到啊！不过只要抓住凶手，便可一箭双雕了。"

"绿眸凶徒来无影去无踪地犯下这么多案子，就仿佛幽灵一般，要抓他又谈何容易。"涂金雄冷静地说。

蒙锐双眼渐渐聚起冷锋："人做每一件事都有他的目的。只要知道这个，一切都会变得简单许多。"

"还记得我说过的话吗，邱大胆？"蒙锐突然发问。邱大胆一愣，想了想道："凶手杀鸟是为了寻找真正的目标。"

邱大胆一语中的，蒙锐赞许地点了点头："几起杀鸟案看似简单，实则藏有惊天骇浪般的仇谋。几个关键词：大户、宠鸟、同室、剖肚挖心，凶手真正的目标就藏在这几个词语所串联的线上。"

"但还有件事让我想不通。"蒙锐瞧着石桌上的绿指甲说，"凶手在每个杀鸟案中都留下了划痕，说明他在克制着自己的愤怒，并没有对无辜的人下手。但为何独独面对陈实时却下了狠手，非置其于死地不可呢？"

"莫非陈实就是他的仇人？"涂金雄张嘴说，但很快又摇摇头，"也不对，陈实好像跟几个关键词都沾不上边。"

"总之，陈实身上存在疑点，需要把他的过往都查一查。"蒙锐望了望涂金雄，涂金雄立即道："邱大胆，这事交给你了，给我把陈实的祖宗十八代都揪出来。"

"是。"邱大胆应一声，人早冲出了黑屋子。

戌时，浮云观。

浅黄色的圆月挂在树梢，蒙锐无声地回到道观厢房。白天的案子已让他疲惫不堪，脑子浑浑噩噩的，恨不得倒头就睡，但蒙锐只闭目片刻就又站起身，他还要去看一眼牛嫂和蒙挽香。

夜风习习，蒙锐突然背后一冷，仿佛有一双毒蛇般的眼睛贴在后面。蒙锐猛地转身，但除了黑黢黢的厢房和一棵老枣树，什么都没有。

不知何故，蒙锐这几日精神恍恍惚惚，好像对任何风吹草动都特别敏感。

厢堂里的灯还亮着，昏暗的光芒却似明灭不定。蒙锐推门进去，门后闪出了牛嫂的脸，她眼里布满了血丝，蒙锐有几分担忧："牛嫂，你该不会这几日都没有睡觉吧？"

牛嫂低下头，揉了揉双手："白天也眯过一会儿。"

"不行，这样下去你身体会垮掉的。"蒙锐凝望牛嫂，"你不要太紧张，金霞的事很快就结束了。"

牛嫂一下子抬起头，欲言又止。

"你想说什么？"蒙锐看到了牛嫂的表情，牛嫂戚戚然地说："这几晚我总感觉到厢堂外有人影晃动，我一出去，人就不见了。或许是我多疑了，但心里实在踏实不下来。"

我自己又何尝不疑神疑鬼？蒙锐心里叹一口气。

"就这几天。"蒙锐肯定道，"我们就离开金霞。"

这天晚上，蒙锐很晚才睡着。他做了一个奇怪的梦，梦里有无数双深绿的眼眸聚拢在自己身边，看着他，凝视他——每一双绿眸里都似乎藏着一个自己。

十五日，小雨。

邱大胆名字虽粗犷，做事却很干练。他动用了金霞县黑白道的人脉调查陈实底细，只一天，就有了消息。

金霞县县衙。

蒙锐、涂金雄和王怀安等待着邱大胆得到的消息。

王怀安兴趣寥寥。涂金雄则急吼吼地问："快点说，到底怎么样？"

"我已调查了陈实，原来这小子八年前竟是宫府的家丁，后来突然有了些小钱，就自己当了游商。"邱大胆满腹狐疑道。

"他的主子是谁？"蒙锐心头有了一道光亮。

"宫四海。"邱大胆回道。

果然，如此这般，一条条、一幕幕应该对得上了。

"就是他了。"蒙锐智珠在握道，"涂捕头，立刻监视宫四海府。记住要离得远一些，先隔着半条街观望好了。"

"然后派人暗访宫四海府里的下人，打听八九年前是否有人因为宠鸟之事而被宫四海责罚，甚至是丧了命。"蒙锐把要做的事一件件安排好了，而后缓缓道，"做好这些，剩下的事便是请君入瓮了。"

宫四海府三丈外的一条僻静小巷里，这儿到处是肮脏恶心的垃圾池水、四处乱蹦的跳蚤蝇虫，涂金雄和蒙锐等几个捕快就在这种环境里坚守了两天，但绿眸真凶始终没有现身。

邱大胆送来了几块干饼，鼻子里都是腐败的气味，能吃下两口就不错了。蒙锐嚼了一块，邱大胆迟疑地说："大人，刚接到消息，南街那边又发生了一起杀鸟案。"

蒙锐面无表情地"嗯"了一声，涂金雄问："要不要过去看一眼？"

"不用。南街那里不是绿眸真凶的目标，最多就是死只鸟，人无碍的。"蒙锐笃定道，"守好宫四海就可以了。"

"从宫府下人嘴里问到什么了吗？"

"问到了，我刚想跟大人讲呢。"邱大胆抿了抿嘴说，"有两个宫府老人说，八年前有个外院家仆不小心把一只名贵的花翎鸟给喂死了。宫四海打了家仆一百长棍，家仆边挨打边哭喊冤枉。宫四海怒不可遏，又把家仆翻了个身打了五十棍，家仆年龄已大，就那么活活被打死了。后来有人摸了摸被打死的家仆，骨头内脏都被打烂了。”

“出了人命，宫四海也慌了神，便草草把家仆给埋了。接着又令心腹打发掉了家仆的妻儿。”邱大胆顿了顿说，“当年宫四海的心腹就是陈实。”

“那么家仆的妻儿呢？”

“他们被赶出了金霞县，之后怎样就不得而知了。”

“家仆叫什么名字？”

“他叫毛得胜，还有他那儿子——好像叫毛头。”邱大胆说。

“蒙大人，你是不是在怀疑绿眸凶手就是毛得胜的儿子，毛头？”涂金雄忍不住问道。

蒙锐眼神灼灼：“八九不离十了。”

# 第十章

# 死神出鞘

坚守在宫府外的第四晚，戌时三刻，一道鬼魅的身影从长街奔至宫府墙外。在院墙下静候了片刻，鬼魅身影翻身进入院内。

小巷里，蒙锐和涂金雄对望一眼，蒙锐眼神深邃凌厉："终于来了。"

鬼魅身影落定在宫府书房外，宫四海就在里面。他碧绿的眼瞳眨了几眨，死死瞪着宫四海，心头一股无法抑制的疯怒涌了上来：是他，就是他害死了我爹！

他亮出了锋利的绿指，从背后抓向宫四海。

突然，从书房的窗外飞进两条绳索，绳索一左一右拴住了他的两只手。他狞叫一声，发出不似人类的咆哮。宫四海一脸惊骇地后退，喝问道："你是谁？"

"杀你的人——"他左右手怪力一拽，两个埋伏在窗外的捕快被拽飞了，绳索一松，他再次扑向宫四海。

宫四海也不是省油的灯，多年刀尖舔血的生涯让他练就了一身高强武艺，他一个苍猿伸腰从袭击者腋下穿过，反身一拳砸向对方腰眼。这一拳倘若中了，那么对方必然全身绵软，再无还手之力。

砰的一声，宫四海虽然得手了，但袭击者竟然只是晃了一晃，双拳再次抡至宫四海面门。宫四海又惊又怒，身形缓了半分，无法避得开了。

他哀叫了一声。

平地里突然飞出一道黑影，挡在了宫四海面前，锋芒乍起，将袭击者逼退三步。

他的绿眸惊疑不定，看向突然出现的人。

蒙锐的死神弯刀立在地上，他望着不远处拥有一双奇异绿眸的年轻人，缓缓说：“你就是毛头吧。”

年轻人一怔，生涩地说：“你怎么知道？”

绿眸里仿佛涌动着一种生命主力，蒙锐看得竟有些出神，他定了定心道：“我不仅知道你叫毛头，还知道你爹叫毛得胜，你杀宫四海就是为了替你爹报仇。”

“他叫宫四海？”毛头绿眸闪烁，“对，杀他就是为了替爹报仇！当年他打死了爹，又把娘和我赶出了金霞县，娘悲愤中患了重病，很快也死了——就是他害得我家破人亡！”

“赶你们出金霞县的人，便是陈实。”

毛头一顿：“是。”

“所以你再次见到陈实，就杀了他。”蒙锐声音沉沉。

“他死不足惜，只是可惜我没问出指使他的人。”毛头恨恨道。蒙锐点头：“你并不认识宫四海？”

“很小时我见过一次宫四海，但爹没告诉我名字，也没说在哪家府里当差。后来爹死了，娘也什么都没来得及说就死了，我只能凭借一时的记忆，牢牢记住仇人的脸。”毛头整张脸渐渐变绿，头发也变绿了。

蒙锐惊诧地盯着变化中的毛头：“你杀了陈实，又不知道仇人的身份，于是便根据大户人家、喜欢宠鸟等零散的线索去一户户地寻找仇人。”

“是。”

“爹在西城当差，西城的富户不多，我就一户户找来。”

蒙锐心里暗叹：几户被害的鸟主都在西城，这条线索他却没有注意到，也是大意了。

“八年了，这些话、这段仇压在我心头，让我快疯掉了。”毛头绿眸里燃起两团妖异的火焰，全身变得更绿了，“好在今天可以一吐为快，痛快！”

“宫四海！八年前你害得我爹肝肠寸断，今晚我就把你剖肚挖心，以祭我爹在天之灵！”毛头又咆哮一声，宫四海捂住双耳，双眼里难掩惊恐之色。

“毛头来了！”毛头双手一分，突兀尖锐的绿指仿佛十把匕首，朝挡在身前的蒙锐一抓。蒙锐斜身一避，用死神刀鞘隔开疯狂扑来的毛头，神情黯淡地道：“毛头，我知你苦楚，但你不能杀了他。你把他交给我，我会让宫四海得到应有的下场。”

“废话少说！”毛头挥舞双手，带起一阵阵破风之声，足见他指刃之锋利。

蒙锐接下三招，却已然洞察在心。毛头的攻势虽如疾风闪电，但丝毫没有章法，只凭快凶而已。他刀鞘瞅准了往下一沉，正压住毛头左手，再一绞，毛头吃痛地往后一跃，表情难以置信地望向蒙锐。

“不可能，为什么打不过——为什么啊？”毛头五官狰狞，双目狠厉，似在忍受极大的痛快。很快，他的头发深绿愈浓，蒙锐心头一惊：莫非毛头可以控制身体变化？这到底是怎样一种可怕的魔力，毛头又是如何获得这种魔力的呢？

激战之余，蒙锐却困惑难解。

毛头绿眸也变成了深绿色，他整个人往前一跨，散发出令人窒息的冰寒杀气，蒙锐不禁想到安娃的描述：仿佛它能随时抓住我，把我给吞了。

蒙锐也感受到了气场的压制，他将“死神”横在前，声音一点点冷下来：“毛头，我不想与你为敌。”

毛头已无任何表情，此刻的他更像一头洪荒古兽。他伸脖子怒吼一声，整个人带着威压之势扑向蒙锐——一弹指间，蒙锐微微闭合了眼，有一抹湿润在眼角。一弹指后，蒙锐睁眼抽刀。毛头恍若看到一抹淡淡的黑月从鞘里飞出，刹那黑月化成了割裂万物的锋芒，毛头从半空里坠落。

混着墨绿色的鲜血喷出，毛头却似解脱地笑了笑，挣扎着说：“真是好快的刀！”

蒙锐一刀杀敌，他清楚明了，除了死亡，已经没有什么可以阻拦下愤怒的毛头。

“你放心，我答应过你，会让有罪之人得到应有的惩罚。”蒙锐像在对毛头保证。毛头朝着他笑，绿血一口口喷出来。宫四海躲在远处，早已经面无血色。

门外人影晃动，涂金雄、邱大胆他们赶来了。

毛头突然一下子拉住了蒙锐的腿，蒙锐一怔，缓缓蹲下身。毛头靠近些说：“你是个好人，我有个秘密要告诉你——就是它。”

毛头突然一把穿透了自己的胸膛，从里面掏出了一个杏核大小的绿石，道：“拿着它，秘密就在里面！”

毛头倏然松开了手。涂金雄等人拥入，蒙锐略微一迟疑，将绿石塞进了怀里。

“这苍茫人世早已变成了无穷幻狱！死亡或许是——最好的解脱吧。”

毛头脑袋一歪，死了。片刻后，他那满头绿发竟变回了黑色，只是绿眸和绿指没有变回去。涂金雄望着毛头，啧啧称奇。

我会遵守诺言。蒙锐在心底暗暗道。

搜集齐了八年前毛得胜之死的证据，蒙锐将宫四海送进了大牢，等待宫四海的，将是血一般的惩戒。

# 尾章 绿石

金霞事毕，终于可以带着蒙挽香去定水城了。

浮云观，夜色刚刚降临，周围有许多未知的鸣叫声。蒙锐一头冲进了厢堂内，高声喊：“牛嫂，收拾东西咱们走……”

话未完，眼前的情景却让蒙锐的心一下子跌到了谷底。家具凌乱，布满了打斗的痕迹，地面上有两摊血迹，蒙锐失神片刻，随即大声呼唤：“牛嫂，牛嫂！”

厢堂内没有人和红棺。蒙锐不顾一切冲了出去，门口却撞见空鱼子扶着一人缓缓走来，是牛嫂。

“牛嫂——”蒙锐接过牛嫂，牛嫂嘴角挂着血珠，脸色青白。她一把抓住蒙锐的手臂，号啕大哭：“他们、他们抢走了红棺！”

“他们是谁？”

牛嫂摇摇头：“他们三个人都蒙着脸看不到样子，但是我看到了他们的眼睛，是绿色的！”

“绿色？”蒙锐浑身一颤，难道这世上还有跟毛头一模一样的绿眸人？

“他们带走红棺时，留下了这个。”牛嫂将一张泛黄的纸递给蒙锐，上面方方圆圆画了许多怪异的符号，蒙锐一个也不认得。空鱼子瞅了瞅，诧异道：“这些字是倭国字啊。”

“倭国？”蒙锐一脸惊讶，“莫非他们是倭国人？”

“唉，我只认得出是倭国字，但具体内容看不懂。”空鱼子目光移转，突然又道，“等一等，这两个倭国字跟汉字是一样的。”

蒙锐打量那两个字，写的是——定水。

定水城?

夜将尽，牛嫂才沉沉昏睡过去，她一直在担心蒙挽香。但她身受重伤，蒙锐只得暂时将牛嫂交给空鱼子照料，并留话给牛嫂，如果她康复了，就去定水城再聚。

黎明时分，蒙锐一个人踏上了东去的路，定水城就在不远之外。那里又会有怎般鬼神莫测的异险谋局在等待着自己？蒙锐心口忽地一颤，好像那藏在怀里的绿石竟莫名其妙地动了一下。

# 蛛之缚

# 楔子　古道熙熙童子笑

定水城，青州百年古城，衔接大世同东海诸岛商行的海港关卡，与龟洄、绿金并称为青州三大城。

这一日，定水城三里外的黄土古道上，缓缓行来几人，最前面的是一个长发遮脸的青袍男子，背着一个弯曲的长布包。他每走一步，长布包就随之颠簸一下，青袍男子倏然停下脚步，冷冽的眼神望向雾霭中犹如庞然大物的定水城，轻轻长吁一口气。

『终于到了。』青袍男子正是大世四大神捕之一——青锋神捕蒙锐。为了夺回盛放妹妹蒙挽香的红棺，日夜兼程从金霞县赶来。神秘的绿眸蒙面人留书提到了定水，妹妹应该在定水吧，蒙锐暗暗想。

离着蒙锐身后二十步，有一辆骨碌碌的黄牛车。车辕上一个二十岁年纪的年轻人，无精打采地甩着车鞭。牛车旁有一个八九岁模样的女童，正玩着一个打磨好的小石球。石球表面有凹浮图案，快速转动可以看到活起来的图影。

牛车后面还有一个五十岁上下的男子，穿着锦衣罗袍，双眼飘忽乱转，仿佛做了什么亏心事一般。

女童突然喊了起来：『快看呀，有只大鸟，好大好漂亮！』

古道上的几人都不约而同扬起了脑袋，果然有一只腹部鲜红的飞鸟从树林里蹿出。飞鸟绕飞了几圈，突然一撅鸟屁股，拉了一摊鸟屎。下面几人还仰着脖子，鸟屎不偏不倚正糊在锦衣男子脸上。

一刹那的沉寂！

然后便是锦衣男子一声咆哮，将鸟屎甩了，用手帕使劲地擦脸。女童则毫无忌惮地大笑大叫：

『好臭哟！』

无精打采的小伙也来了精神，幸灾乐祸地挥舞车鞭。

『倒霉死了！』锦衣男子脸色发青，怒气冲冲撂下一句，便急匆匆小跑着往前走了。

赶牛车的小伙子闷笑一阵，继续慢吞吞地赶车。

女童大笑时好像遗失了小石球，她蹲在古道边寻找。蒙锐也收回心绪，赶往定水城。

大世王朝一百四十五年十一月二十日，青州定水城南五十里，这里驻扎着大世王朝六大军营之一的南胡军营。

巳时，狂风席卷了南胡军营所在的山谷。风声里，两辆平板车缓缓驶入营地，行至军营腹地。一个身形七尺的壮汉撩帐而出，红干脸上一双大眼频闪精芒，他用巨灵神般的手掌翻开了平板车上的白布。白布下是整整五具面孔狰狞的死尸，都穿着普通渔民的粗衣。

红脸壮汉乃大将军东方尚武。东方尚武将拳头握得咔咔作响，一歪头道：『这是多少个了？』

身旁一个年轻男子接口说：『回大将军，已经死了十二人。』

『不知天高地厚的贼子，竟敢在南胡营的辖域杀人。』东方尚武双眼布满杀机，冷然道，『池云，你是南胡营智囊。这事就交给你了。』

『记住，我不用知道过程，只要结果。』

东方尚武转身入帐。天际外，一大片白云正变换各类形状，随狂风而舞，狂躁肆虐。

# 第一章 这也叫刀！

巳时，定水城县衙。

县令孔沛正闷头喝第二壶热茶，虽然喝着热茶，但头上却一直冒着冷汗。他焦急地望着门口，人影一晃，贾谋士到了。

贾谋士面如黄土，留着两撇鼠须，用眼白多过眼黑的双眼瞥了一眼孔沛，弯腰行礼。孔沛忙不迭将他拉到旁边："刚得到天南府来书，康王让我密切注意城外的南胡营。最近南胡营总有士兵神秘出营，莫不是出了什么事？"

贾谋士捋了捋鼠须："孔大人在担心东方尚武是否有歹心。"

"不可不防啊。"孔沛神情严肃，"圣城内人心惶惶，诸位皇子明争暗斗，现下大世境内的六大军营已是左右这场储君之争的重中之重。倘若东方尚武有所异动，首当其冲丢脑袋的便是我啊！"

"孔大人多虑了。"贾谋士走到书房窗口，眺望模糊的天际，"依在下愚见，东方尚武怕是六大兵营里最为稳妥的一支。因为东方家族世代受皇廷重用，堪为肱骨，当今太子又娶了东方尚武之妹为正室，东方尚武断无理由举兵为乱。"

"贾先生所言极是。"孔沛瞧着贾谋士背影，哀叹道，"这天下一旦遭乱，受苦的仍然是百万黎民啊。"

贾谋士回过头，道："东方尚武虽不能起叛，但大人方才所言也对，对其仍不能放松。要知道老虎除了吃人外，还会咬人。”

孔沛神情凝重地点了点头。

而此时，距县衙两街之外的四海酒楼，楼亭早已宾客爆满。定水城掌控了东海岛国的商贸往来，所以城中聚集了各式各样、各国各邦的来客。有来自西域的蛮夷，也有来自南荒的猛士，还有来自东海的倭国商团。

在店小二此起彼伏的吆喝声里，酒楼穿堂风撩起了角落一人的长发，露出了一副狰狞青面——是蒙锐。

“死神”弯刀裹着黑布搁在桌上，蒙锐的手压在上面：“说吧，多少钱？”

对面坐着一个梳蒜头短辫，穿一身麻衣的倭国人。倭国人看到了青面，脸露骇然之色：“只要给十两就行。”

蒙锐点点头，摸出了一张泛黄的纸放于倭国人面前：“一个字一个字地解释，不要错过任何一个字。”

黄纸正是掳走妹妹的绿眸蒙面人所留，除了少数汉字外，其余都是倭国字。蒙锐只能找倭国人来翻译，希望找到关于妹妹的线索。

“好，好。”倭国人全神贯注地读信，“前面好像是一个故事：当蝉叫到快天亮时，已经稀疏得快要断绝。可是树上的叶子依旧翠绿，不会因为鸣断而悲伤。”

蒙锐脑海突地闪过一句古诗，同故事吻合：“五更疏欲断，一树碧无情。”

“那后面呢？”

“后面只有一句话。”倭国人放缓了语速，“有意博无命，阎罗窥双门。”

“最后落笔——定水再会。”

五更疏欲断，一树碧无情。有意博无命，阎罗窥双门。

定水再会。

神秘留信的内容已浮出水面，但蒙锐依然一头雾水。妹妹蒙挽香的下落只字未提，但直觉却告诉蒙锐，这封信很重要。

将信收好，蒙锐将一锭十两银子放在桌上。倭国人喜笑颜开，但凭空却多出一柄长刀，正压在他脑袋上。

蒙锐蓦地回头，四海酒楼又出现了一高一矮两个倭国人，他们穿着昂贵的深蓝色羽衣。压刀的是矮个子倭国人，他五官奇丑，冷笑着说："井上，你让我们找得好苦。"

原来他叫井上，蒙锐心里默默说。

冷锋贴着头皮，井上的脸都紫了，颤声道："相原阁下，求求你放过我吧。我在定水有了老婆孩子，我要赚钱养他们，不想再回去了！"

"八嘎……"倭国人相原叽里咕噜说了许多，但说的都是倭国语，但从语气判断是在骂人。相原回头瞥了瞥高个倭国人，高个子似乎更有身份。

他望了眼井上，像望着一条将死的狗。

高个子做了"斩"的手势，相原手一翻，长刀斩下，井上绝望地大喊……但就在长刀剃颈的刹那，凭空又多出了一柄刀，而且是一柄没出鞘的刀。

相原的刀被隔开了，他怒气冲冲地瞪着突然出手的人，这人便是蒙锐。"死神"弯刀相伴，蒙锐冷厉道："这位井上朋友刚帮了我的忙，两位不能杀他。"

"而且这里是大世国境，非尔等番邦小国，肆意挥刀杀人，国法难容。"

蒙锐铮铮几句引得四海酒楼一片热闹，有人附和道："说得对！倭国小贼想杀人的话，还是滚回你们倭国吧。"

"一副趾高气扬的丑样，瞧着就来火。"

"赶紧滚！"

"……"

相原额头青筋暴起，长刀一指众人："都闭嘴！谁再多说一句，我劈了他！"

四周一下子变得鸦雀无声，倭国武士可不好对付，没人愿意拿性命去招惹他。

相原张狂地狞笑，倏地眼前一黑，蒙锐如猎豹跃至。还未等相原有任何反应，"死神"就点中了相原的长刀。只听得"咔咔"几声，长刀碎成了四五截。

"这也叫刀！"蒙锐冷然一笑。

"我的刀……怎么可能？"相原瞪大了牛眼，也彻底傻眼了。

好一会儿相原才缓过神，咆哮一声就要扑向蒙锐。高个子拦住他，对蒙锐抱了抱拳："阁下好本领，在下天宫一郎十分佩服。今日事就此作罢，希望跟阁下后会有期。”

天宫一郎面带微笑，但双眸里隐现杀机。蒙锐心头一沉，这类口蜜腹剑的伪君子远比相原可怕得多，出于礼貌，蒙锐也抱拳回礼。

“我不服！”相原如同一头发疯的公牛大喊大叫。天宫一郎抡起左手狠狠掴了他一巴掌，又用倭国语怒斥了几句，相原这才垂头丧气地不再喊叫了。

“井上，你好好待在定水养家吧。”天宫一郎最后说道，然后拉着相原跨出了酒楼。

“教训了一顿倭国杂碎，实在太解气了！”

“好呀！”

天宫走后，四海酒楼爆发出一阵响亮的叫好声。蒙锐并不想太过招摇，留了酒钱也离开了。

定水城的雾霾笼罩着蒙锐，怀揣着未知神秘的四句怪言的他，下一步该何去何从呢……

# 第二章 一面之缘的尸体

蛇虎谷位于定水南三十里，谷中多毒蛇猛兽，四周则环绕着陡峭山峰。南胡营池云在蛇虎谷设下诱饵，坐等屠杀渔民的恶徒步入陷阱。

两名恶徒现身了，池云露出了自信满满的笑容。

“收网！”池云一声喊，埋伏在谷中的二十名士兵一拥而出，将两名恶徒包围在谷内。池云拎一对金光铁锤而来，笃定地瞧着被包围的凶徒。

这两名凶徒相貌极丑，尖嘴猴腮，双手耷拉在胸前，指甲竟是诡异的翠绿色。

不只是指甲……两名凶徒的眼睛也闪烁着妖绿之芒!

池云微觉不安，喊道：“拿下！”

二十名士兵一拥而上，本以为恶徒早已是瓮中之鳖，谁知道双方竟缠斗不休。两名恶徒虽赤手空拳，但锋利的长指甲却成了意外凶器。有几个大意的士兵被指甲划伤，伤口深入一寸有余，鲜血汩汩冒出。

池云冷静判断：“不要跟他们近身搏斗，用长兵器击敌。”

很快，长枪招呼上了恶徒。但两名恶徒就如同两个陀螺，原地转个不停，总是敏捷地避开长枪。等士兵撤枪时就猛地一扑，凶器指甲再次伤敌。

眨眼间一炷香时间过去了，池云这边非但没有擒下恶徒，却被伤了七八人。池云剑眉一挑，也加入了战斗。

池云双锤一式“乌云盖日”，直轰其中一名恶徒的天门，恶徒猝然斡转身子，如同一只旱地泥鳅滑避双锤。池云再跟进，双锤耍一招“电闪雷鸣”，电光火石之间刺点恶徒胸口。

恶徒这次躲闪不及，只得微侧身子，用肩膀扛下双锤。

咔擦一声，仿佛肩骨被砸断了。池云刚待松一口气，猛然间发现被铁锤击碎肩骨的恶徒竟没有倒下，甚至没有丝毫退让，反倒双手抱住了一个铁锤，使出怪力往地面一拽。这怪力可怕惊人，池云也被拽向恶徒。

恶徒眸中绿光如同鬼火，锋利的指甲直戳池云双目。池云退无可退，一颗心仿佛落入冰窟。

——莫非我池云纵横沙场十余年，今日竟死于两名恶寇之手？不甘，我不甘心！

耳边响起羽箭破空之声，有士兵在拉弦射箭，因为距离很近，所以羽箭都射中了凶徒。凶徒怪吼惨叫，舍了池云急速后退。

恶徒在众目睽睽下跑出了蛇虎谷，转眼就没了人影。

“唉！”池云懊悔地一拳砸在地上，尘石飞扬。他万万没想到行凶恶徒竟会如此棘手，这回在大将军面前可是丢尽了脸面。

池云拍散身上的尘土，望了望其他人，乏力地说道：“回营吧。”

天光渐暗，蒙锐一个人漫无目的地游荡。眼前掠过一张张陌生的脸庞，它们仿若蜻蜓点水在蒙锐心湖里一触，微波轻荡后就了无痕迹。

*五更疏欲断，一树碧无情。有意博无命，阎罗窥双门。*

这难以明了的四句怪言到底暗藏了什么，蒙锐一遍遍问自己，但苦思冥想仍无结果。

正行走间，从长街拐角传来一声声凄楚的哭声，蒙锐剑眉微蹙，快步走了过去。拐角的一户民房门前，有位花信之年的女子正怀抱婴儿痛哭，闻声赶来的邻里朋友询问何事。女子将脸贴在婴儿棉被上，哭音道：“那些恶人押走了井上，他们心狠手辣，井上落在他们手里一定活不了……我们孤儿寡母可怎么办啊！”

井上！蒙锐眼前闪过天宫一郎阴鸷的笑容，井上是为了帮自己的忙才被抓的。蒙锐又望了眼伤心欲绝的女子，这世上已有太多的骨肉分离，不能为此再多一宗。

背后的“死神”轻轻一抖，蒙锐要找井上回来。

重回四海酒楼，蒙锐打听天宫一郎等倭国人的情况。酒楼掌柜还记得蒙锐，热心地说道：“天宫一郎和相原秀夫是倭国旅商，每年这时候都会来定水做些茶叶、绫罗绸缎的生意。那个井上先前在商船上打杂，后来有了女人就不愿意回倭国了。”

“要知道平头百姓在倭国一点地位都没有，一个打杂的就相当于富人们养的一条狗，狗如果跑了，他们甚至有权抓回来杀掉。唉，简直不把人当人看，这帮该死的畜生！”掌柜咬牙切齿地说。

“天宫一郎在哪里？”蒙锐冷冽目光渐渐收拢。

“这我真不知道。对了，他的商船就停在东城码头，不管他在哪里，早晚都会回去。”

“多谢了。”蒙锐扔下一锭银子，转身走出酒楼。

天色入黑，蒙锐正打算去东城码头。前方小巷忽然间有两条人影闪过，看衣着背影像是倭国人。蒙锐仔细一琢磨，应该就是天宫一郎和相原秀夫。

蒙锐立即追了上去。天宫一郎鬼鬼祟祟在城里转了半圈，才摸到了一座大宅墙外。蒙锐本欲马上现身，但转念一想——这两人神神怪怪的，肯定在做一些见不得人的勾当，不如等一等，待人赃并获再一举拿下。

天宫一郎和相原秀夫嘀咕了一阵，先后翻身进入大宅。蒙锐也跟了进去。

不知是谁人的宅院，庭院楼台鳞次栉比。蒙锐找不到天宫二人，便出了屏门，沿一条小廊往前走。走了没多会儿，遥遥望见前方有一座花楼，上面似有个人。

莫非是天宫和相原？蒙锐来到花楼下，只听得一声凄厉惨叫，一条人影直愣愣从花楼坠落，头冲下摔在了花楼前的青石板上，鲜血飞溅，染满了整条青石。

蒙锐急急探了探坠楼人的鼻息，已然毙命。

微微转过尸身，蒙锐一怔，这人他竟然见过——正是城外被一摊鸟屎砸中的锦衣男子。上次见他是被鸟屎砸了，这次再见却是从花楼坠命，正如他之前说过的一句话：倒霉死了。

是啊，真的倒霉死了！

蒙锐收回心神，打量了两眼死尸——从花楼坠下导致其颅骨重创而毙命，露在衣服之外的双手、脖颈有擦抓伤痕。死者身穿暗花绸袍，脚蹬短马靴，暗花绸袍有巴掌大小的破损。初步的印象也就这些了，但死者身上好似有种奇异的气味，于浓烈血腥味中飘逸而出，说香也不香，说臭也不臭，一时间蒙锐也无法形容，仿佛这气味只存于人的想象里。

“老爷！”

一名家仆冲到花楼前，惊骇地瞅着血泊里的死尸，又抬头看看蒙锐：“你、你杀了我们老爷！”

蒙锐叹一声，再摇头：“人不是我杀的，多说无益，去县衙报官吧。”

半个时辰后，县衙派来了人。此间蒙锐也了解到了死者的身份，他叫杜仲涛，乃定水城海运富商。

县衙派来的捕头叫方铮。方铮将蒙锐、杜夫人、管家等人聚在一起，蒙锐把杜仲涛坠楼的一幕如实说了。方铮瞪着眼道：“你是从哪里来的，为何要夜入杜府？”

蒙锐不好再隐瞒，便把真实身份告诉了方铮，同时亮出了神捕令牌。

方铮看了看，却完全不当回事：“不管你是什么身份，神捕也好，天王老子也罢，你都得回答我的问题。”

蒙锐瞧着方铮认真的表情，仿佛看见了一丝不苟的铁捕轩辕善，微微一笑。

“直接说重点。”

方铮继续瞪着眼，蒙锐便把跟踪天宫一郎的前因后果说了一遍。方铮这才满意地点了点头：“这么说你是跟踪天宫一郎进了杜府，正巧撞见杜仲涛从花楼掉下来。”

“正是。”

“有点太巧合了。”方铮不苟言笑的神情，反而更加可笑。

蒙锐耸了耸肩，表示这也是无奈的事。

方铮“嗯”了一声，回头又去问杜夫人和管家。全问完了，方铮便安排将尸体运回县衙黑屋子，然后一把拉过蒙锐就开始嘚巴嘚巴地说：“杜仲涛虽说坠楼摔死，但其中颇有蹊跷。”

“唔。”

“比如说双手、脖子上的抓痕，还有袍子上的破损。”方铮拉着蒙锐的手，继续说，“管家说今晚杜仲涛跟杜夫人大吵了一架，跟调戏女子有关。嗯，对方还是个寡妇。”

“杜夫人一想就是个大醋坛，她跟杜仲涛吵得不过瘾，于是便大打出手。杜仲涛打不过就逃，没承想大醋坛追上推了他一把，他就摔死了。”

方铮自顾自说了一通，蓦地回过头盯着蒙锐：“你觉得呢？”

“哦，什么？”

“案情的分析和判断啊——杜夫人就是凶手。”方铮一直瞪着眼，盯着蒙锐。

蒙锐觉得脸上火辣辣的，忍不住挠了挠脸说：“虽说你分析得头头是道，判断也有理有据。只不过杜仲涛坠楼时，我并没发现其他人。而且杜夫人是事后才赶来的，她没有杀人的时间。”

方铮恍然大悟：“有理。”

然后跟上句：“不愧是神捕啊。”

蒙锐有想揍人的冲动，这个但凡有点脑子的人都会想明白吧。而且更不可思议，也更无法接受的一点就是，直到此时此刻——方铮仍然紧紧抓着他的手！

“老管家呢？”方铮不管不顾，继续说自己的，“那老家伙的眼珠子飘来飘去，像只老狐狸似的，一瞅就不是好东西。而且，他还偷瞟了杜夫人一眼，嗯，两人之间肯定有猫腻。”

“情杀！杜夫人和老管家联手杀了杜仲涛。”

“你觉得呢？”

蒙锐似笑非笑道：“就凭老管家的身子骨，他能杀死的人估计也就他自己。”

“有理，不愧是神捕。”

方铮眼珠子是越瞪越大，忽然又靠近蒙锐：“那么凶手就是你了。”

“你夜入杜府，意图不轨，被杜仲涛发现了便杀人灭口。”方铮很满意，“还是这个靠谱。”

“你觉得呢？”

蒙锐瞧着眉飞色舞的方铮，正色地问：“你真的是捕快吗？”

十一月二十一日，多雾，紫芒魁北。

昨晚被方铮纠缠了许久，好歹见到县令孔沛后，方铮才闭了嘴。蒙锐从未想过会有这么啰唆的人，更没想到这么啰唆的人竟然也是一个捕快。

辰时，东城码头。

大世王朝在重要的沿海城市都设有海运司，监收出入海税。海运司直属圣城，不归县衙管辖。东城码头停泊着近百艘商船，蒙锐想找天宫一郎的商船，只好求助于海运司。

还好，司曹很快就找到了海船。

这是一艘硕大的海船，船头插着一面红日旗。海风凛冽，十几个面无生气的船员在甲板上清扫。蒙锐一眼认出了井上，井上也认出了蒙锐，急忙低下头。

蒙锐跳上海船，拦住井上说：“跟我走，你的家人在等着你。”

井上面色惶恐，艰难地摇了摇头：“我不能走啊……劳烦您告诉小菊，就当没我这个人，让她把我忘掉吧。”

“有什么话，你自己跟她说。”蒙锐拉起井上就走。船舱门突然一下子打开了，天宫一郎和相原秀夫慢悠悠地走了出来。

天宫一郎带着惯有的笑容：“又见到阁下了，后会有期竟然这般快。”

相原秀夫则没什么好脸，他腰畔别着一把狭长的倭国武士刀，冷冷道：“上次的刀不趁手，这回我要让你领教一下真正的倭国一刀流。”

“随时奉陪。”蒙锐拉着井上继续走。

“请留步。”天宫一郎面色阴鸷，道，“这是我的海船，他是我的船员。阁下在船上强行带走我的船员，未免欺人太甚了吧。哼，今天谁也别想走！”

相原秀夫拔出武士刀，双眼里泛出凶狠的恶光。蒙锐松开了井上，转身面对相原，也不多说，只是“哼”了一声。

船帆被海风吹得猎猎作响，甲板上一时剑拔弩张。

“呀！”相原秀夫突然大吼，刚想冲上来，不远的岸边突然有人喊：“蒙大人找到朋友了？”

说话的是海运司司曹。他寻思着蒙锐找倭国人苗头不太对，万一双方火拼，无论哪一方死伤都对自己没好处，于是他也跟来了。站在码头望见双方怒目圆瞪的模样，这才大喊了一声。

天宫一郎眉头一皱，示意相原秀夫收了武士刀。

司曹跳上海船，来到蒙锐身旁：“蒙大人，想做的事做完了就走吧。海上的风像刀子，可得小心别染了风寒。”

“多谢司曹关心。”

司曹哼了哼，高声说：“蒙锐大人乃大世神捕，我等下职自应多多敬仰维全。”这话显然是对天宫一郎说的。

“原来是神捕阁下，失敬失敬。天宫一郎刚刚失态，请蒙锐……大人见谅。”天宫一郎一揖到底，礼数周全。

蒙锐面无表情，但心头对天宫这等反复小人厌恶得要死。他毫不理睬，对井上说：“放心跟我走吧。”

井上流露出胶着挣扎的表情，片刻后仍旧摇摇头道：“大人的好意，井上铭记于心。但我不能走！这般对我，对小菊和孩子才是最好的。”

“你？”

“井上说得已经很清楚了。神捕阁下莫非想强人所难？”天宫一郎语气高了几分，司曹在一旁说：“既然如此，不如过几日再来问问。”

心头沉沉一叹，蒙锐扭身就走，司曹跟随相送。

天宫一郎等两人都渐远了，吩咐其他人下船，再对相原秀夫说：“去查一查这个蒙锐。”

“嗨。”相原秀夫重重点了下头，“他是神捕……莫非他知道了我们的事？”

“不管知不知道，他都是个棘手的家伙。”天宫一郎嚅嚅说，“蒙锐，哼！”

# 第三章 奇葩盛开的春天

从东城码头出来，蒙锐一阵心烦意乱。

自从来了定水城，没一件事能顺顺利利的——绿眸人的四句怪言云里雾里的，没什么头绪。想去救井上，到头来却被他拒绝了。还有杜仲涛，虽然那个方铮啰里啰唆，但有一句话他说对了：杜仲涛虽是坠楼摔死，但其中颇有蹊跷。

只是疑点并非方铮怀疑的那些。

蒙锐又想起了萦绕在杜仲涛尸体周围的气味，那究竟是什么气味？

四海酒楼，蒙锐刚要了一壶酒，对面倏地就冒出一个人来，仿佛是从地底下长出来的。蒙锐脑袋有些发晕，因为冒出来的人正是方铮。

“好雅兴啊，一个人藏这儿喝酒。”方铮的左眼眶青了一圈。

“你也喝多了吧。”蒙锐瞅着青眼眶说，方铮嘿嘿一笑：“我昨晚去猫孙寡妇墙根了，孙寡妇就是被杜仲涛调戏的那位。以我的判断，一定是孙寡妇伙同情郎杀了杜仲涛。”

“于是我等了半宿的情郎，没等着，反而被孙寡妇发现了。所以……”方铮眨了眨左眼。蒙锐给了他一杯酒：“寡妇门前是非多，更何况墙根了。让你青一眼算很轻了，应该两只都青。”

“饶了我吧。”方铮仰首喝光了酒，“我长这么大第一次挨女人的拳头，原来女人生气起来这么有力气，以后还是敬而远之吧。”

方铮又倒一杯酒，忽地一笑：“不过也算因祸得福吧。孙寡妇打了我有些过意不去，就把跟杜仲涛的那档子事全跟我说了。”

“不光这档子事，连她前一晚喝老家陈酿的事也都说了。嘿嘿，这老女人。”

方铮根据孙寡妇、杜夫人、老管家等多人的口词，将当日情景大致描述了出来：

杜仲涛乃是有头有脸的人，他被鸟屎砸脸之后，就寻了一个茶寮洗脸。那茶寮不大，只有里外两间房。杜仲涛到里面小屋洗脸，谁知刚洗到一半就听见一声惊叫，他吓了一跳。

擦眼去看，小屋内竟还有一个人，而且是个提着裤腰带的女子。

女子便是孙寡妇了。原来孙寡妇想小解，但茶寮茅坑里有别的人，她一时忍耐不住，就偷溜进屋里找了个犄角旮旯解决。刚解决完，她光屁股站起来正准备系裤腰带，猛然发现屋里多了一个男人。

怔忪之间，孙寡妇也顾不得其他，扯开嗓子就叫了。

倒霉的杜仲涛惊魂失魄地跑了出去，茶寮里的茶客都凑过来看热闹。一边是杜仲涛满脸水沫，另一边是孙寡妇衣衫不整。明眼人立刻心中有数：一定是男人调戏妇女，调戏没成反被泼了一脸水。

杜仲涛又恼又羞，二话不说便回了城。也就说他倒霉吧，茶客里有一个人认识杜仲涛，这人是杜府跑街的一个小伙计。而小伙计的相好又在杜夫人房里做丫鬟，名唤梅香。

一经二转，杜仲涛调戏女子的传闻就进了杜夫人耳朵里。

跟方铮猜的一样，杜夫人可是个十足的大醋坛。杜仲涛回府后，两人便大吵大闹了一番，这回杜府上下全知道了。府里有好事的人还专门去调查，查到被调戏的乃是长街孙寡妇。

杜夫人得知更是火冒三丈，跟杜仲涛大打出手。打到酉时后段，杜夫人怒气未消地回了后院，杜仲涛则筋疲力尽地上了东厢院的花楼，就此呜呼哀哉了。

方铮说得口干舌燥，一连灌了两杯酒，这才长吁短叹道：“哎哟！谁能想到杜仲涛是被一摊鸟屎和一泡人尿害死的，实在可惜，可惜啊。”

“哪里跟哪里。”蒙锐冷脸惯了，但见了方铮也只能无奈地苦笑。

蒙锐见过形形色色许多人，要说这位定水城捕头，那绝对是数得着的奇葩！

“你没去找天宫一郎？”

方铮面露难色：“我也想去找，但孔大人不让。他说天宫一郎同倭国皇族有关系，还是什么皇道商人，不可能肆意在定水城杀人。”

蒙锐暗自一声冷笑，昨日若非自己拦下，相原秀夫早在四海酒楼里斩杀井上了。倭国皇族，狗屁不如！

“不过明着查不行，咱可以暗着来。我认识几个码头巡事，只要摸上了海船，咱们就可以偷偷找证据，有了证据再一举拿下天宫那厮。”方铮又抓住了蒙锐的手，双眼放光道，“这就去吧。”

“等等。不急，不急。”蒙锐小心翼翼抽回手，这才放心地说，“除了天宫一郎，我还有别的地方要去看一看。”

“哪里？”

“那间茶寮。”

在四海酒楼吃了午饭，未时，蒙锐来到了城外“李记茶寮”。

这座茶寮距离落鸟屎的官道并不远。茶寮里外两间，外面是茶室，里面是搁置杂物的小间。从小间里转悠了一圈，方铮突然怪怪地一笑，嘀咕说：“里面好像还有股子尿骚味。”

蒙锐当没听见，出来跟茶老板聊了两句。茶老板啧啧说：“往常茶寮的男客都往林子里撒尿，茅房专门留给女客。昨个也不知哪个爷们这么不开眼，抢了女客茅房，这才出了这等丑事。不过事后我也问了，但没人承认。”

茶寮没什么线索。蒙锐和方铮赶至杜府，上了杜仲涛失足的花楼。

花楼宽七尺，长约两丈。从左至右有六七种花卉，姹紫嫣红好不漂亮。杜府老管家也上了楼，一样样介绍说：“这些都是老爷心爱之花，点金白兰、仙芙蓉、羊角红，尽是些名贵稀少的品种。”

蒙锐深吸一口气，他希望从众多花香里寻到之前神秘的气味，但结果令人失望。廊台头上有几样简单摆设，一张枣色藤椅，一张短几，一套茶具，还有一个黄色花壶。正对着藤椅的是一株五色花卉，香艳迷绕，让人难以离开。

“它叫‘五鸢’，乃西域进贡皇廷的绝品，老爷用黄金万两才换来这一株。每次上花楼，老爷都得盯着‘五鸢’看上半个时辰。”老管家一边说，一边抹泪。

廊台中间位置的木栏破了一大块，方铮瞧瞧说：“不用说，杜仲涛就是从这儿掉下去的。”

蒙锐在断裂木栏边缘摸了两遍，然后将脑袋伸出破口，朝下面的青石板望了望，而后起身说：“可以了，再去见一见杜夫人吧。”

他们由老管家引着来到后院，见到了杜夫人。杜夫人面色苍白憔悴，有气无力地说：“小女子身体有恙，未能起身相迎，还望大人见谅。”

“无妨。”方铮本也不拘小节。

再谈起死去的杜仲涛，杜夫人没听两句就嘤嘤呜呜地哭起来。蒙锐和方铮对望一眼，不好插嘴，只能等杜夫人哭完。好一会儿，杜夫人双眼红肿地说道：“实在抱歉，我忍不住……”

“人之常情，人之常情。”方铮这般说了，又回头跟蒙锐悄悄说，“原来大醋坛竟这么有情有义，嘿嘿，杜仲涛死了也值了。”

蒙锐又当作没听见。杜夫人把起争执的事重述了一次，承认杜仲涛双手、脖颈上的伤都是她挠的，暗花袍也是她抓破的，一边说着眼泪又泫下，蒙锐赶紧拉起方铮告辞。

“梅香，替我送大人。”

一个眼睛大大的丫鬟将蒙锐送出屏门，蒙锐忽然说了个人名：“黄小山。”

丫鬟梅香吃了一惊，抬头看着蒙锐。蒙锐嘴角一扬，心满意足地走了。黄小山就是那个杜府跑街，这梅香便是黄小山的相好。

•

出了杜府，已至酉时。

“还得再去趟黑屋子。”蒙锐意味深长地说，“最后看一眼杜仲涛。”

方铮咧了咧嘴：“我倒宁可去见病快快的杜夫人，梨花带雨，更增娇美。”

蒙锐瞥了方铮一眼，心道，他一定不会再来定水见这位奇葩仁兄。

酉时，定水城五十里，南胡军营。

月朗星稀，东方尚武坐在帐前空地，一旁插着他的雁翎刀。他不紧不慢地道："坐吧，傻站着干吗？"

身后乃是默然挺立的池云，池云双膝跪地："大将军，池云辜负了你的期望……让屠杀渔民的恶徒给跑了，我没脸再面对大将军了。"

"你既是一个军人，应该明白胜败乃兵家常事。况且，跑掉了也未必是坏事。"东方尚武眇视远方山峦，"你坐下吧，我有话对你说。"

池云听得一头雾水，迟疑片刻便坐下了。

"那两个恶徒很厉害？"东方尚武说。

池云不甘心地点了点头。

"他们并非普通人……你听说过'鬼士'吗？"东方尚武眼中一片起起伏伏，池云猛地一震，恍然道："莫非，莫非他们就是鬼士？"

"'幽冥为体，野兽为魂。'这两年一直有鬼士这种不死之兵的传闻，我从未深信，但今早我收到了太子密令。"东方尚武一顿，"密令上说：鬼士就在定水。"

"那我们该怎么办？"池云挺直了胸膛，"剿了他们！"

"莫急，太子已有安排。今晚你就将被鬼士屠杀的渔民尸首送往定水府，交给那个孔沛。"东方尚武表情一肃，"眼下圣城暗流涌动，天原府则蠢蠢欲动。太子一直想早日抚定青州，与康王合盟。"

"但康王好似有别的打算。他既不想得罪太子，也不愿意跟定王闹僵，想把这一碗水端平。唉，但生逢将乱之世，哪里又有公平之说。"

东方尚武舒伸猿臂，阖身卧下："太子让我们做的就是戳一戳，让这碗水彻底失衡。"

"把尸体送去就行了？"池云有些迷茫。

东方尚武点了点头："据传鬼士就来自'黑夜'，而那个'黑夜'跟定王有着千丝万缕的关联。我们把尸体送去，就是让孔沛斗一斗鬼士……不管谁赢谁输，对方都会记仇，康王的这碗水也难再持平了。"

"末将明白了。"池云望了一眼大将军，头也不回地走了。

冰冷空地上，东方尚武瞥着雁翎刀的冷锋，暗忖道：太子密令最后说，太子派来了亲命密使——到底这位密使会是谁呢？

# 第四章

## 有尸一十二

夜已深，定水县衙黑屋子。

汗珠从方铮前额一滴滴滚落，他盯着杜仲涛的尸首已经小半个时辰了，除了渐渐明显的尸斑和受损的颅骨，别的什么都没发现。

一转头，蒙锐仍在聚精会神地观察。用镊子展平死尸双手，手掌心有青色瘀痕，蒙锐皱了皱眉，方铮把脸凑过来说："手掌心像被指甲掐过。"

蒙锐没搭理他，问另一边的仵作："杜仲涛的遗物在哪儿？"

"在这儿。"仵作已将遗物置于一个木盘里。有钱荷包、白丝手帕、一块羊脂玉佩、一小包褐色药丸。蒙锐瞧着小包褐色药丸，方铮忙说："药丸我问过了。杜仲涛有咳病，有时咳得厉害，随身带有止咳药丸。"

"嗯。"蒙锐应了声，鼻翼忽然飘来了一股莫名的气味，这气味同杜仲涛摔死当晚闻到的神秘气味一模一样，而气味就来自于那方白丝手帕。

心突突快跳几下，蒙锐拿起了手帕。这方手帕用最上等的闽江白丝编织，绣有白雪红梅的图案，浅浅红梅间似有微光闪烁……蒙锐小心地拣出了发出微光之物，竟是一颗米粒大小的银粒。

"什么东西？"方铮好奇地问。

蒙锐嗅了嗅，许久道："这是一颗花籽。"

“花籽？”方铮慢慢颔首，“但什么花的花籽竟是银色的？”

大世第一件作老死头，也是蒙锐的挚友，他曾收藏有一本记载上古异物的存本《古物纪事》。蒙锐在那里面读到过银籽奇花，但这一会儿脑子里空空如也，怎么都想不起来了。

“它叫……待我再想想。”蒙锐暂时放弃。

“方捕头，这个给你。”蒙锐将小包药丸交给方铮，“查查是从何处配的药。”

“得嘞。”方铮大咧咧地接了药丸，但一不留神把药包掉了，撒了一地药丸。方铮撅起屁股去捡，把药丸一粒粒放在木盘里。

蒙锐突然喊：“等一下！”

止咳的药丸里有一粒跟别的不同，它稍大些，颜色也更深。若非方铮撒了药，自己也不会发现，蒙锐暗暗自责太大意了。

蒙锐拨出一点药粉闻了闻，眼中冷光闪烁。仵作检查后，脸色煞白地说：“大人，这、这是粒毒丸！”

“不错，剧毒之丸。”蒙锐的目光落在杜仲涛死灰的脸颊上，“看来真的有人要置杜仲涛于死地啊。”

正当黑屋子中几人震惊连连之时，有两个衙役忽地冲入了黑屋子。

“捕头……”一名衙役上气不接下气道，“有人送来了好多尸体！”

蒙锐和方铮赶至县衙前堂时，正好看到尸体一具具被抬下木板车，摆在堂下。前后两排，一排六具，一共十二具死尸。

孔沛面如猪肝色，诧异地问：“你们这是要做什么？”

木板车旁一位穿银白铠甲的男子淡淡开口道：“在下南胡营池云，奉大将军令将被屠害的渔民运来衙门，还望孔大人早日擒凶。”

孔沛也听闻了渔民被害的消息，面露难色地说：“池将军，凶案皆发生在南胡营所辖的地域，这事应该由你们查办吧。”

池云剑眉一挑：“大人说笑了。圣太祖设六大营时亦有铁规，若非兵乱匪事，六大营不得参与州县地方要事。而这恶徒行凶，一算不上兵乱，二不是匪祸，我南胡营自然无从插手。”

“这……”孔沛狠狠一跺脚，“可也不能把麻烦都扔给我们呀。”

“那就是孔大人的事了，池某告辞。”池云纵身上马，带兵出了县衙。

孔沛吹胡子瞪眼了一阵，拉过方铮交代了几句，将这事又扔给了方铮。

方铮则不管三七二十一，兴奋地原地转圈：“死了十二个呢，这可是少有的大案子。只要我英明神武地破了案，那么距大世第五神捕也就不远了吧。嘿！”

任何事都不经过大脑的人，人生好简单好快乐啊！蒙锐瞧着转圈的方铮这般想。十二渔民惨案显然不简单，否则自傲的南胡营也不会交给定水府了，必定是十分棘手。

蒙锐目光转向十二具尸首，忽地在其中一具的侧颈发现了两处划痕，划痕同金霞县陈实脖上的划痕一模一样，狭长而透骨——莫非屠杀十二渔民的凶手竟是绿眸人？

一直藏在胸口的那枚绿石恍似动了一下。如果可以抓住绿眸人，那么就有机会找回妹妹了。

“这案子我帮你。”蒙锐如是道。

二十二日，多雾未散。黄雁村。

黄雁村是一个毗邻大海的小村落，八九间小木屋破旧不堪，渔网晒在栅栏上，整座村落呈现出令人窒息的死寂。方铮从最后一间木屋里钻出来，满头大汗地说：“奇怪了，整个村子甭说人了，连只苍蝇都找不到。”

“不止这些……饭桌、窗户、床板等都被擦得一干二净，显然是有人故意做的。”蒙锐皱眉道。

“为什么这么做？”

“毁形灭迹，有人不想让你查出问题。”蒙锐抓起了一把沙土。

“这浑蛋！他到底是谁？”

蒙锐盯着滑落指间的沙土，缓缓说：“可能是任何人，凶手、南胡营，甚至是孔沛。”

方铮表情扭曲，大步走到沙树前，狠狠一拳头砸在树上，大吼道：“可恶，可恶，该死的！”

方铮砸了六拳。沙树承受不了拳力，翠绿的树叶扑簌簌落了下来，仿佛下了一阵绿雨。蒙锐盯着绿叶，心口突地一扯，像有巨大的东西要钻出来。

等等——碧情，是碧情啊！

四句怪言：五更疏欲断，一树碧无情。有意博无命，阎罗窥双门。

第三句里的“搏”为争灭；“搏无”则是灭无。那么前一句里的“碧无情”灭“无”以后就是“碧情”。

转念至此，蒙锐也终于回忆起了《古物纪要》中关于银籽奇话的描述：南疆有花，其名碧情。伴生银籽，吸根、茎、叶全部生养，至碧花开则余之亡。可谓“命枯而花，存情于碧”。

碧情花香奇特，含酸、甜、腥、涩之气息，其腥比蛇涎。

蒙锐心中一片波澜起伏：绿眸人的怪言竟暗藏着杜仲涛案的关键证据，是巧合，还是有人故意设计？杜仲涛的死跟绿眸人有无瓜葛？剩余的怪言还藏有何种隐秘？

绿眸人、杜仲涛、妹妹失踪、四句怪言，层层面面将蒙锐罩于其中，只觉要把他拧碎了，揉烂了，再扔进永恒的黑暗，寻不到半点光明。

肩膀突然有了压坠感，蒙锐迷茫地抬起头，面前站着高大的方铮。方铮关切道：“你没事吧，刚才看你摇摇欲坠快昏倒了。”

蒙锐抿了抿嘴：“没事，我只是有点口渴。”

“口渴啊！那好办，我请你喝酒。”

蒙锐本以为方铮会带自己去酒楼，谁知道竟去了他家。方铮的家在城北一大片贫民屋里，是一间逼仄的破瓦房，房子里面则可用三个字形容——脏、乱、差。

方铮出去买酒了，蒙锐在屋里徘徊了一会儿，忽然发现还有一个小房间。

推开小房间的门，蒙锐愣住了。外面是脏乱差，但小房间中却十分整洁、干净，精致的粉红雕花木床、新摘的花草、一尘不染的小巧桌椅，不难看出住在这房间里的是一位女孩子。

“这是我妹妹的房间。”身后传来方铮的声音，声音里含着说不出的悲凉。

“喝酒吧。”回到大屋，方铮倒好了酒，递给蒙锐。蒙锐顿了顿说：“你妹妹……”

未等蒙锐问完，方铮直接说：“她死了。”

一口饮尽杯中酒，方铮清澈的眼神变得浑浊，仿佛陷入了遥远的回忆：“我妹妹叫丫头。小时候爹娘死得很早，就我跟丫头相依为命。生活的重压让我整天整夜地板着脸，丫头她就变着法逗我乐，跟我撒娇。她说：如果总板着脸，人就会忘记怎样去笑。但我那时一点也听不进去。”

“丫头十四岁那年，我外出跑海船赚钱，臭丫头死乞白赖也跟了去。但那一次海上起了风暴，海船翻了，丫头掉进了海里……我再没见到她。”方铮对着蒙锐举杯，“回来后，我就学着笑，像丫头说的那样整天乐呵呵的。她说过不愿意看到我愁眉苦脸的样子。”

“哈哈哈哈，臭丫头，死了也要管着我！臭丫头，臭丫头……”方铮喊了两句，突然趴在桌上不说话了，肩膀上下耸动。蒙锐伸手想安慰一下他，但伸到一半又放下了，有时候悲痛需要发泄。

“我多希望再见丫头一面，整天被她管着也好，听她啰里啰唆也好，但已经晚了。无论我做多大的努力，丫头她都看不到了。”

蒙锐犹如被泼了一盆冷水，心中刹那清明通透，所有杂念退却，只留下了一个念想——那就是只要能找回妹妹，别的什么都不重要！艰苦谜团不过是寻找过程中的荆棘杂草，只要脚步不停，什么也不能阻拦自己。

“方兄，谢谢你。”蒙锐第一次这般称呼方铮。方铮抬起头，眼眶红了一圈。

蒙锐拍了拍他肩头：“还请方兄帮我一把。”

方铮虽不解，但重重点了点头。

# 第五章 有花碧情

毋庸置疑，碧情乃是破解凶案的关键。谁将碧情花籽留在了白丝手帕上？蒙锐要尽快找到答案。

方铮又将杜府内外搜查了一次，但没有发现碧情花。接着，蒙锐安排人去定水各大花市、珍宝店里探问。碧情花稀有，所以很难买到，价格也就居高不下。

如此查探一整天，入夜后，方铮兴奋不已地跑来。

“找到了，我找到了！”方铮吞咽了一口吐沫说，“方宝阁那边来了个南疆游商，他手里有碧情花。我用官腔吓了吓他，游商就把所有买花人的年龄样貌全说了，我让画师照葫芦画瓢，一一画了像。你来看这一张！”

方铮将一幅女子画像交给蒙锐，蒙锐浓眉一拢：“竟是她……”

“险些让她成了漏网之鱼，我这就把她抓来！”

“莫急，不要打草惊蛇。”蒙锐沉吟一下，“她没胆子杀杜仲涛，所以顶多是一枚受人摆布的棋子，其肯定有幕后主使。先把她盯好了，我们放长线钓大鱼。”

“不过她也提醒了我。如果幕后主使想用碧情杀人，那么单单一枚棋子还远远不够。我需要把杜仲涛案的每一环、每一个人重新过一次。”蒙锐双眼如炬，“如果一切真像我想的那样，那么他太可怕了。”

方铮在一边，听得云里雾里。

“对了，方兄。你喜欢吃蛇吗？”蒙锐忽然问。

方铮一怔：“吃、吃蛇……我倒是喝过蛇胆酒，但蛇肉还真没吃过。”

“那你要去吃一吃了，定水城中所有卖蛇羹的酒楼都去吃一次。”蒙锐神神秘秘地说。

“好，好吧。”方铮咧咧嘴。

二十三日，微晴。凶星暗淡。

按照计划好的，蒙锐和方铮分头行事。蒙锐去了李记茶寮、孙寡妇家、杜府，方铮则跑遍了城内食肆，吃了几十盅蛇肉羹。午时，两人在四海酒楼碰头。

方铮揉着滚圆的肚子直叫唤，蒙锐叫了顺气的青花茶。方铮呷了一口茶，摇摇头说：“这辈子我再也不想吃蛇羹了。”

“话也不用说太早，查的事如何？”蒙锐之所以让方铮去吃蛇羹，其目的是进行一项隐秘调查。方铮瞪大眼，点点头：“我查到了。全城十八家食肆酒楼，近期只有城西的自在楼大量购蛇。”

“自在楼。”蒙锐喃喃重复，而后不怀好意地盯着方铮，“方兄，你还饿吗？”

方铮指了指自个儿的肚子，反问道：“你说呢？”

“那午饭先不吃了，跟我再去个地方吧。”蒙锐和方铮出了四海酒楼，直奔城外。

两人离开不久，一条人影从四海酒楼闪出。他盯着蒙锐渐远的身影，嘴角凝结一抹阴冷的笑容。

方铮原以为蒙锐要去李记茶寮，谁知过了李记茶寮还往前走，他不由问道：“你到底要去哪儿？”

“快到了。”蒙锐一边说，一边观察四周环境。忽然脚底下踩到了一样东西，蒙锐移开脚，原来是一个打磨好的小石球。

蒙锐捡起来，同时停下脚步：“到了。开始找吧。”

“找什么？”

“找鸟屎。”蒙锐顺手将小石球放入怀里，方铮觉得自己听错了，抠了抠耳朵再问一次：“你说找什么？”

蒙锐比画了一下："一摊这么大的鸟屎。"

所谓物以类聚，人以群分，现在方铮也觉得蒙锐越来越像个奇葩了，他苦叹一声，撩衣袖开始找鸟屎。要在草丛枯叶间找一摊鸟屎谈何容易，方铮已有了长期作战的准备。谁知道刚找了一会儿，他突然觉得鞋底有点黏糊糊的。

他抬起脚，底下正沾着一摊鸟屎——正是被杜仲涛甩掉的那一摊。

"那个……蒙兄，你找的是不是这个？"方铮把脚伸向蒙锐，蒙锐忍住笑说："方兄，你神速啊。"

掰着方铮的脚，蒙锐将鸟屎刮了一些下来，放在白绢中。方铮脸有点发青，赶紧找了个地方把脚蹭干净，蒙锐用小木棍拨拉了几下："过了几天了，还相当有黏性。"

方铮挠了挠脸："你找鸟屎干吗？"

蒙锐瞅了瞅一脸紧张的方铮，心领神会地说："放心，这次肯定不是让你吃了它。"

收好鸟屎，蒙锐平静道："走吧，或许到收网的时候了。"

尺山之所以叫尺山，是因为它形如一把矩形长尺直插入大地裂缝。午时刚过，一个戴斗笠的樵夫挑着两担柴从山顶下来，半山腰有一块巨大的青石，樵夫撂下担子歇息片刻。

樵夫太累了，已经昏昏欲睡。

倏然，两根手指掀起樵夫的斗笠。樵夫猛地睁开眼，射出两道犀利的眸光："谁？"

"你要等的人。"

樵夫扔下斗笠，一张红干脸上目光灼灼，赫然正是大世南胡营的飞骑大将军——东方尚武。东方尚武打量面前的人，他一身黑衣，年纪六十左右，两鬓已全白，双手藏在长长的袖里。

"你是？"东方尚武顿一下问。

黑衣老者手一翻，露出了一面锦红令牌，而后道："东方将军看清楚了，太子血令。"

“果然是太子密使。”东方尚武也注意到老者露出的那一只手，根根肉骨如同树根峥嵘凸显，不由内心汹涌澎湃道，“莫非你是……”

突起的一阵狂风掩盖了东方尚武的声音，但老者闻言一笑：“东方将军好眼力，正是老朽。”

“老先生威名赫赫，东方尚武虽远在东海也常有耳闻。太子既然派了老先生来，那么青州之事无忧也。”东方尚武胸有成竹地说。

黑衣老者淡淡一笑：“这几日我暂不去南胡营，尚有一些杂事要处理。今日同将军见一面，少则一两天，多则三四日，我就会去南胡营。”

“那东方尚武在南胡营等候老先生。”

“将军早点回去吧，莫让其他人生疑。”黑衣老者嘱咐道。东方尚武挑起了柴担，再回头去看，却已不见了老者的身影。

亥时，早起晚归奔波了一整天，蒙锐却没多少睡意。一闭眼，妹妹蒙挽香苍白的面庞便浮现眼前，幽邃的眼神似在责怪哥哥为何还不把她救出来，蒙锐再无法闭眼，一下子彻底清醒了。

夜正深，起了寒冷的风。对着窗户，蒙锐将枯黄的信纸铺展在月光里，他已在倭国文下做了注释，开始从头到尾盯着每一句话、每一个字，恨不得将它们都印入心中。

直觉告诉他，未知的真相都在这几句怪言中，但除了偶然识破“碧情”这条线索，其余内容仍旧只字未解。蒙锐轻声念出：“五更疏欲断，一树碧无情。有意搏无命……”

一刹那，蒙锐眸中泛起两簇火苗：“难道说……是这样？！”

窗外，风渐浓。

# 第六章 千仞蛛网

十一月二十五日，定水城又一个多雾的日子。

方铮传来好消息，碧情花的消息投入杜府后，小鱼咬钩了。另外，杜仲涛遗物中的剧毒药丸也有了关键发现。

方铮在蒙锐面前咕咚咕咚喝了一整壶青花茶，抱怨道："孔大人那儿太让人头疼了，一天时间内下了三道府令追查十二尸案。我跟他说了有人故意破坏现场他也不听，还指鼻子瞪眼地骂了我一通。"

"对不起，方兄。"蒙锐语气少有的柔和，"答应要帮你查十二尸案，没想到却让你反过来帮我。"

"狗屁！杜仲涛的案子可是我一直在查，不说你横插一杠就不错了，还什么我帮你，做梦吧！"方铮恶狠狠地说了两句，又笑呵呵道，"不过这案子完了，你可得回来帮我。"

"一言为定。"蒙锐差点就告诉方铮，杜仲涛案和十二尸案看似无关，实则有着神秘契合。但话到嘴边，却又咽了回去——绿眸人的隐秘还是越少人知道越好，对于方铮太过危险了。

又是多雾的午后，蒙锐故意支开了方铮，独自一人踏破雾霭进入了城西自在楼。

自在楼入门的两根鲜红梁柱题有五字对言：

左："此间多自在。"

右："尘世少烦恼。"

店小二躬身跑过来说："贵客到哟！这位爷，您是吃酒还是撒花？"（撒花为大世民间一种赌博方式）蒙锐仰起头望着三层高的自在楼，顿了顿道："我要找人。"

"找人？"店小二一怔，随即献媚一笑，"原来爷是想找漂亮姑娘啊，有，有！您随我上二楼。"

蒙锐没动，神情淡漠地摇摇头："不找姑娘，我找个男人。"

店小二笑容瞬间僵硬，结结巴巴道："男人，我们这没那种……"

他话未说完，蒙锐伸手一指，指着另外一个青衣跑堂道："就找他。"

"啊！"

自在楼的宗旨是只要给钱，什么都提供，所以这间最为隐秘的三楼小屋常常干一些最为隐秘的事，蒙锐已坐在屋里，青衣跑堂也进来了。他个头不高，脸色白中泛青，表情有一些扭曲。

青衣跑堂紧紧拉住衣衫："大爷，你想做什么？"

"四下无人，不用装了。你早就知道我会来吧，从梅香来找你的那刻起。"蒙锐直言梅香——方铮送来的女子画像正是梅香的，就是她偷偷购买了碧情花。蒙锐以梅香为饵，故意施压令她同幕后主使见面，结果梅香来了自在楼找跑堂的。

青衣跑堂戏谑的表情淡了些："你说梅香那丫头呀，嘿嘿，果然是她坏了事。"

"我们不是第一次见了吧。"蒙锐盯着青衣跑堂，若有所思，"五天前巳时前后，城外古道，你我见过。那时还有杜仲涛。"

跑堂干脆坐在了蒙锐对面，拣起桌上一颗葡萄吃了："我说怎么有些面熟，原来见过的。但我不懂你找我干吗？"

"真不懂？好，给你看看这个。"蒙锐将白绢取出，里面是一颗碧情花籽，银光如影。蒙锐又道："现在懂了吗？"

跑堂摇摇头，笑笑道："一颗花籽，让我懂什么？"

“那我直接说了。”蒙锐直截了当道，“你就是用碧情花籽杀了杜仲涛。”

小屋内一时无声，片刻后，跑堂又吃了一颗葡萄，将葡萄籽用力吐远：“像这样吐死他？你可真会开玩笑，一颗小小花籽如何杀人！”

“自然有更高明绝伦的办法。既然你不愿意承认，我便说来给你听。”蒙锐深吸一口气，慢慢道，“先说什么呢？好吧，就先从红腹烈鸟说起。”

跑堂眼皮子跳了一下，但很快又抓起一颗葡萄往嘴里填。

“红腹烈鸟腹部鲜红如血，最爱吃毒蛇，故又名毒焰鸟。毒焰鸟本为西荒之鸟，食性颇大，所以豢养毒焰鸟需要大量的新鲜毒蛇肉。我调查过定水城各家食肆酒楼，近期来只有一家酒楼大量购蛇，那就是自在楼。事实是你假借了自在楼的幌子购蛇，若我所推不虚，毒焰鸟此刻便在自在楼的某个角落，你可愿去找一找？”

跑堂面不改色：“不用找了，很精彩的推论。红腹烈鸟，喏……毒焰鸟就是我豢养的，但这又如何？”

“莫急，故事才刚刚开始。”蒙锐顿一顿，继续说，“有了毒焰鸟，接着你便买通了杜府丫鬟梅香。让梅香在白丝手帕上涂抹碧情花汁，银色花籽也是那时不慎遗落的。而之所以涂抹碧情花汁，则是因为其花香里含有蛇涎腥味，可以迷惑毒焰鸟，让它误将杜仲涛当成目标。”

“接下来的一幕，你我当日都看到了。”蒙锐回忆说，“毒焰鸟从林中飞出，因为饱腹，所以只绕着杜仲涛飞旋，最后拉了一摊鸟屎在杜仲涛脸上。”

“哈哈，说来说去从花籽说到了鸟屎。你还想说什么？”

“我自然得说，接下来才到了啧啧称奇的地方。杜仲涛脸有鸟屎，找到李记茶寮洗脸，却无意撞见了小解的孙寡妇。两人大喊大叫惊动了茶客，里面有一位杜府跑街，跑街的相好是梅香，梅香又告诉了杜夫人。杜夫人便同杜仲涛闹了一场，最后还动了手。杜仲涛心情失落地爬花楼散心，却意外地坠楼身亡。”蒙锐一口气说完，感叹道，“杜仲涛死得窝里窝囊，也许有人会怀疑杜夫人，怀疑孙寡妇，但均无凭无证，久而久之，人们便会淡忘。”

“只不过杜仲涛案太顺其自然了，反倒有些不自然。譬如他死时的每一个环节都有不同人证，像钉子一样将每一段钉牢：鸟屎糊脸、茶寮闹事、杜府吵架，甚至于摔死都有目击者，嗯，就是我。这感觉就仿佛一群人故意见证了杜仲涛的死，而且把他的死无限滞空。”蒙锐神情激动道，“但在每一环节里又有太多巧合。就如鸟屎刚巧击中杜仲涛、茅房刚巧有人占了、孙寡妇刚巧喝了整晚的陈酿、茶寮里刚巧有杜府跑街……已经说不清多少刚巧了。”

跑堂不再吃葡萄，而是用手指敲击着桌面，发出有节奏的嗒嗒声。

蒙锐不理会他，继续说道：“诸多可疑的巧合构建了杜仲涛死亡的假象，让他死于理所应当，像一朵浪花消逝于海浪里，人们来不及惋叹就已经忘记。而你的可怕绝伦在于将一个个巧合的点串联成了一条死亡之线，神不知鬼不觉地杀人……其亦可说是掌控。”

“无所不在的掌控，无所不能的算谋。所有人的细节、行动都在你的控制里——从最初的毒焰鸟开始，杜仲涛的举动，孙寡妇尿急后的举动，跑街、梅香、杜夫人的举动，你都了若指掌。仿若他们都是提线木偶，一举一动、一言一行皆悬于你手。”蒙锐说至此，不觉背后一阵凉飕飕。

“至于具体的掌控办法，就比如用碧情花控制毒焰鸟，利用陈酿和茅房控制孙寡妇，利用情感控制跑街，诸如此类。但说起来简单，要付诸行动则要付出庞大的能量。”

“总之，你杀了杜仲涛。用最奇特的方法——细节的巧合。”

跑堂正色了几分，仔细看着蒙锐：“大世神捕果然名不虚传。”

“我的话还没说完。”蒙锐再深吸一口气，“杜仲涛案也尚未全明。”

“还有？好啊，请继续讲。”

“我始终困惑于一个问题。即便你能够掌控细节，但真能天衣无缝地操纵一个人的死亡吗？”蒙锐冷冽的目光锁定跑堂，“终于，我寻到了关键的破绽。”

“花楼木栏早有破损，杜仲涛岂有不知之理？他既然知道为何不修补？这是第一个破绽。”蒙锐再道，“晚上人的警惕性要比白天高，但杜仲涛却忽略了危险的木栏。甚至我在木栏上发现了两处手推的裂痕，他是在故意破坏木栏，这是第二个破绽。此外，杜仲涛遗物里有一粒剧毒药丸，亦被证实乃杜仲涛托人配制，这是第三个破绽。”

“由上面三个破绽可以得出——杜仲涛乃是自杀。”

这也正吻合绿眸人所留下的四句怪言，蒙锐暗自道：

五更疏欲断，一树碧无情。有意博无命，阎罗窥双门。

第三句里的“有意”便是故意，“博”为争灭，“无命”等同于死。合起来便是故意争死，即自杀！

“我打听到现任杜夫人实为小妾。杜仲涛曾有位前妻被离休，并带走了杜仲涛唯一的儿子。”蒙锐目光闪烁，“杜仲涛早有预感会遭此厄运，他不希望儿子受牵连，所以故意抛妻弃子。若我所推不虚，你找到了杜仲涛的儿子，并以此胁迫其自杀。”

“杜仲涛则为了至亲骨肉什么事都肯做，他甚至担心万一从花楼上摔不死怎么办。于是他又配制了毒丸，待万一的情况出现以服用自尽。”蒙锐长吁一口气说，“你为杜仲涛推开了地狱之门，令他心甘情愿跳了进去。虽他是寻死，但实际上你就是凶手。”

跑堂面容几变，笑意全不见，表情凝重地望着蒙锐。

“至于杀人缘由嘛——杜仲涛乃海商起家，你与他之间应该有海商金钱之间的利益冲突，或者有更加深藏的纠葛。”蒙锐凝色道，“我可有言错？”

“好个大世神捕！每一句话都如一把刀子，扎得人好疼。”

跑堂跳下椅子，从小窗望着外面熙熙攘攘的人群：“我真不想与你为敌啊。”

“我也有同感，但许多事不是个人可定。”蒙锐慢慢挪步，堵住了跑堂的去路。跑堂忽而一笑：“你刚刚说的那些，我不否认，但也不会承认。只是可惜……你没有证据。”

“证据我有！毒焰鸟、碧情便是物证，梅香是人证。虽然烦琐一些，但我有信心将你绳之以法。”蒙锐笃定道。

“唔，你说梅香。”跑堂表情变得冷酷，“从你踏入自在楼的那一刻起，这个世上已经没有了梅香这个人。”

“梅香自私贪婪，比起杜仲涛，愿意她死的人更多。”跑堂意味深长道，“所以让她理所应当死掉的办法也更多。”

蒙锐失神地回退两步，让出了一条路：“我害死了梅香……”

跑堂走到蒙锐身边，并肩站立。

“我只想告诉你：定水城就好比一张织于千仞悬崖上的巨大蛛网，人与人靠着彼此牵连的蛛丝生存于一隙。一旦那条支撑他们的蛛丝断了，等待他们的将是噬骨夺魂的万丈深渊。”跑堂微微探过身，用几乎不可闻的语气言，“而我只是挂网之石，真正谋划全局的，乃是蛛后。”

“蛛后？”蒙锐瞥了一眼“死神”，杀机忽隐忽现。

“砰！”跑堂敞开了门，望着黑黝黝的楼梯，“你不用再找我了，也不可能再寻到我。”

“我妹妹在哪里？！”

“答案就在你的手里。”跑堂微微停顿，“你只需要抓住，很用力地抓住。”

“大爷赏钱啦！”跑堂开口大喊，另外一个青衣跑堂跑上来道：“赏钱得有我一份啊！”

跑堂再次笑了，半转过脑袋说：“差点给忘了，我还没自我介绍。我叫叶欢城。”

叶欢城说完名字，忽地从袖口掣出一把匕首，狠狠刺进了跑上来的青衣腹部。青衣捂着肚子，惨呼一声：“杀、杀人啊……”

“杀人了！快报官，报官啊！”

“堵住他，别让他走了。”

“走不了，先封了门！”

窗外已可见一班县衙官差，叶欢城扫了扫袖子，高举匕首，笑如幼童：“在将来，在某个地方，希望可以……再见面。”

蒙锐望着他被一群捕快押走。他知道自己已经深深记下了这个名字——叶欢城。

# 第七章 阎罗窥双门

酉时大雾，空气潮湿。行走在大街上，如同走入了一大片白纱帐幕。

“喂，我找你找得好苦啊！”对面突然有人扯着嗓子喊道，“你到底死哪儿去了？”

方铮怒气冲冲地瞪着蒙锐。蒙锐非但不觉得生气，反而内心有暖意，他笑了笑：“方兄，我请你喝茶赔罪。”

方铮瞧着失魂落魄的蒙锐，转而一笑：“光请喝茶就行了？你得请我喝酒！”

“好，我请你。”

方铮的破屋家徒四壁、浑浊暗淡，但蒙锐觉得这已是世间少有的好地方，因为有满满的友情和烈酒。他一口灌下整杯的烧刀子，自从多年前妹妹失踪之后，蒙锐就从未这般喝过酒。心脏火辣辣地烧着，整个人轻飘飘的。

“好酒！”

方铮小声抱怨：“说了请我，却总让我买酒。嗯，实在是个小气鬼！”

“方兄，我敬你。”蒙锐又喝一杯，方铮心疼着不菲的酒钱，哭咧咧地陪着喝。

酒过三巡，酒量见底的方铮脸颊通红，像是猴子屁股。他晃了晃空酒坛，生气地说：“他奶奶的没酒了！蒙兄，你知不知道……孔沛那厮又把我叫去了，还张眉张眼地说十二尸案可以放一放，暂时不用太着急。”

“之前让我抓紧破案的是他，现在不着急的也是他！他这不有病吗？！”方铮吼道。

蒙锐握着酒杯，缓缓摇头：“方兄，你还没懂？南胡军营归属于太子，孔沛摄于太子之威，故责令你早日破案。现在又不让你查了，必是康王有所权衡。”

蒙锐醉眼蒙眬，但眼神依旧犀利：“当今大争之势，有能力掣肘康王的除了太子，就只有天原府的定王。若我所推不虚，十二尸案必然同定王有关。”

酒后思绪开阔，蒙锐说到这里，心里一激灵。若十二尸案同定王有关——那么杜仲涛的死莫非也同定王有关？绿眸人、蛛后和叶欢城都是定王的人？妹妹也落入了定王之手……蒙锐不敢再想下去，今日的事已有太多的匪夷所思之处。

“言之有理！”方铮踉跄地起身，“长夜漫漫岂可无酒，等我一会儿，我再去买！”

方铮开了门，一方手帕正夹在门缝里，飘飘忽忽如同蝴蝶般飞进屋里，正飘到蒙锐眼前。手帕上有字，墨迹未干，蒙锐看了两眼，顿时酒醒了。

他一下子纵出瓦屋，在密密麻麻的群屋间仿若看到了一张熟悉的脸，只一眨眼，那张脸就消失在了黑暗中。

蒙锐将手帕抓得紧紧的，心中擻息：“方兄，酒不用喝了。”

亥时，杜府一隅依然亮着灯火。

杜夫人要回了杜仲涛的尸首，为其摆设了灵堂，等候入殓。

红木的灵桌上摆着红色葫芦烛、尺香、九金、魂帛等一众物，灵堂双柱悬挂白色布幔，一口孤零零的楠木棺材停放在灵堂正中央。本应有至亲守灵，但杜夫人身体沉虚回了后院，其余人也不敢停留在灵堂中，故灵堂空无一人。

一阵冷飕飕的夜风透过灵堂，布幔挽联被吹起，仿佛被一只无形的手托举了起来。灵堂角落拴着往生猫，可替人抵挡往生路上的灾祸苦难。

猛然间，黑猫漆黑的眼孔里出现了一道人影。

人影纵下灵堂，一双目光冷冽如刀，正是蒙锐。

来到了杜仲涛的灵堂，蒙锐心底还在打鼓——东西是否真在这里？正如在自在楼时的推测，杜仲涛被杀是因为同神秘“蛛后”的纠葛，他应当拥有某样东西是

“蛛后”所忌惮的。冥冥之中有个声音告诉蒙锐——那样东西就藏在四句怪言里。

但如果真藏在怪言里，那么“蛛后”跟绿眸人是一伙人，她应该早就知道了。要不然两者并非同路人，但“蛛后”又如何处处透露先机，况且叶欢城还曾隐喻妹妹的下落。或许，又是自己想多了。

但不论怎样，既然人来了，就得试一试。蒙锐深入解析四句怪言：

五更疏欲断，一树碧无情。有意博无命，阎罗窥双门。

最可疑的是第四句“阎罗窥双门”。“阎罗”解释为黄泉或阴间，“窥”解释为寻找，“双门”则可能指代棺材。

大世王朝明文规定，平民不可用椁，所以那些有钱有势的人死后，为了突出高贵不凡，就用金粉紫纱裹住尸体下葬，称其为“紫纱门”，所以“双门”指的是棺材的棺门、紫纱门。

——在阴间棺材里寻找。

蒙锐背后“死神”冷战，他用力掀开了楠木棺材，倏然一抹刀锋直削蒙锐天灵盖。蒙锐听风辨声，一个鹞子翻身从棺前翻到灵桌旁。紧握长刀的是一个蒙面人，他冷笑一声，长刀舞出一整片刀光，把蒙锐前后都罩住了。蒙锐静如渊停，待刀风扑面，猛地一错身，“死神”之鞘点中敌人刀尖。

一股无形之力让蒙面人踉跄后退了五六步，才勉强站稳。

蒙锐冷冷道：“又见面了，天宫一郎。”

蒙面人身形猛地一震：“你怎么知道……”

“虽形制不甚相同，但你的刀跟相原秀夫的武士刀有异曲同工之理，不过他远没有你的刀术精湛，天宫先生。”蒙锐冷言冷语。蒙面人正是天宫一郎，他笑笑道：“神捕阁下，杜仲涛的东西我势在必得。如果你可以放弃，我愿意重金酬谢。”

天宫一郎摘了黑布，露出阴鸷的笑容。

蒙锐压根未对他有过好感，直言说：“如果换了别人，我兴许能考虑。但对于阴险狡诈的倭国伪君子，就休要多言了。”

“八嘎！”天宫怒骂一句，随手扔出了一颗圆球。

圆球爆裂成一团白雾，天宫一郎眨眼消失在雾气里。身后传来轻微脚步声，

“死神”倒飞而出，但被击中的竟然是一截木桩。几乎同一瞬间，冷冰刀锋从地下恶毒地刺向蒙锐下阴。蒙锐左脚一踩，右脚陡然蹿起半丈高，堪堪避开了险招，但白雾袅袅，天宫一郎又匿去了影踪。

天宫一郎所施展的乃倭国忍者的五行遁，神出鬼没，进可攻退可守。蒙锐对于五行遁早有耳闻，若真跟天宫一郎缠斗不休，一则心浮气躁，短时间内难分胜负；二则容易暴露行踪，一旦杜府人发现了便不好收拾。

只有逼天宫现身了！蒙锐心底有了主意，不再管天宫，而是纵身跳入棺材里。隐在一旁的天宫眼见蒙锐要得手，哪里还顾得上五行遁术，一挑刀尖刮穿蒙锐后背。蒙锐早候着了，弓身如一只怒虾蹦出棺材——“死神”也恍如一轮黑月从鞘里飞出，刹那化为割裂世间万物的锋芒！

天宫一郎哀呼惨叫，一条胳膊被锋芒斩断。他嘴角流着鲜血，怨恨地瞪了蒙锐一眼，抱起断臂冲出灵堂。

惨叫声也惊动了杜府，蒙锐没时间耽搁了，转身跳入棺材。片刻后，他在尸身下发现了一块活板，拧开活板，下面是一包东西。蒙锐抓起东西，转身如一只展翅黑鹰飞入夜色。

回到住处，蒙锐十分懊恼没能一刀斩了天宫一郎，五行遁超乎想象，千钧一发之际保护了天宫一郎。自己既得罪了此等小人，日后须得处处小心。

从怀里掏出那包东西，里面有一块令牌、一枚红章和六七封书信。红章镂刻着红日苍鹰和三行倭文，而令牌上竟有一弯妖异的红芒月亮，背面用晦涩难懂的字形刻着一个“夜”字。

蒙锐认识这块令牌，甚至可以说刻骨铭心。因为它属于大世最可怕的神秘组织——黑夜。

杜仲涛竟然是黑夜的人！再阅读完那几封书信，信大多描述杜仲涛与倭国之间的神秘交易，但也零零碎碎地提起了黑夜，并隐晦地点出“黑夜主人”就在天原府。

“天原府？”蒙锐不禁脱口道，“定王周道！”

令整个大世王朝闻之色变的黑夜，它的主人竟是被誉为“大世脊梁”的平原府定王周道！心头层层骇浪难以形容，蒙锐几番思量：杜仲涛既是黑夜的人，那么“蛛后”、叶欢城杀杜仲涛，说明他们与定王为敌，大约就是太子的人了。那么绿眸人呢……若绿眸人跟“蛛后”不是同路人，那很可能就是定王的爪牙。

蒙锐再拿起红日苍鹰的红章，望着几行倭字，天宫一郎阴鸷的面庞再次浮现。蒙锐又暗自庆幸没一刀宰了他，或许种种答案就在这枚红章，以及天宫和他的海船上。

黎明渐渐来了，该去找方铮疏通海运司的巡事了。沉沉一叹，蒙锐感觉到从未有过的疲惫。

# 第八章 如春风的一刀

二十六日，丑时，南胡营驻地。

这两日忐忑不安，仿佛要有大事发生。一条修长的身影从黑夜里翻起，点亮了灯烛。豆大的黄光照亮了他年轻英俊的面庞，他正是南胡营池云。

池云望着空无一人的帐前，一咬牙转身回到桌边，研墨铺纸，而后笔走龙蛇写满了整张纸。忽听得窗外有人咳嗽，池云蓦地站起来，怔忪之间将宣纸几口吞下了肚子，回手呛啷一声抽剑在手。

夜正浓，池云迈步出了营帐。就在那十分之一的弹指间，他仿佛感受到一股春风扑面，风里荡漾着春暖花开的芳香、清脆动听的鸟语。池云恨不得永远徜徉其中……直到一抹鲜血从他嘴里喷出，灼热的温度令他一下子僵硬了。

一炷香之后，巡逻士兵发现了尸体。池云伏在血泊里，嘴角挂着一抹诡异的凝笑。很快，东方尚武来了，随他而来的还有一个花甲老者。

老者眼露精芒，拨了下池云的脖子，又观察四周后道："凶手偷袭池云，一刀致命！好快的一刀，近十年江湖上有这么一刀的人不超过六个。"

东方尚武脸泛青寒，咬牙切齿地说："夜潜南胡营杀我副将，真当我东方尚武好欺负不成！不管他是哪一个，我都要将其碎尸万段，为池云报仇！"

"替池将军报仇！"

“报仇……报仇！”

南胡营近两万兵士齐声高喊，声动山岳苍穹，每一个人脸上都挂着义愤填膺的杀容。

“理当如此。”老者看到池云牙缝里有东西，好像是一小张纸片，但他并没有告诉东方尚武。这时，有眼尖的士兵突然喊道：“池将军身下有字。”

池云俯压的地面露出小半截比画，东方尚武抱起池云，尸体下果然露出了两个歪歪扭扭的字！东方尚武看清楚了，大眼顿时布满杀机，转看老者。

老者摇头一叹：“一刀致命，我已经猜到了是他，但没敢想真就是他！他竟会暗杀池云将军，实在让人痛心疾首。”

东方尚武语气冷森：“听说他最近就在定水城，严老觉得该当如何？”

“请东方将军营中安候，我定将此子带回来给大将军发落。”老者高昂着头颅说道。

“老先生的话我信得过，我派一支兵马助你一臂之力。”

辰时，东海突起风暴。暴风波及大世沿海各城，定水城也如压了一块巨大的铅石，于狂风肆掠中变得模模糊糊，所有景物都看不真切。

方铮拉走了海运巡视的当班，蒙锐趁机溜进了东城码头，再瞅准了狂风迭起，于无人旁顾的间隙，跳上了天宫一郎的海船。

整艘海船摇摇晃晃，人走在上面如同走在一条绳索之上。蒙锐早换了一身船员衣着，“死神”隐藏在厚衣下。内舱舱门没有关，蒙锐悄然来到门旁，猫腰钻了进去。

往下的木梯黑黢黢的，看不到东西，蒙锐走得小心翼翼，尽量不发出声音。内舱分了左右两个走廊，有十多个供人睡觉的小舱间。但舱间里都没有人，走廊中间还有往下去的木梯，应该通往船底大舱。

蒙锐略微思索，选择了继续往下。船底的木梯更长，四周的温度也开始急剧下降，蒙锐点着了一根火折子。

微弱的火光下，突然传来了“咔嚓”一声脆响，原来是蒙锐不小心踩断了一截木板，而人也终于到了船底。冰寒潮湿的空气里有股子怪味，蒙锐将火折子往高处一举，顿时倒吸一口冷气，在偌大的海船船底竟密密麻麻站满了人。

这些人都是十三四岁的少年，一个个面无表情地站在原地，并没有因为蒙锐的到来而有所反应。这些少年是怎么回事？蒙锐尝试着跟最近的少年说话，但他双眼直勾勾瞧着角落，呆如木鸡。

蒙锐伸手拍了拍少年的肩膀，就在跟少年接触的瞬间，一股寒流冲上了蒙锐心头。他忍不住打了个冷战，而怀里的某样东西似乎动了一下。

蒙锐一怔，缓缓掏出了毛头留给他的神秘绿石。

小小绿石在漆黑一片的船底散发出羸弱的绿芒，光芒照耀在蒙锐脸上。很快，蒙锐发觉这绿光越来越强，但并不是手里的绿石变强，而是周围也开始闪烁起绿芒。随即令人惊叹的一幕出现了——数不清的少年胸口都散发出了绿芒，就好似他们胸膛里也有一颗绿石。

而他们的双眸亦成绿色，一双双夺人心魄的绿眸！

他们……他们是跟毛头一模一样的绿眸人啊！蒙锐背后冷汗直流，满满一船如野兽般的绿眸少年，杜仲涛、黑夜、定王到底要做什么！

正当蒙锐心中剧震之际，船底的绿光又在一刹那消失了。紧接着一个阴森刺骨的声音从木梯上传来："人生真是无处不相逢啊，神捕阁下，我们又见面了。"

独臂的天宫一郎和相原秀夫来了。

"我十分惋惜昨晚的一刀稍微偏了些，要不然只能去阴曹地府再见天宫先生了。"蒙锐傲然回应。

"这话说得有些早了，说不定是神捕阁下先入地府。"天宫一郎如老狐狸一般笑道。相原秀夫紧紧按着武士刀，怒视蒙锐。

"这些少年是怎么回事？"蒙锐瞥了一眼四周少年。

天宫一郎有恃无恐道："不知神捕阁下是否熟悉倭国？倭国地丰人稀，国域男丁不足十万，抛去农渔林商一年新兵入伍者不足两千。倭国皇主忧心忡忡，长此以往只恐后继无兵。于是有倭国智士贡献良策：从人脉最丰富的大世购买殷壮少年，待日后成为倭国勇士。"

"哼！"蒙锐不屑地冷哼。倭国人也太异想天开了，毕竟血浓于水，这些少年怎会忘记大世故土，甘愿成为倭国走狗？

天宫一郎似识破了蒙锐心思，阴森森一笑道：“自然了，少年们不会这般听话，他们有自己的想法。但同皇主合盟的黑夜主人做事周全，他已用妙药除掉了少年们的记忆。从此以后，他们只会记得踏着倭国的土地，吃着倭国的粮食，自己就是纯粹的倭国人，甘愿为国家流血牺牲。”

“黑夜主人？”蒙锐心中一凛。这些少年一个个拥有绿眸之异，又似乎被神秘绿石所掌控。定王将他们送去倭国，一旦日后进入倭国军队，那么定王便可利用绿石控制整支军队，甚至于整个倭国——这就是定王的久远谋算吧！

但太子不会坐视不理，于是蛛后、叶欢城等人纷纷出马，要挟并杀掉了关键一环的杜仲涛。这直接令倭国与定王之盟不攻自破，更甚要把倭国拉入己方，同定王为敌。

阴谋圈套一环套一环，而自己误跳入了圈环里，不可自拔。

“杜仲涛也是黑夜的人？”蒙锐问。

“正是，他是定水城同我方秘密交易的负责人，手里握有通关红章。只有盖了红章，东海巡逻的大世斗舰才会认可放行。偏偏这一次交易时杜仲涛却像发了疯，不仅不跟我见面，还藏起了红章。”天宫一郎面含愤然，“我只好偷偷潜入杜府找他……谁知道他竟摔死了，也算他太倒霉。”

天宫潜入杜府的那次，自己也跟踪天宫进了杜府。蒙锐暗道。

“昨晚你就是想夺走那枚红章？”

“海船已停泊多日，恐日久生变，所以我只想拿回红章。”天宫一郎眼皮子眨了眨，相原秀夫闷声闷气地走回木梯。

过了一会儿，他提着一个人下来。

“神捕阁下，你不是一直想带走井上吗？我现在就把他交给你。而且我向天起誓：断臂之事再不追求。你只需将红章交予我，那我们从此就是天涯陌路人。”天宫一郎堆砌着笑容，“不知你意下如何？”

“很不错的条件。”蒙锐眼神坚毅，“但很抱歉，我这个人最讨厌别人跟我讲条件。况且你把倭国隐秘全盘托出，就是没打算让我活着走出这里，却又假惺惺来谈条件。哼，可叹可笑！”

“红章我不会给你的。”

“嘿嘿！”天宫一郎怪笑两声，“那就不要怪我翻脸无情了。相原！”

相原秀夫凶狂大吼，掣出武士刀直扑蒙锐。蒙锐冷冷吐言：“不长记性的家伙，你还想再……”

话未说完，蒙锐忽然双脚一软，险些站不稳跌倒。相原一刀已劈下，蒙锐就地翻身一滚，刀锋刺穿了船底木板。

“我怎么了……怎么一点力气都没有？”蒙锐趴在地上喘息。

“神捕阁下，莫非你不曾闻到一股怪味？”天宫一郎露出了深藏的尾巴，“船底点了倭国秘制的‘八岐香’！无论你武功再怎么了得，只要闻上一口，铁打的人也会变成一摊软泥。”

蒙锐望了一眼呆滞的少年们，天宫一郎微笑着说：“他们早服了解药。”

“现在是否认真考虑一下我的提议？”

蒙锐爬起，神情如同洪荒野兽：“休想！”

# 第九章 缚中人

风暴骤然加强，在船底可以清楚感受巨浪的澎湃。天宫一郎默然半晌，摇头道："神捕阁下，我跟你说了半天看来都是废话了。多说无益，地府之门已为你打开，咱们永不相见吧。"

"杀了他。"

相原秀夫仿佛一头狂暴的野牛喷薄着噬杀的气焰，双手挥舞武士刀锁定了蒙锐。而蒙锐则脸色煞白，尝试了几次拔出"死神"都失败了。难道自己要死在这暗无天光的船底？蒙锐颓唐地闭上了双眼。

如果已经命中注定，那么我只能……

"死吧！"相原秀夫冷锋已至。

蒙锐倏然张开双眼："那么我只能逆天而行！"

暴喝声罢！"死神"割破了黑暗的空间，一朵大大的血花盛开在相原秀夫双眼之间，他至死都无法相信，世上竟有这么快的一把刀！

"扑通！"相原秀夫毙命倒地。天宫一郎脸颊不停抽搐，仿若有一只看不见的手左左右右掴了他一百个耳光，他失魂落魄道："这不可能！你已经中了八岐香……怎么可能没事？！"

"死神"在手，蒙锐亦如死神般望着天宫一郎。

天宫一郎突然想明白了，猛地回头死死盯着井上："井上，你出卖了我。"

井上朝他吐了一口痰："你拆散了我和妻儿，我早想报复你了。"

原来那晚将一方神秘手帕送到方铮家的正是井上。他把天宫一郎欲用八岐香陷害蒙锐的事言明，并在手帕一角附上了八岐香的配方。蒙锐便根据配方备好了解药，一举打破了天宫精心布局的陷阱。

"你害我，我也让你不得好死！"天宫一郎猝然扑倒井上，因两人距离太近，待蒙锐赶来已经太晚了。一把淬毒的匕首刺中了井上心脏，井上扯着嗓子想喊一句，但脑袋一歪，已然毙命。

"你手上又多了一条无辜的人命，看来地府已在你眼前。"蒙锐浑身散发着滔天杀意。天宫一郎狂笑大喊："我的心早已坠入十八层阿鼻地狱，地府又有什么可怕的！哼哼，哈哈哈……我就算死，也要你们通通给我陪葬！"

天宫一郎迅速掷出一个铁球，铁球砸中了底舱安放的木箱。木箱瞬间起火，接着响起了接二连三的爆炸声，原来木箱里装满了火药，足有二三十个木箱。

蒙锐青面狰狞，一刀杀死了天宫一郎。

回头望了望绿眸少年们，蒙锐道："你们都跟我走！"

但几百甚至上千的少年依然目不转睛地盯着角落，蒙锐着急地大喊："快点走啊，走啊……大火就要烧毁整艘船了。"

少年们依然动也不动，蒙锐想起了绿石。他把绿石高举在头顶喊："跟我走！"

但依然没人动一下。

爆炸声此起彼伏，滚烫窒息的火浪转眼席卷了少年们，一切都来不及了。

蒙锐只觉得心头在滴血，他闭眼纵上了木梯。

整艘船都已经开始燃烧，火蛇烧断了锚绳，远远望去，一艘火红炫目的海船随风暴渐渐驶向墨蓝色的大海。蒙锐跳上甲板，一股火焰追着他也上来了，疯狂地焚烧着——蒙锐望着烈火，忽地想起了叶欢城的话：

"定水城就好比一张织于千仞悬崖上的巨大蛛网，人与人靠着彼此牵连的蛛丝生存于一隙。一旦那条支撑他们的蛛丝断了，等待他们的将是噬骨夺魂的万丈深渊。"

自己不知何时也成了这张蛛网中的小虫，被缚住了手足。而“蛛后”正是利用缚住的自己揭穿了定王之谋，又击溃一纸同盟。“蛛后”却从未露面，藏于网中觊觎另一种谋算。寻人之刀，却成了予人以刀，自己岂非才是可叹可笑呼！

火天一色，转眼就吞噬了半艘海船。蒙锐步步后退，前方是滔天烈火，身后是风暴巨浪。半步生死，蒙锐屹立如山，悲凉地仰望苍穹。

梦中曾几何时——在三坟村的野地中，蒙锐和妹妹牵住彼此的手。妹妹说：我藏起来，你来找我。可一定要找到哟，要不然我不会出来的。蒙锐重重点头：不管你躲在哪里，我都会把你找出来。

年华流逝，许多事已变了。海浪击碎了最后的幻象，咸咸地滑落脸颊，蒙锐面朝深黑色海面，喃喃一笑：“挽香，对不起……这次哥哥可能要食言了。”

“蒙兄，蒙兄，你在哪儿？”传来嘹亮的声音，蒙锐整个人一颤。漆黑的海面上艰难地驶来一艘小船，方铮站在最前头摇手呐喊：“喂，在这里！”

蒙锐笑了，一开始觉得方铮是个奇葩，现在蒙锐觉得他是最最可爱的人。

小船停在海船左侧，方铮傻呵呵地说：“你还愣着干吗？想看海上的烟花啊。”

蒙锐纵身跳入小船。方铮不知从哪里摸出了一壶酒，自己先喝了一大口，然后递给蒙锐：“大难不死，当浮一大白！”

“咕咕咕咕！”辛辣的苦酒入喉，此刻蒙锐却感觉甘甜如蜜。

“捕头，你看前面是什么？”船头一名黑脸衙役诧异地说，“好像是一艘艨艟。”

方铮瞪大了眼，倏然从艨艟里射出一大蓬箭雨，如同漫天蝗虫直落小船。两名衙役当先中箭身亡，蒙锐亦身中两箭，转眼第二波箭雨袭来，蒙锐再无法躲避。

蓦地一个人扑了过来，将蒙锐死死压在身下，那是方铮。

“方铮，你在干吗？！快闪开！”蒙锐用力掰方铮的身子，但怎么也掰不动。

方铮还是那副傻呵呵的笑容，真挚地望着蒙锐：“你还有许多事要去做，而我……已经没有了。”

箭雨至，蒙锐听见方铮背上发出闷响。鲜血布满了方铮的脸，但他依旧在笑：“这一辈子有你这么个朋友，值了！哈哈哈！”

“我好想念丫头……她一定还漂泊在大海的某个地方，等着哥哥去找她……我要去找丫头了，又得听她啰唆……”丫头好啰唆，但她的话方铮一直到生命的最后都还记得。蒙锐眼角湿润，眼前的方铮再没了动静。

艨艟驶远了。

谁派来的？

定王？太子？蒙锐大脑一片空白，已经不能去思考了。

在海中起起伏伏不知多久，终于漂到了陆地。

蒙锐抱着方铮，许久，他将尸体重新送回大海。去吧，去找丫头吧。

岸边灯火通明，一大队兵丁忽然出现。为首的两个人，一个是定水县令孔沛，而另一个则是身着黑衣的老者。

老者双鬓须白，眸光如同一只鹰隼。蒙锐惊诧道：“严老！”

黑衣老者正乃大世四大神捕之首、圣城六扇门总捕头——鹰捕严成。

严成神情复杂地望着蒙锐：“好久不见了，蒙锐。”

言罢，他一挥手：“来啊，拿下暗杀池云将军的凶手。”

兵丁拿着绳索上前，蒙锐惊疑道：“严老，这是怎么回事？”

“唉，南胡营池云将军被害，临死前他写下了两个字——青锋。”严成略一迟钝，又道，“池云死在刀下，一刀致命！”

“青锋神捕的‘死神’名震大世王朝，你不是凶手谁是凶手！”孔沛吆喝道，“快点把他拿了。”

蒙锐眼神闪烁，许久，他仰天大笑：“一计接一计地杀我灭口。好，好啊！我倒要看看你们谁杀得了我，来吧。”

几个兵丁都被蒙锐一拳头抡倒，孔沛侧眼瞧着严成：“严老先生，您看……”

严成一语未发，纵身下马。袖下一双青筋暴露的骨手横擒蒙锐，这乃是严成成名绝技“金刚鹰爪功”，一十七招鹰爪功，招招刚猛无俦。蒙锐身体早已是强弩之末，在第十招上败下阵，严成一招鹰搏兔正中蒙锐胸口。

蒙锐吐了一大口鲜血，狼狈退至岸边，凄然颔首：“多谢……严老成全。”

言罢，蒙锐纵身扑入冰冷海水。

“别让他跑了，快，快，下海里去找。”孔沛火急火燎地喊，但找了好久都没寻见蒙锐。严成翻身上马道：“他中了我的鹰搏兔已然不能活命了，至于尸体，恐怕早被海水卷走了吧。”

“真是便宜他了。”孔沛惋叹，他其实是想擒了蒙锐去南胡营领赏。

收兵回城，走在最后的严成深深望了漆黑的大海一眼，摇摇头终于走了。

岸边另一侧的树林里，叶欢城露出脸庞，喃喃而语：“希望还可以再见。”

# 尾章

# 蝉绝

汹涌的海水呛入喉咙，蒙锐幽幽地睁开了眼，自己正伏在一块破木上随波逐流。四周皆是茫茫无际的深黑色海水，蒙锐尚不知漂泊在何处，胸口突地有东西硌了一下。

蒙锐原以为是那枚神秘的绿石——谁知道摸出来的竟是那颗捡来的小石球。

海风吹得小石球上的图案凹浮转动，一幅幅定格的画面串联成流动的光影。

日光银辉下，蒙锐的眼球死死盯牢了光影：

光影里有一只透明荧翼的蝉。蝉在鸣叫，背上双翼微微震颤。鸣蝉的背景在变换，从白到黑，也预示着白天演变成黑夜。

蝉鸣！蒙锐心头一凛，顿悟四句怪言剩下的一句：五更疏欲断。

蝉鸣决断！

蒙锐用最后的力气捏碎了小石球。

一团紫色的光尘从石球内腾空，随着紫尘漫落，尘影在半空里形成了一幅闪烁的画面：

一副四尺红棺，一个脸色苍白、紧闭双目的女孩。还有另外一个玩石球的女童。女童抬起了脸，雾气般的大眼睛眨啊眨，她嘴巴翕动，调皮地说着同样的几个字。

蒙锐记下了女童的嘴形，光尘落尽，画面湮灭。

女童的唇语萦绕蒙锐脑海，她就是“蛛后”吗?

心脏在剧烈跳动，人仿佛重新焕发了生机。蒙锐紧抿双唇，瞥了一眼背后的“死神”之刃——挽香，只要哥哥一息尚存，无论天涯海角、碧落黄泉，我一定会找到你。

# 恶之疾

## 楔子　千里蓊翳遇佳人

归云州接连起了七八天的水雾，烟云霾霾令人心情难畅，黎斯自从离开了胡安小镇，总觉得仍身处古潭村似真似幻的梦境里。脑海有时一片空白，有时泛起一张张既熟悉又陌生的面孔，目睹面孔丝丝胀裂，在眼前湮灭得干干净净。

吴闻瞅着黎斯日渐消沉，心里也着急，却想不出宽解的好法子。

这一日来到了归云州同金州接壤的金犀县，刚在一家客栈落了脚，黎斯就寻不见吴闻的影子了。大约申时四刻，黎斯在客栈里喝茶相候，吴闻傻呵呵地不知从哪里冒了出来，黎斯问道：『你去哪儿了？』

吴闻故作神秘：『我去帮捕头寻来一位故人。』

『故人？』黎斯放下茶杯，纳闷地问，『谁呀？』

『我……』清脆回音，宛如出谷黄莺般悦耳动人。一个淡黄色少女跳进客栈，也跳进了黎斯视线中。她着一袭莲角裙，微施粉黛，一双光莹水亮的眼睛里泅着大颗泪珠，瓠犀轻展却又在笑着。

『黎大哥，可让我寻得好苦。』说罢，少女卷了一阵香风扑到黎斯面前。黎斯看清淡黄色少女已是万分惊讶，待她扑来，黎斯开口说：『珍珠，怎会是你啊！』

『怎么不是我哩。』扑来的可人正是黎斯的红颜知己、轩辕善的堂妹——少女白珍珠。

黎斯帮她拭了泪水，笑笑道：『是你，是你，我认识的一见面就爱哭鼻子的丫头除了你就没第二个了。』

『人家高兴嘛。』白珍珠梨花带雨。

「你不是跟堂哥轩辕善在一起吗？他允许你来找我？」黎斯言问，白珍珠一噘嘴回道：「他是个比我爹还执拗的老古董，始终记挂着你俩之间的隔阂，不肯放我出门。不过呀，本大小姐早已不是昔日的吴下阿蒙了。我趁他不留神往他爱喝的酒葫芦里下了蒙汗药，等他呼呼大睡我才溜出来的。」

「唉，轩辕善那种一丝不苟的人非被你气疯了。」黎斯忍俊不禁地说。

「气就气，我才不怕！我想去哪里，想去找谁，他管不着。」白珍珠目光灼灼道。黎斯暗忖：小丫头这会儿闹脾气，等她脾气消了再寄封信让轩辕善来接她便是。

白珍珠吐够了轩辕善的牢骚，又埋怨黎斯两个月杳无信讯，说好写信却连半个字的影子都没见着，黎斯苦笑连连，也不反驳。

吴闻在一旁插嘴道：「白姑娘，你忘记外头那辆马车了。」

「哎呀！」白珍珠叫了一声，立即拉了黎斯就往客栈外去。外头停着一辆富贵考究的马车，白珍珠上前撩起车帘，其内赫然有个怒目圆瞪的男人，更是一个死人！

死人腹部有一个深深的血洞，鲜血汩汩，浸透了丝绸袍子。

黎斯盯了死人两眼。白珍珠说话了：「这辆马车是我来时碰见的，横亘在官道不进不退，我就上去找人讲理。谁知一掀车帘就发现了一个死人，真倒霉。」

吴闻也说：「来金犀途中我瞅见有一个少女很像白姑娘，当时匆匆一瞥也没敢断定。后来越想越对，便等在县城打尖后出城寻找，果然在两里外的官道找到了牵拉马车的白姑娘。」

黎斯望了望两人，继而一叹：「吴闻去通知金犀县令。」

「看来我们又得多盘桓些时日了。」

白珍珠和黎斯重逢的一刻，在金犀城东不远的崇山幽谷深处，那间若隐若现的竹楼庭院之中，一个人仿佛石塑般动也不动地跪在坟茔前，双手似鹰爪般弯曲，猛一下抓进了干裂的坟土内。

土块变成粉末从他指间滑落，其间夹杂着一缕缕触目惊心的红色。

他轻笑，大笑，最后疯狂狞笑。

不断地将手插进土壤里，犹似要把掩埋在里面的尸骸扒出来……但最后他放弃了，一拳重重砸在坟前地上，近乎呻吟道：『开始了，义父……你等着吧，我要让他们一个个血债命偿！』

苍林里似有影子一晃，他如同敏锐的狼怒喝道：『谁？』

只见楼影古树，郁郁葱葱，却再无半点风吹草动。

# 第一章 有口难言

吴闻执神捕令牌去了县衙，县令黄有道很快赶至福来客栈。黎斯同黄有道寒暄两句，黄有道来到马车近前看了看里面的尸体，道：“胡海？”

“黄县令认识死者？”

黄有道忙不迭地说：“认得，认得，他叫胡海，乃金犀县首富，经营着南北城七八家米粮铺。去年辖内三镇年荒，胡海一人就捐赠了白银三万两。”

“不想今日他竟落了个身死横祸的下场，真是世事难料啊。”黄有道啧啧感慨道。

黎斯等他讲完，令其把马车连同尸体一并运回了县衙停尸房，也就是黑屋子。黎斯和白珍珠则去了发现马车的官道，绕着附近矮林转悠了两圈，并未发现有甚可疑的，这才返转。

经过金犀城门，门内阴影中鹄立着两个城门卒，正自小声交谈。

个头稍高的一人说：“乔子，你知道谁死了？”

另一个人目光低垂，看似并没多大兴趣：“谁？”

“嘿嘿，我一时好奇去打听了打听，死的竟是金犀首富胡海。”高个子咂咂嘴说道，“他这么一死了之，不知道留下的黄金美妾都便宜了哪个。”

“你想的话，可以去要。”

“瞎扯，他们知道我是谁啊。”高个子眸光转而深沉，缓缓道，“到底谁杀了胡海，谋财还是私仇……啧啧，有点意思哟。”

低垂视线的乔子忽地抬头，目如电芒说：“既然有人杀了他，就说明他该死。”

黎斯停住脚步，回头再去寻说话的城门卒。两个城门卒皆转身往城楼上去了，黎斯迟疑少顷，白珍珠拉了拉他衣袖问：“怎么了，黎大哥？”

黎斯收回心神，淡淡一笑：“没事，赶紧走吧。”

一刻钟后，黎斯赶至金犀县衙，径直来到黑屋子外，吴闻早候在那里了。黑屋子内尸气腥臭，黎斯让白珍珠留在屋外，自己跟吴闻进到里面。

仵作简略完成了尸检，躬身对黎斯道：“大人，死者脖颈瘀黑肿胀，舌头外翻，两眼显凸充血，正是被人扼住脖子活活掐死的症状。另外死者腹部被剖开，肚肠挤揉扯断。唉，这么凶残，足见凶手跟死者之间有着莫大的仇怨。”

仵作退到后面。黎斯查看口腔时意外发现了一小缕粗糙的白线，用镊子小心翼翼取了放在木盘里，吴闻立即说：“死者嘴里塞了粗布这类东西。”

黎斯点头：“这就叫有口难言啊。”

“不过即便如此，胡海还是给我们留下了一点线索。”黎斯深深嗅了嗅周边，转问吴闻，“你闻到一股子特别的气味没有？”

吴闻用力吸了吸鼻子，摇头说：“这满屋子的尸臭味太大了，闻不出别的什么味道，有什么味呀？”

黎斯凝视胡海狰狞难平的面容，缓缓道：“气味有些奇异，就好像突然间走进了一个人山人海的大菜市。”

“菜市？”吴闻瞪大了眼，难掩不可思议之容。

白珍珠在黑屋外早等得不耐烦了，捏好了小鼻子刚想钻进去，倏尔门一开，黎斯和吴闻出来了，白珍珠眨眨眼问：“怎样，怎样，有什么发现？”

黎斯刮了刮她的小鼻子道：“走。”

“去哪儿？”

“菜市。”

一间阴暗的小屋，外面熙熙攘攘，麻木的神经令他全身发寒。眼前一片浑沌，似有一双白骨嶙峋的手要从某个角落伸出，狠狠扼住自己的咽喉，他提前感觉到了窒息。

从外面接来一盆水，望了望水盆里年轻冷峻的面容，以及漆黑无底的眼神。他渐渐起了一丝残忍笑意。

“我懂的……继续，继续……”

他飞快地搅乱水面，神情飞速变化着，狂喜、狂怒、狂悲、狂热各种情绪在脸颊短暂停驻，最后归于平静。

他恢复了木然的表情，淡淡地只吐出一个字：“杀。”

金犀最大的菜市在西城，黎斯、白珍珠和吴闻就站在菜市入口。菜市里飘来鱼腥肉腻、鸡鸭粪臭等各种味道，白珍珠秀目紧蹙，屏息不闻，已经有些吃不消了。

“丫头，你要是受不了，就在这儿等着。”黎斯关心道。

白珍珠扬了扬头：“谁受不了了？黎大哥不要小瞧人，我先走。”

说罢，白珍珠真格儿走在了最前头，黎斯也许她，自己跟在后面。菜市说长不长，说短也不短，首尾相衔也有二里多地。黎斯边走边揉着鼻子，寻觅与黑屋子里相似的气味。

忽然，他停住了脚，旁边是一家杀猪卖肉的铺子。

白肉红血，猪头下水分外清晰。白珍珠玉鼻轻皱，问说：“黎大哥想吃猪肉？”

黎斯分辨出气息相似，但并不相同，摆了摆手：“猪肉吃太多容易走不动道，还是少吃为妙，少吃为妙。”

“嘻嘻，你也知道哩。”白珍珠黑亮亮的眼珠子一转，捂小嘴笑道，“我听老死头前辈说黎大哥还喝过死人肉熬的肉汤，真的假的呀？”

黎斯顿觉腹内一阵翻涌，示意白珍珠不要继续说了，谁知这小丫头却来了兴致，缠着黎斯不停问死人肉汤的故事。大约又走了一盏茶时间，期间黎斯在四家猪肉铺前停脚，但最后又摇头离开。

黎斯暗忖：胡海尸体上的气味近似新鲜猪肉，却又不尽然，到底是什么呢？

天公并不作美，轰隆隆几声震雷余后，蓊翳渐厚，一片淅沥寒雨顺云泼下。

菜市上的众人抱着脑袋往家赶，白珍珠怕打湿了莲角裙，躲在茶楼高檐下避雨，黎斯陪在旁边。

茶楼后有一条深深的小巷，左边是两家菜馆的后门，油炸的滋滋声隔着巷道犹可听闻。黎斯往巷内瞧了一眼，瞧到一个虎背熊腰的光膀大汉推了辆圆木车来到菜馆后门，木车上搁着一个封好的木桶。不一会儿，一个厨子模样的人来到后门，掀开木桶盖嗅了嗅，给了大汉几串铜钱。

黎斯本无心观瞧，但木桶被掀开后，一股若有若无的气味顺着巷风飘来。黎斯眼中一亮，纵身跳入雨巷，大踏步走到了光膀大汉身旁："兄弟且慢，请问桶里有什么东西？"

光膀大汉不耐烦地说："闲事少管，滚一边去。"

大汉随手一推黎斯，按他的思路一推之后肯定摔黎斯一个蛤蟆四脚朝天，谁知他仿佛推到了一块屹立的山石上，对方纹丝未动，反倒震得自己手掌发麻。

光膀大汉一怔，惊恐地望向黎斯。黎斯不卑不亢地再问一次："请问桶里有什么东西？"

光膀大汉不敢再动手，老老实实地回答："里面是……是猪油。"

"猪油。"黎斯嘴角上扬一个角度，"原来如此。"

大雨越发滂沱，金犀南城一座富丽堂皇的宅院中，一个曼妙女子撑着荷叶伞款款步入院中一隅的华亭，她随手将荷叶伞顺势一转，豆大的雨珠宛如银弹飞射，分散各角。

荷叶伞下的女子面容姣好，尤其一双柳眉深情动人，只是此时此刻却蒙上了一层深不见底的惶然。女子望着雨幕，轻启朱贝说："十五年了，那一晚的噩梦依旧历历在目，是否真的无法摆脱？"

女子凄凉叹息，华亭后的黑暗里却突兀地传来冷笑。

"十五年了，噩梦是该了了。"

女子仓促回身，一个摇曳在黑暗里的影子慢入华亭，对方手里举着一柄刺眼刀锋。女子短声惊叫，半轮割裂黑夜的刀光奔落眼前，紧接着一双粗糙寒冷的手扼住原本优雅的蝤蛴项，一点点加力，女子视线逐渐模糊……直至面前人的样貌融进视线的刹那，她似要张口说话，却无法开口。有口难言！

黑影将嘴贴近女子的耳边，呢喃短语，似在问说。女子面露骇然，总是摇头。

男子冷笑两声，猝下死力。

夜光沉沉，他放下死去的女子，举起遗落的荷叶伞，缓缓走到水榭外侧，池水被银雨击落得坑坑点点，一时圆满又瞬间散开，而在聚合之间返照出他的身形，一袭黑衣少年郎。但那眼角凝聚的神情却又是同少年完全不相配的一种莫大仇恨，宛如幽冥中的死灵，卷带着无尽滔天的杀意。

他站立半晌，倏然挥手，将荷叶伞扔进了池水里。

# 第二章　女儿胭脂香

第二日辰时，黎斯跟白珍珠、吴闻谈及菜市收获。黎斯指敲桌面道：“我问了问那个老兄才知桶里都是猪油，而且是病死猪榨炼出的毒臭猪油。”

白珍珠嗤之以鼻道：“不要说了，想想就恶心。竟然还有人吃臭油炒出来的菜，真受不了。”

黎斯笑笑，转而道：“臭不臭不是重点，重点是胡海身上也有病死猪榨出的猪油气味。”

“太奇怪了！胡海好歹算金犀首富，不可能喜欢吃臭猪油吧。那么唯一的可能就是凶手留下的气味。”吴闻依据推论。

白珍珠秀眉一蹙：“凶手一定是杀猪榨油的屠夫！我们这就把金犀所有屠夫都抓来，凶手肯定在里面。”

“胡闹。”黎斯板起了脸，“全城卖肉屠夫少说也有二三十人，总不能不分青红皂白说抓就抓吧。那样我们就不是捕快了，是土匪。”

白珍珠也觉失言，朝黎斯吐吐小舌头，嗤笑一声转过头。

“捕头，我们怎么办？”吴闻问说。

“嗯，先……”黎斯刚张嘴，从门外倏地闯进一个人，不是他人，正是金犀县衙冯捕头。冯捕头满脸大汗地说：“黎、黎大人，又来了。”

“什么又来了？”白珍珠好奇地问。

“死人……被剖了肚子的死人。”

这座绿瓦红墙、气派堂皇的大宅院因为连绵阴雨而被渲染上了一股湿白色，金犀县令在门前台阶上背手踱步，瞧见黎斯来了，忙走下台阶说：“黎大人，你可来了。”

黎斯颔首。

黄有道引黎斯进入宅府一个雅致的院落，水榭亭台、流水假石样样俱全，在东角华亭内横着一具死尸。死者乃一位三十余岁的风韵女子，怒睁双目，瞳孔盈血，仿佛对身死有着强烈的不甘不愿。她双手交叉于胸前，脖颈大块瘀黑。腹部有一个被剖开的血洞，肚肠血肉跟死去的胡海一般被搅得七零八落，令人作呕。

柔美白皙的面庞相连着被挖裂的肉洞残尸，遍地殷红，就如一幅极具冲击感的妖艳画卷，让每一个在场的人都目眩神迷，云里雾中。

黎斯不想在原地细细检尸，嘱咐黄有道速将尸体运回黑屋子。

黄有道惋惜道：“这惨死的娘子名叫刘凤儿，她也是金犀县里数一数二的殷商，拥有三家胭脂楼和两家绸缎庄。刘凤儿才貌双绝，虽未出嫁但也洁身自爱，从未有过杂七杂八的绯闻。没想到今日初醒，就听人念说刘凤儿惨死的凶案，忙不迭赶来却只见到血肉横飞的惨状，着实可怜。”

“黄县令仁慈宽厚之心，黎斯钦佩。但杀害胡、刘的显然是同一个凶手。凶手不仅手段毒辣，而且存有明确的报复心理，杀人后又将死者剖腹扯肠搅了个天翻地覆。”黎斯默顿一下，“这些绝非一般仇怨可以做得出来的，只能是深仇大恨。”

“这深仇大恨与胡、刘两人俱有关。”

黎斯所言入情入案，黄有道频频点头，而后黎斯诚挚地说：“故请黄县令派人详查胡、刘二人有无相同的仇敌，再打探其二人之间有没有隐秘的纠葛。”

黄有道诺诺应下，即刻让冯捕头去详查。

金犀县衙，黎斯再一次来到黑屋子前头。白珍珠这次非要一同进去，还说死的是女人，自己有什么可怕的。

黎斯只能由了这丫头。

黑屋子内燃着驱散尸臭的熏香，但比起老死头特制的尸熏相差无数，腐臭气味依旧通畅地钻进每个人的鼻孔里，白珍珠险些一下子被熏晕，幸亏黎斯眼疾手快从背后扶住她。白珍珠俏脸红了红，轻轻说了声谢谢。

刘凤儿的尸床就在胡海左侧。仵作先检查了一遍，跟黎斯回道："黎大人，死者也是被人扼住脖颈掐死的，脖上亦有明显的瘀黑印，此外瞳孔充血，舌头外翻等症状俱一致。腹部同样被凶残剖开，肠腹搅乱一通。"

仵作顿了顿，又说："死者口中也发现了两缕粗糙布线。"

黎斯点头，仵作退至后面。这次仵作检查甚细，黎斯并无特别发现，倒是白珍珠在旁"咦"了一声。黎斯问："丫头，怎么了？"

"有些不对劲。"白珍珠刚进来时还对一丝不挂的血肉尸体有些抵触，但这会儿好奇心上涌，又加黎斯在身旁，胆子也大了起来。

她跨过黎斯，紧贴着盛放刘凤儿的尸床，忽然用手朝自己鼻翼挥了挥风，歪歪小脑袋说："是不对。"

黎斯不明所以："到底哪里不对了？"

"气味。"白珍珠回头盯着黎斯，"你不是鼻子挺灵吗，黎大哥？你都能嗅得出臭猪油同猪肉的差异了，竟会嗅不出她身上的气味哩。"

黎斯拿手指压了压鼻子："她身上除了血腥味，就是一点点胭脂味。别的也没什么了吧。"

"没错，但也错了。"白珍珠说得稀里糊涂，黎斯和吴闻对望一眼，莫名其妙地望着这位白家大小姐。白珍珠接着便说："说没错是因为她身上除了血腥味，的确只有胭脂味。但说错了，则是因为她身上的胭脂味混淆不同。"

"不同？"在百味千息之中，黎斯可能对于女人的胭脂香最为迟钝了，所以一时分辨不清。

白珍珠得意地说："她发鬓和脸颊涂抹的都是十分名贵的黄南天巧胭脂，但在后颈、耳侧却涂着廉价的普通胭脂。你说这是不是不对劲？"

"一个人涂着两种不同的胭脂……"黎斯目光深邃，轻轻言道，"除非有一种；非她自愿，是别人帮她涂的，无疑是廉价胭脂了。"

白珍珠开心地点点头。

“毒臭猪油、廉价胭脂，这凶手究竟想说什么？”黎斯将视线停留在胡海、刘凤儿两张死灰面孔上。黎斯多年行捕，经验和直觉都告诉他，胡海和刘凤儿只是开始和过程，并非结局。

凶手很可能又锁定了下一个目标，在那之前，自己必须做些什么才行。

金犀城门楼日光阴绵，其上当值的城门卒扫视行色匆匆的各色人群，先前高个子的城门卒揉了揉眼皮说：“阴沉沉的，真让人犯困。你困不困啊，乔子？”

叫乔子的把头摇了摇，并未开口。

城内长街倏地一阵小骚动，乔子看见冯捕头带领捕快们正风风火火地往南城去。高个子怪样一笑：“想知道咋回事不？问我唐大元啊。我可有内幕消息！”

“内幕？”乔子面露一丝疑惑。唐大元见鱼上钩，舔了舔干涩的嘴唇道：“嗯，嗯，不知为何突然很想吃老庆祥的油干鸭，想想就流口水啊。”

乔子二话不说把碎银塞给他，唐大元用一副小人得财的嘴脸说：“县衙内差有我一个同乡，他说昨晚发生了一起凶案，被杀死的是胭脂楼的刘凤儿。啧啧啧，那刘凤儿死时惨状跟胡海一模一样，肚子也被人挖开了，肠血满地，真是个惨不忍睹。县令黄老爷怀疑杀胡海、刘凤儿的是同一个人，街上捕快就正在调查胡、刘二人的仇家呢。”

“你可别外传呀，要不然咱俩都得吃不了兜着走。”唐大元告诫道。

乔子抠着垛墙上的石缝，眼神里翻滚着一些未知情愫。倏然在最不起眼的角落有人影闪了闪，鬼鬼祟祟的。乔子逮住了人影的脸，那是一张饱经沧桑的面庞……这张面庞让乔子心脏咚咚猛跳，仿佛勾起了记忆深处的画面。但乔子怎么努力也想不起那副画面。

乔子很少体会惊心动魄，没想今天看了他人一眼后就感觉到了。乔子不由暗忖：他是谁，为什么令我如此忐忑难安？

乔子眼望搓满了石尘的双手，似能看穿石尘下触目惊心的鲜红。

# 第三章 亮晶晶的一身白毛

距离第一起胡海案又过了三日，金犀城百姓对于首富之死有不少怪模怪样的猜测，有说是被东海流匪绑架灭口，也有说是被生意对头雇凶暗杀，更有说胡海金屋藏娇，结果被小情人害死的。流言纷飞，一派惶惶然然。

黄有道像屁股着了火坐立难安，一天找黎斯两三趟。但案情除了尸体表征，还有后来发现的猪油、廉价胭脂外，尚无更进一步的线索，也让黄有道一次次悻悻而回。

黎斯和白珍珠又去了胡、刘府查问，但胡海夫人早逝，刘凤儿未嫁，并没什么可靠证人询问。这日黎斯和白珍珠刚从刘宅出来，白珍珠一眼就瞅见有个长了满脸络腮胡子的男人正撅屁股往刘宅墙内翻。

白珍珠存心捉弄一下小贼，便故意大声喊道："哎呀！好大一只毛茸茸的黑耗子啊，竟还学会了翻墙爬院。黎大哥，快点来看看这只黑毛耗子哩！"

白珍珠一吆喝，络腮胡子吓得没抓牢，扑通一声摔了个标准的狗吃屎。疼得络腮胡子龇牙咧嘴，他苦兮兮地瞪了白珍珠一眼，叫唤道："叫什么叫！她臭娘们的银子也有老子一份，当年要不是我……"

络腮胡子忽地望见黎斯，不再多说，哼哼唧唧地走了。

白珍珠将他方才的话重复了一遍，黎斯暗思：臭娘们无疑是指刘凤儿。银子有他一份，莫非他知晓刘凤儿的隐秘？一经想到，黎斯再想去寻人，却早已经不见了络腮胡子的影子。

吃了晚饭，酉时三刻，在黎斯暂居的福来客栈里。白珍珠和吴闻在为一盘不爽口的三黄鸡争执不休，白珍珠说虾仁不地道，吴闻则说鸡肉浸油不足，两位食客越说越来劲。黎斯皱了皱眉头："聒噪！菜好菜坏最清楚的莫过于厨子，你俩去找个厨子来问不就行了！"

白珍珠扑哧笑了："还是黎大哥明白，我这就去抓个厨子回来。"

黎斯忽然凝望着桌上的三黄鸡，眸里闪着灼灼光彩，道："三黄鸡，是啊，三黄鸡啊！好，这三黄鸡太好了。"

"你觉得好吃？"白珍珠噘起小嘴，"但我觉得真不好吃呀。"

"好不好吃无所谓，关键它是菜。对菜最熟悉的是厨子，好厨子能分辨出一盘菜缺少哪味佐料、走过几遍火油，甚至看得出做菜人有没有走心。"黎斯回瞧白珍珠，"你想想对猪油最熟悉的是什么人。"

白珍珠皂白分明的眼珠闪光道："屠夫！"

"答对了。呵呵，看样子真得做他一回不讲道理的土匪了。吴闻，明早把金犀城见得着的屠夫都请到县衙来，我请他们喝茶聊天。"

"是。"

吴闻走了，白珍珠回房睡下。黎斯关好门窗，眼睛不经意朝街上一瞟，远处走来一个满脸络腮胡子的男人，恰是刘凤儿府外的那只黑毛耗子。他张头张脑，不时往身后看两眼，接着急匆匆闪进了福来客栈后的深巷。

黎斯飞身跳出窗户，蹑手蹑脚地在房檐上跟踪。须臾，黎斯又发现了第二个人，这人上下一袭黑衫，也在紧追前面的络腮胡子。

黎斯心里一惊，这人是谁——莫非是凶手？！

于是黎斯一边紧跟络腮胡子，一边盯牢黑衫人。

深巷忽地起了一阵狂风，树叶走石被刮起，等黎斯跳出风圈，却惊觉跟踪的两个人都不见了。深巷也出现了分叉，一变三，变成了三条分岔路。

机不可失，失不再来！黎斯无暇思索，赌定了最上面一条岔路继续奔追，追了两盏茶时间，丝毫不见络腮胡子、黑衫人的踪影，黎斯隐隐察觉追错了路。猛然间，深巷角落传来了一声异常凄厉的呼叫，呼叫极其短促，转瞬不现。

情况危急，黎斯循呼鸣返身，在三岔路口重选了最下面的巷路。如此前行了一刻钟，巷路陡然变宽，出现丈许大的荒凉空地。

就在空地中央躺着一个人，正是跟丢了的络腮胡子。

络腮胡子豹眼圆瞪，张着喷满殷血的大嘴，早已魂归幽冥了。黎斯懊恼地长叹一声，再看络腮胡子周身：衣襟全裂，前颈处有一大块淡淡的扼痕，乃其致命伤。双手握拳垂落，在腹部依然有一个栲栳大小的血洞，鲜血流淌尚有余温，腹内器官被揉得狼藉不堪。黎斯忍住上涌的苦水，将尸体微微侧身，在斑驳的月光下，裸露的半身竟微微闪亮，如同附有一粒粒亮沙。

黎斯捻起一粒，放在嘴角尝了尝，倏尔脱口道："这是盐！"

络腮胡子前胸后背沾满了晶晶盐粒，乍一看仿若长满了一层白毛。

空地周围干净无物，没留下黑衫人的踪迹，黎斯敲开了旁边一户人家去给黄有道报信，自己则守在空地死尸旁。

戌时末，黄有道惨淡地赶来，略略了解案情后把死尸送往黑屋子。

黎斯留心问说："黄县令，这次惨死的人你可认识？"

"不认识，不认识。"黄有道连甩脑袋。冯捕头在侧插嘴道："我倒好像在赌坊里见过这个络腮胡子，但一时半会想不清楚，待我寻人问问再回您。"

黎斯点头。

白珍珠和吴闻闻讯也来了。白珍珠认出了络腮胡子，满脸惊讶地说："怎么会是黑毛耗子！他不就是刘府外头的……"黎斯"嗯"了一声，示意白珍珠不用说了。

"前后身涂满了粗盐粒，凶手太不把人当人看了！"吴闻一腔惆躁难以释然，只把拳头捏得咔咔作响。

"猪油、廉价胭脂，还有粗盐。"黎斯略一侧首，"如堕雾中的感觉。"

冯捕头很快查清楚了死者底实。

"死者名叫黄刚，金犀本县人。黄刚是个十足的赌徒，而且属于没德没品的卑鄙赌棍，他在金犀每一家赌坊都欠着钱，把祖产都赔了还照样滥赌。前两年因为输钱太多他躲去外地，这次偷摸回来却是一命呜呼了。”冯捕头道。

黎斯缓缓颔首：“黄刚，一个赌徒。”

夜漫长得吓人。无声的小屋，他刚脱去了一袭黑衫，赤膊躺在冰冷坚硬的木板床上，胸口剧烈起伏，周身还似飘荡着难以湮灭的血腥味。他紧闭双眼，猛一下从黑暗里坐起，抡起拳头砸在木板上，砸出了一个黑洞，仿若剖挖的血洞……

他揪住自己头发，眼中流露出凶狠和彷徨：“为什么不说！不说，那就全部杀光，哈哈！”

“义父，我真像你说的满身腥臭再也洗不干净了。”

声息渐无，一切都归于漫长的黑夜里。

# 第四章

# 屠夫上堂

半夜三更又死了一个黄刚，在三年辖期内发生这等连环凶案，黄有道忧心忡忡地寝食难安，一早来到金犀县衙又大吃一惊。

黄有道为官八年，从来没见过县衙大堂跑来这么一群，这么一群莽汉。

为尽快查案，吴闻连夜召集了金犀城全部二十一个屠夫。出门匆急，二十一个屠夫俱穿着宰猪剐肉时的油灰大褂，上面是无数星星斑斑的血迹。一群屠夫见大堂无人，各自找了个角落或蹲或坐，困睡打盹。

黎斯和白珍珠也来至县衙，黄有道早候着了，拉住黎斯忙问："黎大人，县衙里面怎会有一群凶神恶煞的莽汉？"

黎斯笑了笑："黄县令请宽心。他们都是金犀屠夫，我请来的。"

"啊！"黄有道愕然。

吴闻跟黄有道低声解释了一番，黄有道神色恍变，跟随黎斯一齐上了堂。

黎斯避开屠夫，从后室悄悄入堂。

重重一拍惊堂木，吓得满堂打盹的屠夫们激灵灵一颤，立时张眼四望，待看见了黄县令和黎斯，这才连连撅屁股磕头。

"你们好大胆子，竟然敢在公堂之上打盹酣睡，可知这已犯了藐视公堂大罪，将你们二十一人统统抓了下牢也不为过。"黎斯声色俱厉地说。

“请大人恕罪，请大人开恩……”

“饶了我们吧。”

二十一个屠夫齐齐求饶，黎斯转言道：“姑念你们也是无心之失，黄县令同我便给你们一次将功抵罪的机会。”

“抬上来。”

四名衙役抬上了一大桶散发着腥臭的黄褐色猪油，吴闻站定桶旁。黎斯眼角微眯，问：“你们可认得桶里的东西？”

“这不就是猪油吗？”

“等等，好像是病死猪炼的油。”有屠夫嗅出了不同气味。

“正是病死猪榨出的臭猪油。”吴闻闻言道。

黎斯轻轻一笑：“还有个人你们也认一认。”

吴闻下了堂，不多会推着一辆木板车上了大堂。他把木板车推到屠夫们中间，倏然掀开了上面的白布——白布下赫然是一具冰冷的死尸，胡海！

“都瞧瞧吧。”

虽说这帮屠夫平日宰猪不计其数，死猪见得多了，但哪儿见过死人啊，而且还是一具肠肚被剖空的死尸！二十一个屠夫你瞧瞧我，我看看你，每人都沁出了一脑门子冷汗。

“死尸是胡海，金犀首富。”黎斯语气变硬，“这次将你们找来，不为别的，就是想弄清楚胡海和猪油之间的故事。你们说了我就放人，否则统统按藐视公堂下狱。”

黎斯一言罢，两侧的衙役用力敲击水火棍跟上，一时公堂啁哳不绝。

后堂白珍珠差点笑出声，赶忙捂住嘴巴小声说：“黎大哥蛮不讲理的样子还真像个大土匪头子。”

屠夫们吓坏了，无故坐牢岂非无妄之灾？二十多个屠夫诚惶诚恐地议论，但始终没人回应黎斯。黎斯佯作发怒，悄悄给了吴闻一个眼色。

吴闻心领神会，戟指屠夫们道：“既然不说就全关入大牢，左右差役——”

左右衙役刚要动，屠夫群里有人开口了。

开口的是一个年纪最长的屠夫，虎目阔脸，留着一把鲢鱼胡子。吴闻听其他屠夫管他叫“东叔”，应该算屠夫行当里的长辈。

东叔上前两步，朝黎斯和黄有道磕头道：“胡海之事其他人年纪尚轻都不熟悉，只我一个人知道。”

“请说。”

东叔迟疑一下：“我若讲了，大人真能把我们都放了？”

“即便信不过我，总该信得过金犀父母官黄大人吧。”黎斯望了望黄有道，黄有道徐徐说：“你尽管说，我保你们无事。”

东叔瞥了瞥胡海死尸，吐出一口浊气：“金犀城人人只知胡海乃首富，却没几人知道他曾经也是个屠夫，而且为了赚钱，他常把病死猪所榨毒油卖给饭铺。”

“胡海是屠夫？”在场的人皆吃一惊，谁也没想过金犀首富竟为屠夫出身。黎斯抖了抖眉毛，似已有所预感，继续听东叔往下说。

“他在城郊卖肉，生性不爱说话，所以记得他的人很少。”东叔略一顿，“然后他突然有钱了，就不再宰猪卖肉，反去做起了生意。时间一长，生意越做越大，胡海摇身一变就成了金犀首富。”

“等一下。你说胡海突然有钱了，他的钱从何而来？”黎斯寻到疑点。东叔鲢鱼胡子翘了翘，摇头说：“大人，这我就不得而知了。胡海他也不会告诉我呀。”

东叔说得没错。黎斯心头困惑难释：“好吧，那你可还记得他是哪一年突然有钱了？”

“我想想。”东叔心里默算，忽地回道，“十五年前，对，就是十五年前。那一年我妹妹刚生完孩子，所以不会记错。”

“十五年前。”黎斯重复一次。

“对，还请大人明察。”东叔伏身公堂说。

黎斯见东叔不像撒谎，下堂扶起他，同时道：“此番为了尽速查案、减缩冗繁，对各位多有冒犯，下大狱自当不会，我同黄县令还在福来客栈摆了酒席，权当赔罪谢宴。”东叔和屠夫们受宠若惊地退出公堂，由冯捕头招呼去了福来客栈坐席。

黎斯转身说：“胡海十五年前是一个靠贩卖毒猪油牟利的屠夫，这就是胡海与猪油之间微妙的联系。以此推论刘凤儿和廉价胭脂、黄刚和粗盐是不是也一样呢……吴闻，就仿照请那二十一个屠夫的法子，把城内数得着的胭脂商贩、盐商都请到大堂，我请他们一块儿喝茶。”

吴闻立即转身去办。

“黎大哥，胡海暴富着实可疑。不劳而获地发了财，我看他背地里一定做了什么见不得人的勾当，他多了钱，别人自然少了钱，人家能愿意吗？兴许他今日惨死就跟背地勾当有牵连，你说对不对？”白珍珠手支下巴，分析得头头是道。

“在轩辕善身旁果然有长进啊，丫头。”

“少提他，本小姐生来就这么聪明哩。”白珍珠得到黎斯的夸奖，开心地扬起小脸说。

“不过来龙去脉还得再看一看，等一等。”黎斯望着堂外，稳重地说道。

一个时辰后，金犀县衙重新热闹起来。大大小小的胭脂商贩、盐商总共百余人，把一个偌大公堂挤得水泄不通，还有二三十人站在堂外廊边。

黎斯跟黄有道低声交谈了一会儿，照旧依葫芦画瓢把百余人好一顿恐吓震惊，百余人脸色不善地跪在堂上。那边黄有道再哼骂两句，两班衙役水火棍一敲，商贩们就都受不了了。

胭脂商贩、盐商里只有四五个人知晓刘凤儿、黄刚的往事。

一番细禀之下——

刘凤儿许久前是卖胭脂的小商贩，卖的都是廉价胭脂。

黄刚则为走私的盐贩，还在粗盐里掺假坑过人。

两人同样一夜暴富，具体时间也在十五年前。只是刘凤儿细心经营胭脂店和绸缎庄，而黄刚却把钱都输光了，故今时今日刘凤儿依然富贵风光，黄刚却似过街老鼠人人喊打。

几人口供跟黎斯心思吻合，随令冯捕头请他们喝酒去了。只是这百余人阵势让黄有道狠狠出了一次血，花费了二百两酒席钱，这且不提。

余人走后，公堂安静下来。

“凶手故意留下十五年前胡海等人的身家线索，暗层意思无疑是讲他杀人与十五年前往事相关，但具体动机尚未明了。不过胡、刘、黄三人俱发了横财，实为可疑，切切留意。”黎斯总结出忙碌半日得来的成果。

黄有道赞同地点头：“接下来要详尽调查十五年前往事了。”

白珍珠吐了吐舌头：“十五年那么久远的事怎样调查？况且物是人非，又该从哪里开始查哩？”

黄有道哀叹一声，他也没头绪。

正谈论间，突然公堂人影闪动，一身皂衣的仵作唯唯诺诺上了堂。

仵作朝黎斯和黄有道拜礼后，开口说：“两位大人，属下尸检黄刚有了新的发现。”

“快说来听听。”

仵作忙不迭道：“属下之前疏虞，这次尸检足然警觉。我发现黄刚被剖开的腹部伤口，只有五分之一是被刀、剑等利器所割穿，其实更多的伤口像是被、被……”

“被什么呀，说话不要吞吞吐吐的。”黄有道眉毛一竖喝道。

“是，是。伤口像是被人用手一点点撕裂的。”仵作语出惊人，“给人感觉像是行凶者要从死者腹内取东西！”

黎斯眸光闪烁，洞察前情地说：“疏虞的是我啊。我只顾盯着三名死者的不同，却忘了应该先从相同点下手，险些贻误案机，可叹！三名死者的相同点莫过于腹部的血洞，又如仵作推测凶手到底要从腹内取走什么。”

白珍珠突而“呀”了一叫，圆瞪妙目：“是孩子！”

黎斯徐徐点了点头，白珍珠跟自己想的一样。

“欲取先予。凶手的杀人动机极有可能是因十五年前的一位孕妇而起，从他凶残地手撕腹肉判断，孕妇生产时殒命，至于她的孩子，孩子……十五年了，嗯。”黎斯赫然正色道，“黄县令，即日起在金犀寻找一个十五岁，爹娘早亡，有武功底子且身高五尺左右的少年。”

“好，好。”黄有道答应道。

白珍珠望着黎斯，小声问：“这少年就是杀人凶手吗？”

黎斯半声轻叹，侧身不语。

# 第五章 金犀少年郎

十一月二十五日，晴，金犀城内外一片熙攘喧闹。但凡十五六岁的少年，屁股后面总会突然冒出一两名衙役问长问短，问罢才放人走。一时为避穷追不舍的衙役，金犀少年郎都不敢上街，或者上街也要装扮。

饱食一顿油干鸭的唐大元用鼻音哼哧道："不知黄老爷又摆什么玄机，整天找少年们的麻烦！"

"你的同乡怎么说？"乔子随口一问。

"甭提他了，他办事不力被黄老爷训斥了一顿，第二天就被赶到黄岐岭那鸟不拉屎的地方了。"唐大元"呸"了一口，"白白浪费了我三坛子陈年黄雕，还以为能在衙内插个眼线捞点好处呢。"

"你别老想靠歪门邪道赚钱了。"乔子规劝道。唐大元咧咧嘴说："歪门邪道？像我这种孤儿不玩歪门邪道早饿死了，还能好好站这儿跟你闲扯淡？"

"大元，我老早便想问你。"

"问啥？"

"你说人活着的乐趣是什么？"乔子眸子漆黑凹沉，仿佛深藏着一片无边无际的深壑。

唐大元一怔，摸了摸嘴角，好笑地道："乔子啊，你一问问题总让我无言以对。我想想……乐趣就是找乐子呗，赌钱买醉，躺在红姑娘的软玉温香里逍遥自在。不过这些好像都不适合你，你啊，是一个怪人，乔子。”

乔子“哦”了一声，往城下当值。唐大元等他下楼，突又朝他喊话：“晚上要不要跟我去揽翠阁，请你品品乐子？”

乔子的回答简单明了：“不去。”

城门人潮窜动，忽然冒头的衙役射来的隐晦眼神令乔子心荡神摇。县衙寻查少年郎，莫非洞察了死者的秘密？乔子将脸藏在帽檐内，别人看不到他的表情，他自个暗忖：会不会查到自己头上……

后背忽然一阵奇凉，仿佛冰窟寒风吹来。

乔子猛一哆嗦，利索地掀起了帽檐。在距城门不远的酒肆旁，一个佝偻着身躯的人正冰冷地眇视乔子。两人的视线在虚无中碰对，男人鹄面一紧，转入了旁边深巷。

乔子望见他一条腿是瘸的。

又是他！那个让乔子怦然惊心的神秘男人，他到底是谁？

金犀县衙，寻查少年郎虽暂未收获，不过目标已经清晰，所需的只是时间。

冯捕头回来，黎斯深思熟虑道：“除了少年郎外，胡海、刘凤儿和黄刚这方面也不能放弃，胡、刘家仆都是发迹后归置，提供不了有用的线索。最好找出三人之前的老地址，从老街坊邻居入手调查三人暴富前后的疑证。”

冯捕头觉得十分有理，抱了抱拳去查了。

白珍珠见黎斯近两三日只顾查案，连饭都吃得很少，甚是担忧。她亲自下厨炖了一盅银耳肉粥给黎斯吃，黎斯本欲等一等，但受不了小丫头殷殷期盼的眼神，只得笑着把一大盅肉粥吞吃干净。

白珍珠心满意足地替黎斯擦了擦嘴，甜滋滋地说：“明晚给黎大哥炒羊肝笋片，这时候刚冒头的冬笋最肥美可口了，嘻嘻。”

一股暖流涌上黎斯心头，许久未曾有过的安逸温馨，就好像多年游子回到了寄盼他的老家般感怀。黎斯笑了笑，倏然瞅见白珍珠的手帕，白手帕绣着两丛牡丹花。

心头骤然一跳……白帕，白线！对了，在黄刚嘴里没有发现白线，而黄刚被杀当晚，黎斯分明闻到一声短促的呼叫，接着声音全无。黄刚定然也被堵了嘴，或许——黎斯蓦地起身，倒把收拾碗碟的白珍珠吓了一跳，白珍珠关心道："黎大哥，有什么事？"

"你待在这儿，我去一趟黑屋子。"

黎斯一头扎进黑屋子就紧闭石门，吴闻、黄有道来找都没见他出来。有小半天光景，石门才缓缓开了，黎斯苍白的脸颊透露着一抹病态殷红，整个人劳累地轻颤。

他紧握双拳，不等吴闻和黄有道开口，先说："我有些累了，先回去歇一歇。"

是夜，万籁无声。

吴闻刚躺下，一抬头发现窗外忽地映出半边人影。手摸钢刀，吴闻翻身而出，绕了窗户，从前门潜行至廊上。刀光一扬，当头砍下！电光火石间一只手飞絮般扣住了吴闻脉门，紧接着有人低说："莫动手，是我。"

"啊，捕头！"吴闻看清来人便是黎斯。

黎斯松开吴闻脉门，又拍拍他肩膀："你这静中闪动的身手越发精纯了，不错。进屋吧，我有话要跟你讲。"

"是。"吴闻心喜得到了黎斯的赞扬，收了刀势。

二十六日，冯捕头传来让人振奋的消息，可疑的少年郎终于浮出水面。

金犀北街一家木料厂里，一个精壮干练的少年郎肩扛整根圆木运回，而另外的少年郎得两三人才能扛回一根，木厂监工走走嚷嚷，不时让人瞧瞧蛮力少年，显然把少年作为标榜。

蛮力少年埋头干活，其他人则恨他恨得牙根痒痒。

"他就是袁力。他爹袁向荣在胡海米铺做过压柜，但因手脚不干净被胡海鞭打一顿，轰了出去。再后他混入刘凤儿的绸缎庄做事，遭人揭穿劣迹，刘凤儿也辞他不用。胡、刘两家乃金犀执牛耳者，其余商铺也效仿两家不录用袁向荣，屡屡受挫的袁向荣自此沉溺于赌博。起先还赢钱，不过该他倒霉偏生撞见了黄刚，不但被黄刚骗走了金银，还把宅子、老婆也抵押入赌，结果输了个无家可归。"

冯捕头摇了摇头，继续对黎斯道，“袁向荣万念俱灰投河自尽，老婆病死，只余下独子袁力。袁力觉得胡海、刘凤儿太刻薄才让他爹走投无路，便将两人跟黄刚一并记恨下。去年袁力跑去胭脂楼大闹一场，若非刘凤儿看其可怜，他早就被抓入狱了。”

黎斯、白珍珠和冯捕头藏身木厂外的小树林子，白珍珠轻蹙蛾眉说：“这个袁力正好十五六岁，也跟胡、刘有仇，但他爹娘并非早亡啊。况且他与那位神秘孕妇能有什么关系！”

冯捕头一怔：“神秘孕妇尚无半点头绪，但这袁力着实可疑。”

“冯捕头所言甚是，但得试他一试。我犹记得凶手杀黄刚时身形夭矫，一眼看去就是有武功的人。如果袁力真为凶手，自当身手不凡。”黎斯看了看冯捕头，冯捕头嗯一声说：“属下明白了。”

滃然多雾的天气，干一会儿活皮肤就像抹了层薄薄的糨糊，说不出的难受。袁力扔下今天的第三十根圆木，站定喘了喘气，顺手撩开衣襟让冷风吹吹胸膛。

正在闭目养神的空儿，忽听得嗷呜惨叫声，像是被踩了尾巴的老猫。

人影纷乱，外头长街上突然冲进一辆失控的马车。瞬间木厂内鸡飞狗跳，马车甩开奔散的人群径直朝袁力奔来，车夫惊魂大吼：“闪开，快点闪开！”

袁力动也不动，且等马车冲入五步之内，他先扔飞了身处险地的一名木工，自己则身如渡江灵猿避开烈马，凌空扭身落定车辕前段，双手猛地沉力按死马屁股，烈马四蹄狂踏却奈何动不了身，渐渐熄火不再发飙。

“好了不得的力气！”车夫震惊地看着袁力。

“以后看好这等没脑子的畜生。”袁力跳下车辕，轻轻松松往棚里走去。

马车吱呀呀转离木厂。发飙烈马其实是冯捕头所安排，车夫也是有经验的老驾手，目的便是试探袁力的武功。冯捕头紧张地说：“黎大人，你看……”

“袁力方才先一招‘灵猴舟渡’确保自身，再用‘燕子巧翻云’纵上车辕，武功尚可但欠缺稳健，不过他一身神力倒是难能可贵。”黎斯想了想说，“整体感觉跟凶手有所不同。”

“先盯住了他，容后再看看。”黎斯撂下话。

黎斯在北街一时忙碌，南街此时另有一辆马车徐徐驶近一座宅院。

南街沿域闾阎扑地，市井繁华。马车停驻，一个圆肚圆脸的中年男人先下来，回身对车内人小声嘀咕两句，然后畅然欢笑地进了宅府。

圆脸男人并不知晓就在对面巷角，正有个黑影冷漠地注视着他的一举一动，将那满嘴白牙咬得咔咔作响。黑影脸肉抽搐，似把控不住内心汹涌的情愫。

“忍耐……义父说不能放纵杀戮……他要告诉我，告诉我。”

黑影语无伦次地说了片刻，再抬头，圆脸男人已然入府。

# 第六章 夜光葫芦籽

亥时，月华冷光，今晚的月色格外清幽。蒋泽水关紧了书房门窗，顿了顿，他走向堂房那幅白胡桃仙的素画前，虔心祈拜，嘴里念念有词。

然后，他做了件奇怪的事——他敲了敲桃老仙的肚皮。

潜伏了两个时辰的黑影终于出动了，他早探过蒋府，此刻则轻车熟路地奔来蒋泽水的书房。

书房光影摇曳，隐约可辨有一个圆乎乎的矮男人来回走动。

黑影点破朦胧窗，恰好见到蒋泽水停定素画前，再等何时！黑影用刀格开窗户，纵身进去。

“蒋泽水！”

蒋泽水猛一个激灵刚欲叫喊，一柄青洌刀锋已抵住了他的脖子。

“再叫立刻送你去找胡海他们。”黑影的声音只有冰寒的肃杀之意。

蒋泽水不敢再喊，也无法喊了。

“下面我问，你说。”刀光映着他满是杀气的脸，“十五年前在牛牯山将陈芝妹推下悬崖的是谁？”

蒋泽水目泛死灰：“你是陈芝妹的什么人？”

“少废话，说！”

刀锋斡转划了一条血口子，蒋泽水恐惧地闭上眼：“我说，我说……推陈芝妹下去的是黄刚，还有胡海和刘凤儿。”

“你没推？”

“推、推了。但那是黄刚逼我的，他说如果我不推，就、就把我也推下去。我被逼得没办法了。”蒋泽水眼眶通红，挤出了两滴干涩的眼泪。

“你跟黄刚他们一样假惺惺。”黑影暴喝道，“不准哭，再让我看见一滴眼泪，就挖出你的眼珠子。”

蒋泽水立即擦干眼泪。

“我再问你，云涧中掐死陈芝妹的又是谁？”黑影胸口鼓动，仿佛很紧张。

“什么云涧？陈芝妹不是摔死了吗？”蒋泽水满脸茫然地望着黑影。黑影怒不可遏地把蒋泽水踢到墙上，又一脚踩住他的胸口，怒问：“快说，谁掐死了陈芝妹？”

“快点告诉我！”

黑影脚如巨石。蒋泽水渐渐透不上气来，一张胖脸涨成了酱紫色。

“我真不知道啊……饶、饶命……”蒋泽水求饶。

黑影癫狂摇头犹如聋子，漆黑的瞳孔流露出滔天杀怒。

“蒋泽水，你不说就去找胡海他们吧！”

黑影倏然把一块粗糙白布塞进蒋泽水嘴里，双手扼颈猛下狠心。一阵呕哑的喘息之后，蒋泽水凸眼吐舌，横尸当场，一双死不瞑目的血眼凝望着白胡桃仙的素画，嘴角竟似挂着一抹若有若无的诡谲笑容。

黑影完成了冗繁的杀人过程，炙怒依旧难消，又狠狠踹了尸体两脚才纵出窗户。夜风习习，吹晃了断裂的窗户，也将白胡桃仙的素画吹起一角，浓烈的血腥味随风远泼。

将近半夜子时，黎斯和黄有道来到南街，来到蒋府。

蒋泽水惨烈的死状跟胡、刘、黄一模一样——脖上深深的瘀印，腹部一个栲栳大小的血洞，肠胃搅乱成团，黑血直流，残肉四散。

缩在黎斯身后的白珍珠上前一步，指了指血洞内部："黎大哥，里面好像有圆溜溜的东西！"

仵作也跟来了，用随带的镊子轻轻翻起血肠，在血洞边缘发现了十几颗黄绿色晶莹剔透的小珠子。黎斯用布擦干净了，取了一个在鼻前嗅了嗅，除了血腥味外，还有股淡淡的草木清香。

黎斯不认识这小珠子，白珍珠和吴闻也不认识。黄有道盯着小珠子，忽地眼前一亮："我认得此物。这是金犀独有的奇珍葫芦的籽，可以在伸手不见五指的夜晚发出微芒的夜光葫芦籽。"

"葫芦籽。"黎斯谛观圆润的小珠子，谁承想它竟是一枚葫芦籽。

"凶手既然留下葫芦籽，那八成蒋泽水以前是卖夜光葫芦籽的。"黄有道一语中的。

黎斯长吁一口气，愤怒道："累累血罪，到底要残戮多少人才肯罢休！"

一瞥之余，黎斯忽地发现墙壁白胡桃仙的素画无风自动，画里人物出奇惊人的鲜活灵动。黎斯心中蓦地灵感突现，缓缓迈步过去。

二十七日，凶神主北，百无禁忌。

一早白珍珠在黎斯门底发现了一封密闭的信笺，交由黎斯。黎斯看后目中神光闪烁，谛思良久。白珍珠好奇地追问内容，黎斯故作高深道："天机不可泄露，小丫头乖乖去准备早饭吧。"

"嘁，不说拉倒，谁稀罕知道哩。"白珍珠快快下了楼。

吃完早饭，冯捕头送来两个消息，一好一坏。

坏消息是秘密监视袁力的捕快回报，袁力突然神秘失踪了。

好消息是按黎斯建议，从胡海、刘凤儿、黄刚的老街坊入手调查有了收获。老街坊们回忆起来，胡海、刘凤儿都是从牛牯山归来后一朝暴富，黄刚暂无人证，但蒋泽水这头也有了相似的信报，指向的同为牛牯山。

更至关重要的一点，有街坊见到租车里有一个大腹便便的孕妇，孕妇跟车夫讲自己叫陈芝妹。

"陈芝妹……牛牯山。"黎斯对牛牯山模模糊糊有些印象，转问黄有道，

“牛牯山是否就在长岭关以南，前朝狄王还曾据势修过一条千寻栈道。”

黄有道连忙答说：“正是。牛牯山乃是前朝一条衔接金州归云州两域的隐秘捷径，狄王更修造了临渊栈道以供兵马突行。自前朝覆灭后，这条兵栈便遭弃用，演变成了两州往来之商道。乘车至牛牯山山脚，再沿千寻古栈空渡两域，不光能减少大半的路程，还能避开逆匪强盗，故贩夫走商常走牛牯山一线。只可惜八九年前那一场山洪地崩把古栈道拦腰截断，现下已无法通行了。”

“那牛牯山就进不去了？”黎斯一怔，忧心问道。

“也不然，虽然无法抵达金州地线了，但进山还是可以的。”黄有道微微沉吟又道，“不过牛牯山地势险峻，内藏毒蛇猛禽，尤其那古栈道断裂的一部分需要穿峡过涧绕行，若不熟悉地形环境很容易迷陷其中走不出来。所以黎大人若去牛牯山，最好找一个本地的向导。”

黎斯莞尔一笑：“黄县令所言正合我意。我看就从金犀众差役中选择一两个精明认路的好了。”

“这样也好。只是已然过去十五年了，再去牛牯山还能寻到什么证据？”

黎斯意味深长地道：“黄县令，有些东西会随时间慢慢消散，但也有些东西会随着时间越来越深刻。比如仇恨，我相信去牛牯山会有意想不到的收获。”

“哦。”黄有道似懂非懂地点点头。

吃了午饭，黄有道带来几个老成持重的衙役让黎斯挑选，黎斯笑而不语，看瞧好久却不挑选。黄有道自不好催促，只得让黎斯慢慢选择。

大约未时，吴闻风尘仆仆回到县衙，跟黎斯低身说了几句。

黎斯找来黄有道说：“黄县令，你找的几个人还行，不过都有点气色颓废，进了山恐有所错失。我看就让吴闻去寻两个精明干练些的吧。”

黄有道苦苦一笑，心忖道：自己费力不讨好，纯粹瞎耽误工夫啊。

吴闻找来十个熟悉牛牯山的各式差役，又从当中精选了两个人留下。

黎斯目光灼灼地望着留下来的两个人，等两人走近了些，问道：“你二人叫什么名字？身司何职？”

个头稍高的一个抢先开口：“回黎大人，小的叫唐大元。现是金犀城东门差卒。”

另外一人目光漆黑，沉如深不见底的幽潭：“乔子，城门卒。”

黎斯点头：“好，你们回去简单准备。明天一早就进牛牯山。”

两个城门卒下去了，黄有道也告辞。吴闻无不担忧地说：“捕头，牛牯山危机重重，我还是陪你一同去吧。”

黎斯摆了摆手：“先不用，你留在金犀做你的事，另外照顾周全白珍珠。我不想轩辕善再对我有什么误会，要把这丫头安安全全送回去。”

“牛牯山是一片深水，只希望可以钓到那条藏身的大鱼。”黎斯眸光深邃地道。

# 第七章 千寻古栈

二十八日，晴转阴。

牛牯山在金犀城东二十五里，黎斯、冯捕头加上两个向导唐大元、乔子卯时出发，辰时三刻赶至牛牯山脚下。

这一路上唐大元叽叽喳喳跟冯捕头不停套近乎，先欲同冯捕头攀上远房亲戚，结果七大姨八大姑越说越远。话头儿一转，唐大元又开始说多么多么熟悉牛牯山，说得像他在牛牯山里光屁股长大一样。

冯捕头任由他突突个没完，只偶尔回他一两句。

一个多时辰不发一言的只有黎斯和乔子，两人俱心事重重，无心他顾。

山脚路还好走，越往上越难行。到了山腰，处处地缝突石，稍不留神便要受伤，四个人都不多言了，一个个专心行路。半山腰往上陡然拔高，山面渐行渐窄，仿佛一枚锥子立于大地，周遭景色反倒极美。

山左侧是成片成片的朱丹红，这也叫蝎子红的花树，浓郁花香令人弥醉。右侧是陡峭山岩，间有腹壁冲洒下两三条白泉，宛如小龙追尾嬉戏。泉水叮咚清脆，清心悦耳。黎斯暗思：如果不是为了查案，这里倒是顶好的怡神游戏之处。

四人不曾停歇，眼见穿梭白云间的危崖栈道已现轮廓，不由都短松一口气。乔子忽然停下，往下面的白泉花树寻量了片刻。唐大元察觉乔子有异，也竖起耳朵听了听，不久面色一变，对黎斯说："有人跟踪。"

黎斯一怔。冯捕头性情刚直，就要回身去擒跟踪的贼人。黎斯拦下他道："突然闯下山岂非打草惊蛇，还抓什么人！"

"那怎么办？"冯捕头急乎乎地问。

黎斯略一思索，又瞥了眼乔子和唐大元，说道："你们二人继续往上爬，冯捕头跟我找一隐蔽场所埋伏小贼。"

三人无异议，乔子和唐大元肩并肩往上爬，黎斯和冯捕头则藏在一株五六人抱的百年老树后面时时警惕。眨眼过了半刻钟，一个白衣弱影鹿伏鹤行般冒上来。白衣人脸上挂着一面雾縠白纱，先警觉地辨听了头顶的细微脚步声，才放心继续往上赶。

黎斯突觉白衣人有些眼熟，不待白衣人靠近，就老鹰搏兔般纵身而出！电转飞光中一把揪下了白衣人面纱，露出了娇嫩粉嘟嘟的一张脸。

黎斯哀叹摇首："果然是你呀，丫头。"

面纱下的人确是白珍珠。原来白大小姐打听到黎斯要来牛牯山，放心不下，又气恼不让她相随，就悄然匿形藏身跟来了。

"哦，黎大哥明明答应我堂哥要照顾我，不让我担惊受怕，偏又扔我一个人在冷凄凄四周都陌生的金犀城里，孤苦伶仃，形单影只，无人倾诉……万一再碰上那个开膛破肚的连环恶凶，我就算不被破肚也得吓死了。黎大哥，珍珠究竟哪里做错了，又或者做得不好，你要狠心扔下我，不管不问，呜呜呜，呜呜呜呜！"白珍珠用青葱小手揉着泪眼，又偶尔偷瞧黎斯一眼。

黎斯正想着好好教训这丫头几句，让她安分听话一些，谁知还未张口人家先呜呀呜呀哭说一堆。虽觉得牵强但也有些道理，便更换了语气，安慰说："好了，好了，丫头，这一次算黎大哥所虑不周全。不过啊，你……"

"知错就好，我原谅你了。但是下不为例哟！"白珍珠明明哭着，一转眼又破涕为笑。她拍了拍黎斯的手臂，转个身跟冯捕头去说话了。

黎斯忽觉得像是吞了一口变味的糕团，滋味怪怪的，却又满嘴黏糊讲不出话来，最后只得认输，对白珍珠道："既然来了就来了吧。不要浪费时间，我们还得追上前面的两个人。"

黎斯很快就追上来了，乔子、唐大元正在栈道入口等候。唐大元先发现了黎斯身影，蹦起来双手猛挥，乔子照旧面无表情。黎斯把白珍珠介绍给两人，唐大元见了清秀脱俗的白珍珠更是说个滔滔不绝，冯捕头连声唤他他都听而不闻。

黎斯也受不了了，瞪了瞪唐大元道："聒噪。"

唐大元嘿嘿哈哈，终于老实了一会儿。

加上白珍珠，五个人踏上了古栈道。其左侧是千寻渊壑，右侧是万仞锋山，行走在中间顿感天地之壮大，只身若蝼蚁般渺小不足。黎斯也属首次踏上前朝古栈，栈木随处可见丝丝裂缝，稍有不慎便粉身碎骨。大家不由得步步艰辛，寸寸而行。又有从渊里逆上的黑风剐人脸颊，火辣生疼。

白珍珠自上栈道就紧紧抓牢黎斯的手，此时小丫头手心全湿。黎斯暗忖：牛牯山鬼神天险，也难怪小丫头害怕了。便是自己也时时刻刻心惊胆战。

好不容易走过了最惊悚的深渊地段，左侧出现了密密麻麻一片古苍森林。从栈道俯瞰，只能看到一个个形如伞幕的树冠紧紧相连，宛如遮天荷叶将下面景象完全翳蔽，真个是令人叹为观止。

"前头栈道被山洪冲垮，咱们过不去了。"带头的唐大元忽然停下道。

黎斯走上仔细看，跟黄有道所言一致。古栈道被拦腰冲断，至千余步外才有新栈道余迹，左右无路。黎斯正自苦恼间，始终沉默寡言的乔子突然开口："壁内有路。"

乔子向紧挨断栈的石壁指了指。石壁竟内凹进一人容身的空间，壁侧有踩脚的突石，亦有挖出的陷脚小石洞，观其凹身空间直通下面百千亩古苍森林深处。唐大元咂巴咂巴嘴说："黎大人，壁内是唯一的路径。从这里下到森林里，再从森林寻路到另一端栈道想办法攀上去，也只能如此了。"

白珍珠往下瞅了瞅，一瞬间目眩神迷站立不稳。幸亏黎斯挡在她身后，轻轻说："丫头，行不行啊？"

白珍珠脸色发白，但倔强地紧咬贝齿："少小瞧人了，还不知道谁不行哩。"

黎斯赞许一笑，对所有人讲："就从凹壁下去吧。不过为以防万一，用麻绳把五人绑在一起，生则同生。死嘛，就一起摔成大肉饼！"

"扑哧！"白珍珠展露笑颜，"讨厌啦，偏这会儿开玩笑。"

黎斯安排好了顺序：乔子、唐大元打头，中间是冯捕头、白珍珠，最后是黎斯。五人用麻绳绑缚在一块儿，乔子先跃下，钻进凹壁开始步步往下靠。

唐大元苦苦一笑，嘀咕着“早知道这样就不来了”，轻巧跃下。

冯捕头慢身一些，白珍珠等他下去，回头凝看黎斯：“黎大哥，你可一定要跟紧了我呀。”

“放心吧，丫头。”黎斯给予她鼓励的笑容。

白珍珠跃下。片刻后黎斯也一跃而下，钻入凹壁往下缓行。

五个人如同五只大壁虎蠕蠕挪动，眼见菌盖树冠渐渐近了，面对参天巨杈，倒也另有一番体会。蠕行了半个时辰，周身苍翠枝丫越来越繁，古貌密林映入每个人的视野里，除了葱绿、深绿、石绿、古绿，再无其他色彩。

正当黎斯为即将平安落地稍松一口气时，从身下突兀地传来了哀呼声。紧接着，“咔嚓、咔嚓、咔嚓……”树枝枯断声不绝于耳。

“下面怎么了？”黎斯连忙大喝。

最先回应的是冯捕头：“麻绳断了！乔子和唐大元都不见了。”

白珍珠和黎斯相继落地。黎斯捡起被斩断的麻绳，紧皱眉头：“不好，两人有危险。”

古老森林中处处可闻咻咻虫豸小兽之声，于其中仿佛还夹杂了两声人的呼救。黎斯凝神听闻，随即注目东南方向：“在那边，走。”

黎斯拉着白珍珠，冯捕头紧跟在后，三人穿行在这郁郁葱葱恍似无边无际的蛮绿之海。黎斯绷紧每一根神经，眼耳四通八达，猛然间他一把拉住白珍珠，低头往脚下看去——瞬间倒吸一口冷气。

脚下三寸之外有一道裂开的地缝！地缝宽五尺，纵有三四丈，边缘寸草不生。黎斯屏息向地缝观望，但见密密麻麻上千条三角头毒蛇盘绕缝内石间，长三尺寸分，红黑皮肉相间。红色蛇尾高高翘起，同时吞吐分叉蛇信，如一朵朵极妖红花。

红黑毒蛇盘踞地缝，黎斯透过日光模模糊糊看出缝底躺着一个人，身形跟唐大元很是相似。黎斯提一口真气大叫：“唐大元，你在不在下面？”

隐约听到有人呻吟说话，但听不真切。黎斯救人心切，让冯捕头护好白珍珠，自己跳入地缝之内，耳畔咝咝蛇鸣。黎斯拔剑在手，但担心蛇血有毒，故不愿意斫杀毒蛇，只拿剑尖将蛇挑远。

如此下了一丈深，再下面红黑毒蛇盘缩成团，已无任何立足之地。

黎斯隐约地听到了地缝人语。

“救命，救命啊……乔子害我，他害我啊……”话自唐大元无疑。

黎斯正心计把麻绳放下去救唐大元一命，猝然间人粗蛇影在缝底一闪而过，唐大元身形全无。黎斯暗叹：群蛇有序，自有蛇王镇守。方才魅影极可能就是藏在地缝底的蛇王，唐大元性命难救了。

黎斯重新攀上地缝，四下张望。白珍珠和冯捕头竟然都不见了……

# 第八章　幽涧觅踪

日头开始西沉，大约到了未时之后。黎斯焦急万分地在丛莽古林呼喊白珍珠，但大自然千声济济，唯独没有人的回应。黎斯施展踏雪千里的轻功，几乎脚不沾地在古林中狂奔，聚精会神捕捉哪怕一丝一毫的疑窦奇点，但如此飞纵了一个时辰，未有丝毫线索。耳听得前方不远有了湍湍水流之声，拔芒穿罅来到水声源处，果见丈许宽的深谷水涧从高往下波流而来，白水泛银。

黎斯掬起一把涧水，入口清冽甘甜，透心惬意。

绿林如幕，白梭飞行，奇景连连。但黎斯却无一点观赏心思，猛一抬头看到水涧乃是从一截古栈道边缘飞下。这段古栈道距离地面不足三十丈，同先前深渊栈道相比真个是一个高耸入霄，一个低钻入林。黎斯暗道：原来古栈道也是有高有矮啊。

正寻思间，黎斯发现涧畔堆石中有一只白色纱靴，上绣连云翠鸟，正是白珍珠所穿的鞋子……黎斯捡起白靴。再观四周，从水涧往下有一排浅浅脚印，凌乱无张，虽不清晰，但显然有人走过。

脚印中有小有大，岂非就是白珍珠和冯捕头！

黎斯微松一口气，也顺着水涧往下游寻找。走一会儿看看足迹，再往前走一段，再看看足迹，如此反反复复下行了七八里地，再看不见任何足迹。

水涧至此变得平缓，左右都是大片楹树密林，树叶繁茂呈羽翎状。一阵山风袭过，银波翻浪，同时也吹得数不清的楹树叶簌簌作响，宛如空谷魅音。黎斯却留意到，在纷纷绿影中好似有一道暗暗的斑驳黄色，就在靠左的楹树林里，黎斯略微停顿，遂走进了楹树林。

时而有风呼啸而过，引得整座林地簌簌不停，黎斯耳中也嗡鸣不绝，一双眸子牢牢盯紧斑驳黄色所在。大约走了一刻钟，一座陈年的阑黄竹楼悄然出现在前方空地。

竹楼无门，入口黑黝黝的，仿佛颇深。外面日光也暗淡下去，黎斯将火折子等物都交给了冯捕头，此时只能冒黑摸着往里走。竹楼廊深屋少，只有小小三四间陋室，黎斯逐一探完，不见白、冯踪影。

只剩下最后一间竹室。黎斯目已习惯了黑暗，往内一瞧，竟发现了一个竹枕头、一条厚被，无疑有人在这儿住过。谁呢？一张脸在黎斯脑海里闪过，还没等他思量完，倏然“咝咝咝咝”啁哳异响传遍竹室。摆在地上的棉被自个儿飞起，朝黎斯兜面罩下！

黎斯早就心存警觉，不等棉被飞下，长剑在半空一连甩出五六朵碗口大剑花，将棉被碎成漫天棉絮！事未完，一条五彩斑斓的巨影陡然从棉中穿透，直扑黎斯面门。黎斯一式金龙入海，身子直挺挺往后倒去，手里长剑朝回一撩，将五彩斑斓巨影拦腰斩断。那东西在地上犹作挣扎，左突右进，好一会儿才没了动静。

黎斯细看，却是好大一条五颜六色的三角头毒蛇，长六尺宽两尺，蛇口涎液盈满，再晚一些毒液就有可能喷溅到黎斯脸上，真个惊险无比。

竹室异响也是毒蛇所发出。

从最后的竹室出来，拐个弯，廊子到了尽头。尽头外是一片幽静的庭院，落满了黄绿残叶，院内深处平地突成一个黄土包，仿佛是一个坟冢。黎斯先辨清周身无人才走到庭院深处，那方黄土包果然是一个坟冢。坟前插着一个窄拳宽的木牌，上面有几个模糊的字迹。

黎斯蹲下身看清楚字迹。木牌所书：“义父唐卫之墓。”

“唐卫？”黎斯喃喃低念一遍。突觉哪里不对劲，黎斯猛然怒睁双目，刚欲回退，却惊睹黄土包凭空炸裂——一道黑影从坟内冲出，伴随鬼哭神嚎的惊天一刀！这一刀不仅快准狠，更出其不意，猝不及防。更可怕的是，这一刀充满了令天地变色、草木动容的无尽杀意，不见血不还！

但黎斯却没死，只因他是鬼见愁的黎斯。

就当惊天一刀斫取胸膛的瞬间，黎斯先一步朝左内斡转，避开了胸膛要害。但犀利刀光剥透了黎斯肋下，血肉脱落一大块并染红青袍。但总归命还在，这就够了。

黑影擎刀斜指大地。他身着黑衫，跟白珍珠一样脸上挂着黑沉沉的面纱，阴鸷冰冷的目光藏在纱后，嗜嗜鬼笑道："哼，竟然没死。"

"侥幸。"黎斯针锋相对地哂笑，"我也只不过比胡海、刘凤儿、黄刚、蒋泽水等任人鱼肉的要略强一些，你觉得呢？"

黑衫人一愣，继而煞气凛然地说："哈哈哈！你觉得你比他们强，我看却未必。"话落，刀光划破暗色天幕，再取黎斯项上人头。

黎斯喝一声："来得好！"

黎斯剑拔"银蛇环舞"绕转刀锋突点咽喉。黑衫人沉刀靠剑，令其不得前进半寸，回首一招"犀牛奔原"把黎斯周身丈许一并罩在刀光之内，伺机收缩欲将黎斯困死圈内。

黎斯何尝看不透对方心机，待刀光缩至半丈，黑衫人眼见大功告成心浮气躁之际，黎斯猛抖七七八八十五朵银光剑花，朵朵凌厉，招招藏杀，硬生生逼退黑衫人的刀光。黎斯刚舒一口气，对手却又如鲶鱼般黏上来。

黑衫人心智颇坚，错失良机后非但没气馁，反而戒浮戒躁越发沉稳了。其刀法大开大阖刚猛无俦，同黎斯轻盈灵气的长剑难分轩轾。庭院内只见刀光剑影，林风呼啸卷起落叶无数，犹如漫天飞黄里的夭矫双龙。

时间一久，黎斯肋下伤口未愈，吃了暗亏。剑势渐渐来回，转转腾挪皆落下风，黎斯脸色也越发惨白。黑衫人瞅准了机会，刀刀全往黎斯肋下招呼，可谓阴毒之极。

黎斯暗忖：如此等到力竭必然一败涂地，只得拼个两败俱伤让敌人无所适从了！暗定主意，黎斯勉强格开钢刀，转身嗖一下窜入竹楼内，眨眼没入最后那间竹室里。

“不过尔尔，看你往哪里逃！”黑衫人身如飞鸾追进竹楼，其也加了小心，刚半露脸身，但见一团物影直愣愣扑飞过来。黑衫人钢刀一横把来物一劈为二，落地一瞧却是竹枕头。

黎斯见黑衫人斫落竹枕，猝然从藏身的室顶猛冲而下。长剑施展八卦剑法里的“粘”字诀粘住黑衫人刀身，暗中将内力贯注长剑，运行至钢刀。内力外放瞬时把刀剑齐齐震碎，连带着黎斯和黑衫人也被澎湃内力震飞。

黎斯一招得手，从竹楼走出。庭院里的黑衫人正望着刀柄发呆，抬头看了看黎斯，阴沉道：“好手段。你果然比胡、黄之流强太多了，可以说是我平生第一对手。”

黎斯扔掉剑柄，倏然伸了伸腰：“刀剑俱毁，你我也都累了。既然暂时无法打下去，咱们不如来聊一聊。”

黑衫人抓牢刀柄，没有丢弃，但回应黎斯说：“要聊什么？”

“就聊一聊你吧。”黎斯先将肋下简单包扎，而后径自坐在竹楼台阶上说，“聊聊你为何要杀胡、刘等四人，再聊聊胡、刘四人怎样从贫窘变成腰缠万贯的……还要聊聊你同十五年前的陈芝妹的关系，以及你隐匿金犀城门关的目的。”

黑衫人闻言身体震了震，随即握刀柄的手更用力了。

# 第九章

# 仇山恨海

天幕低沉，牛牯山里的一场暴雨骤降，砸落竹楼庭院坑坑点点。那崩裂的坟冢内还埋着一个小些的坟冢，土石深褐，足见年代久远。

黑衫人望着坟冢，眸光在雨水里闪烁："想说就说吧。"

"好，先说杀人缘由吧。你杀胡、刘、黄、蒋四人，跟十五年前陈芝妹的失踪或死亡有关，很有可能陈芝妹就死在四人手中。而且陈芝妹被害时即将临盆，故你也挖穿了他们的肚子，令其饱尝陈芝妹的刻骨之痛。"黎斯盯住黑衫人眸子，希望能从中读懂一些东西。

但黑衫人眸如坚石，屹立不乱。

黎斯微一顿："种种迹象表明，胡、刘四人从牛牯山归来后拥有了一笔不菲的钱财。虽其后用钱方式不一，但这笔钱始终来路不明。我据此推测，胡、刘等乃为财杀人，所以你才将猪油、廉价胭脂、粗盐和葫芦籽留在尸体周遭，暗示四人真面目，揭露其图财害命的丑恶动机。"

黑衫人眸中空洞，仿佛陷入了一片看不见的泥潭。

黎斯细微毕睹，毫不迟疑地继续道："城门关乃县城的眼耳触手，所有风吹草动俱有感应。你潜入城门关的目的无疑便是监视胡、刘等的一举一动，寻找最佳的杀人时机。"

“唯一让我备感困惑的，是你同陈芝妹的关系。”黎斯缓缓道，“以上种种，你可有话要说？”

黑衫人依旧望着坟冢，冷语说：“你说的有些对，有些错。”

“哪些对，哪些又错了？”

“胡海、刘凤儿、黄刚和蒋泽水确是害死陈芝妹的恶人，但除了四人之外尚有主凶苟活人世。至于主凶是谁，我还不清楚。”黑衫人眸光暗淡，再道，“那些来路不明的钱也不是陈芝妹的，而是胡、刘四人从一个病重不支的游商怀里抢来的，被抢游商一命呜呼，如豺狼般的四人将其埋在栈旁。又恐不愿分钱的陈芝妹告密，于是百般劝诱陈芝妹收下赃银。陈芝妹虽为女流，但黑白分明，四人见诱说不成又起歹心，由恶徒黄刚带头把陈芝妹推下了千寻古栈。”

黑衫人说得平常，但语气渐渐凶怒：“虽非图财害命，但也是为财杀人灭口，我留下猪油、胭脂，正是为揭露四人贪婪凶残的嘴脸。所以你前面说的对错算各一半。”

“在城门关做城门卒，一可以掌握四人的行动习惯，二能有个藏身之所。城门卒这面幌子原本牢固，怪只怪唐大元偶觑我杀人迹象，竟以此要挟我，让我给他一笔厚银。我既没银子，也不能放弃这份仇天恨海，只能杀掉贪婪无度的唐大元。”黑衫人细若蚊蝇地叹一声，“我引他去地缝蛇巢，趁其不备一脚踢他下去。但不想被你追踪至蛇巢，从唐大元嘴里得知了我的身份，城门卒的虚幌也即告破。”

“至于我与陈芝妹的关系，你既没说，我也没必要回答。”

黎斯谛听完毕，一字一字道：“地缝中唐大元直呼‘乔子害他’……你就是乔子！”

黑衫人慢慢点头。

黎斯凝望他须臾，突兀地仰天一番长笑：“哈哈哈，精彩，真是精彩绝伦啊！若非我早已洞察来龙去脉，恐怕还真要上了你的当呢，你是城门卒不假，但你绝非乔子，而是葬身蛇口的唐，大，元！”

黎斯把“唐大元”说得铿然有力，生怕黑衫人听不清楚。

黑衫人内心震撼，纱后眸光一片碎晃。他惊愕地看着黎斯，像是才第一眼看到："你怎么……不，简直是一派胡言乱语！你有何证据说我是唐大元？"

"少安毋躁，证据就在这儿。"黎斯摸出枣糕大小四四方方的一块白色线布，朝黑衫人抖了抖，"喏，就是它了。"

"这是什么？"

"凶手扼杀胡、刘、蒋时用粗糙白布堵住了他们的嘴，令三人无法呼救，所以在三人口腔内都发现了少许粗线。唯独死了的黄刚口内空空，莫非残杀黄刚那晚没堵他的嘴？谬矣，偏巧那一晚我也在福来客栈后的深巷里，先听到了一声呼叫，而后循声发现了横死的黄刚。其间未听到半点呼叫呻吟，说明黄刚嘴里也塞了东西。不过并非粗物，而是其他东西！"黎斯吞吐一口肺气说，"凶手要么是丢失了粗布，要么就是忘了携带，故用他物代替。"

黑衫人锋寒眸光锁住黎斯，手筋暴凸，杀意凛然。

"发现疑点后，我立刻去了黑屋子对黄刚进行二次尸剖。皇天不负有心人，我终在黄刚咽喉内找到了这小块绢绸，更察觉它实为朝廷部物，绢绸一侧还绣着三个蝇头小字——唐大元。"黎斯将绢绸展开递给黑衫人。

所为朝廷部物，其实是朝廷下发的一种福利。针对不同司职部门，所分发的部物也不尽相同。譬如府门捕快常年奔波查案，损底厉害，其每年部物就是一双结实的官靴。再如镇守各处的兵卒，部物是棉被或棉衣，诸如此类。而城门关守城差役因每天风吹日晒，汗流浃背，所分部物便为一方良好的绢帕，略作凉汗之效。又因人多手杂，就在绢帕绣上各自名讳以防拿错。

黄刚喉内的绢绸正是有力物证。黎斯捏牢了道："我早配合城门官对二十五名城门卒进行了暗中取查。除了你的绢帕外，其余部物绢帕俱都完整无缺。也是黄刚知生无望，死命想留下一丝证据，而你粗心未查才落入我手，此乃冥冥之中自有天意。你还有何话要讲，唐大元？"

黑衫人面纱鼓动，气息紊乱："仅凭小小一块绢绸就妄下断言，岂非可笑！况且此物为死，人为活，奈何不是有人故意陷害？"

"此言多有偏颇，不过既然你认定绢绸为死物，那就让你再见一见活证。"黎斯让开竹楼幽廊，对着黑黢黢的廊内说，"出来吧。"

廊中人影翩动，少顷出现了两个人。当先一个双目炯炯，腰畔佩带官刀，正是黎斯最得力手下吴闻。吴闻身后的男人圆脸圆肚，眉毛眼睛挤成一团，颤颤栗栗地瞄向庭院里的黎斯和黑衫人。

黑衫人见到圆脸男人像吞下了一只死老鼠，手足无措道："不可能！你怎么可能还活着……蒋泽水！"

黎斯淡淡莞尔，记忆回溯到身在蒋府中的一幕。

且说黎斯颇觉蒋府书房里的白胡桃仙素画有异，无风自动，周边微翘似经常有人掀撅。黎斯亲手掀开素画，下面墙色要比其他鲜润。黎斯怀疑其内藏暗门密室，就在素画细微处摸索了一遍，果不其然摸到了龙眼大小的一个小圆球。

小圆球凹入墙体，若非逐一谛查绝难发现。

黎斯按下小圆球，素画下的墙壁徐徐朝两侧分开，露出一条通往地下的石梯。黎斯点一根火烛往里走，片刻就到了石梯尽头。

尽头连着一间五丈宽许的密室。密室中堆满了七八箱金银细软、香料药材。黎斯在一个大箱后发现了一名瑟瑟发抖的男人，拖出来一看不由瞠目结舌——这人竟同死去的蒋泽水一模一样，高矮胖瘦也相同。

在黎斯质问下，真相水落石出。原来躲在密室里的才是真正的蒋泽水，被杀的是他双胞胎弟弟蒋玉山。蒋泽水从老家接来胞弟蒋玉山，本欲赠笔银子令其谋业成家。谁知他刚进密室就听到头顶咔咔暴响，不一会儿又有人哭泣，蒋泽水从暗门往外窥探，正看到黑影凶神恶煞地怒问蒋玉山。蒋家至亲只剩下兄弟二人，蒋泽水更将图财害命的行径告诉了胞弟，这才有了蒋玉山被逼问的种种反应。

黑影杀了蒋玉山，蒋泽水吓得魂飞魄散躲进了密室，直至黎斯把他寻到。

记忆重回冷寂的竹楼庭院。黎斯把前情转述给黑衫人，黑衫人凶狠冷厉地望着蒋泽水，若非黎斯在旁威慑，他准一早上去生吃活剐了这死而复生的仇人。

黎斯讲完了，平静地说："蒋泽水见过你的脸，现下死物活证都有了。你还要怎样狡辩，唐大元？"

黑衫人茫然片刻，倏然摘下了面纱。

纱下的正是唐大元。

# 第十章 幻真幻灭无奈何

唐大元依旧紧握刀柄，仰天迎雨，长声咆哮道："我好恨啊！"

"我要说的说完了，该你了。"黎斯凝望唐大元，吴闻同黎斯并肩站立。

唐大元走到坟冢前，蹲下身摸了摸木牌上的刀刻字迹："这里掩埋的是我义父唐卫。义父十五年前是这儿的樵夫，这间竹楼就属于他。听义父讲，十五年前同样一个滂沱大雨的暗天，他归家途中见到栈道上有人在抢一个病者的包袱，义父本想帮忙，又恐身单力薄，正犹豫间包袱被抢走，病者也猝死。那伙强盗里只有一个孕妇未参与抢劫，他们在栈旁匆匆埋了死尸。"

唐大元擦拭干净木牌的污渍，继续道："义父义愤填膺，想为死者讨一个公道，于是跟踪这伙强盗，计划获取姓名再去报官。如此跟了百丈栈道，忽听到孕妇的惊叫声。强盗们竟又对孕妇下手，言语争执间，义父听明白原来是孕妇不愿接受赃银而被灭口。最终孕妇被推下栈道，强盗里有人说要下去看一看，义父立刻顺相熟小径先下去救人。"

"苍茫古林，踪迹难寻，加之天黑雨势更增难度。义父寻找了整整两个时辰，才在水涧里找到了重伤的孕妇，孕妇身边还有一个凶恶的灰衣人。灰衣人狠命扼住了孕妇的白颈，待义父持木棒喝退了灰衣人，孕妇已然生机寥寥。孕妇恳求义父剖腹取子，同时将推她下来的四人名讳一一告之。义父见孕妇生息渐无，怎能再妄送腹中一条小生命？便用匕首剖腹将孩子抱了出来。”唐大元神情伤感，凄楚地道，“义父收养了那个抱子，取名唐大元。”

“我正是十五年前剖腹残生的婴儿，陈芝妹是我亲娘。”唐大元吐言。

“义父临终前把真相都告诉了我，去杀胡、刘四人乃为母报仇。”唐大元重换冷颜，孑然道，“这就是我要说的。”

吴闻、蒋泽水亲睹悲壮面容的唐大元，不由都惊愕万分。黎斯反倒镇定自若，瞳光深邃地说：“终于走到了这一步。”

“吴闻，去寻水来。”黎斯倏然开口。

吴闻从庭院边角找来一大片瓮瓦碎片，盛满了冷透雨水端来。黎斯把瓦片摆在唐大元身前一丈道：“时光荏苒，物是人非。但这天地人世间有虚数法则不变，其中一样便是清者自清，浊者自浊。”

“你且看，你是清还是浊？”

唐大元望了望瓦水中自己年轻冷酷的面庞，不明所以地问：“你什么意思？”

“铁证凿凿我没抓你，反而执意来到蛮荒断路的牛牯山。你想过原因吗？”黎斯直截了当地问。唐大元一怔，摇摇头：“没想过。”

黎斯轻缓吐息：“金犀城中当我掌握了绢绸实证正欲擒你的时候，却意外收到了一封信——信里说金犀凶案俱为假象，想索答案就得来牛牯山，并点破我要抓的人就是你唐大元，还说你身世旷世离奇，绝难想象，叮嘱我把你也带去。我顾虑再三才做决定，挑选了你做向导一同来牛牯山。这一路看似平常，实则我对你每时每刻留意，处处后行也是为留下标记，让吴闻循记跟随。”

“继而竹楼对敌，铁证列陈，换得你吐露身世，我才恍然顿悟。”黎斯感叹道，“先前我是半信半疑信里内容，但此刻我全信了。真真实实的旷世离奇，绝难想象啊！不过山人既约黎某牛牯山一见，藏头藏尾又是何道理……请现身。”

黎斯目转电光，直射向庭院篱笆左侧。那方人影幢幢，渐渐现出两道身形。当先一人左脚瘸跛，鹄面沧桑，半边白发。后面一个脸颊上血痕斑斑，却是多时不见的乔子。

乔子搀扶着白发瘸子，从篱笆漏处钻进了庭院。

“乔子！你、你是怎么逃出来的……”唐大元再度心神巨震，又转眼看到那瘸子，不由打了个激灵，茫然问说，“你是谁？”

“乔叔救了我，你很失望吧。”乔子漠然而对，缓缓道出此中经历。

原来从栈道下来，唐大元说瞅见了一只三彩鸠鸟，这玩意放到金犀少说能值二三百两银子，唐大元拉了乔子帮忙抓鸟。乔子并未起疑，两人深入巨林一段距离，唐大元猛地手舞足蹈说：“鸠鸟就在那儿呢，你快来看看。”乔子刚转身，就觉得后背被唐大元踢了一脚，他整个人飞扑向前，再看前方，俨然有一处黑黢黢的地缝裂洞。乔子再挣扎也枉然，整个人落进洞内，幸好地底满是落叶没摔死，只昏迷过去。浑浑噩噩间，乔子微睁眼隙见到唐大元在拖拉自己，周身无数红蛇吐信，心口一忿又昏过去。不知昏睡了多久，才觉有人伺在身旁，勉强睁眼，却看见了屡屡令自己惊心动魄的鹄面瘸子。瘸子用鲜艳花草帮着自己逃出了蛇窟，途中跟乔子解释了许多。乔子恍然顿悟，而后两人赶至竹楼。

乔子其实是唐大元选好的替罪之身，所以唐大元没杀他，只是将他踢下地缝，另寻一处偏洞藏他，不至于丧命蛇吻。而唐大元不惧毒蛇则全靠一种名曰“万舌果”的毒花，毒蛇只要一闻到万舌果的郁香就失了斗志，绝不会攻击持花之人。瘸子也是持此花救乔子出了蛇窟。

“愚民乔植拜见黎大人。”瘸子就要跪下。黎斯凭空一阻，摆摆手道：“虚礼尽免。我与唐大元的故事都说完了，下面该轮到你了。”

乔植颓唐回脸，望向桀骜阴冷的唐大元。

“十五年了，你真记不得我是谁了？”乔植空叹半声。

唐大元脑中如针扎虫咬，疼痛难忍，厉色道：“废话，我根本没见过你！”

“哈哈，好一句没见过啊。罢罢罢，就容我从十五年前说起。”乔植缓缓闭眼，再睁开说，“十五年前，我在古栈看到有人在抢劫一个病重商人，商人失财猝死。强盗们毁尸灭迹将尸体埋在了栈旁。等强盗们走了，商人却从土坟里伸出了一只手，原来他只是愤怒攻心昏死过去。商人爬出了坟包，却未注意正立足栈道边缘，一阵渊风刮来，商人就直坠栈道。我紧随跟下，寻见了失足商人。他受伤不轻，头上鲜血淋漓，显然被山石所磕撞，神情恍惚异常。我喊他疗伤，谁知他却充耳不闻只顾往前走，嘴里念念有词，目露凶光。”

乔植沉顿少顷，再道：“一路护送商人到了水涧畔，猛然间从二十余丈高栈顶又滚落下一人，正是未抢劫的孕妇。商人伸手狠狠扼住孕妇喉咙，我上前阻拦，不料商人转过鬼门关后怪力惊人，一下把我推飞丈许。我以为孕妇必遭毒手，商人忽又低脸贴在孕妇肚上聆听。那孕妇重伤难活苦苦央求他剖腹取子，勒其为母报仇，同时告诉了商人强盗们的名讳。商人目光呆滞，口里不断重复'报仇'二字，很快孕妇生息全无。商人犹如惊醒般用匕首划开孕妇肚囊，颤抖地捧出了腹内婴儿。"

"也是造物弄人。捧出的婴儿猛遭坠撞早已命丧腹腔，商人直勾勾望着死婴，先摇晃仿佛要唤醒婴儿，接着将婴儿小脸贴近自己，嘴里喃念'报仇，为母报仇'。等我靠近了，商人用天真透亮的眸子望向我，少顷他喉咙发出亮如婴儿的啼哭声，同时伴随着婴儿才有的动作表情。我怔忪不安地看看商人，又看看死婴，倏然明了——他变成了那个婴儿。"乔植凝望唐大元，戚戚然说，"我把商人带回了竹楼，一晃半年过去了，商人心智非但无好转迹象，相反他变成的婴儿却慢慢成长了。从整日啼哭到咿呀学语，偶露婴儿神情朝你微笑伸手，我请来了很多大夫，但他们都对怪疾束手无策。又过了一年，'婴儿'成长到近两岁，开始唤我找我。我本欲狠心将他赶出竹楼，但因早年丧妻膝下无子，孑然一身，便留他做了个伴。"

黎斯谛听，目光寻望唐大元。唐大元面渐苍白，眼中茫然，神情越发浓烈。

"我从商人旧衫中翻出了残破家书，得知商人原名唐卫，出外游历经商多年。偏又地址这块残缺不存，无法将唐卫送回故里。时光如梭，转眼唐卫在竹楼待了七年，他的心智也变成了七岁多，渐渐懂事。我犹豫再三对他提及唐卫，令他多多回忆，怎知他却露出了犹如坠栈初时的凶煞目光，嘴里嘟嘟喃喃：'陈芝妹，为母报仇！杀……胡海、刘凤儿、黄刚、蒋泽水……'我心惊不已，没几日唐卫就着魔般将我赶出竹楼。"乔植悲切神伤，那边唐大元却五官扭曲，表情可怖。

"其后唐卫就改名唐大元，认虚无唐卫做义父，并为其立下墓碑坟冢。唐大元日渐凶暴，一心想着为陈芝妹报仇。他访师学武五六年，我见他念念不忘报仇便再次相劝。这一次唐大元仿佛变了另一个人，完全屏蔽前事，出手毒辣，没说两句就……打瘸了我的腿。唉，我只能仓皇逃走。"乔植瞧瞧瘸了的左腿，唏嘘不已，"后来唐大元便对胡、刘四人下手了。我虽愤恨他，但毕竟一起生活了七年，我不愿其至死都寻不回自己！所以我给黎大人留了书函，相约牛牯山，吐露真因实果。”

乔子接口说：“乔叔说得不假。唐大元在窄门打瘸乔叔我也看到了，但当时我心惊胆战并未看清唐大元，只目睹了乔叔的半边面孔。待再见乔叔后，那心惊胆战的感觉重新涌上，令我忆起。”

“那日我窥见唐大元一身染血遁回屋里，猜想他在外面闯了祸，所以话里话外点拨他多想一想人活着的乐趣，莫要糊涂做错了事。唐大元！人活着的乐趣就是活着。只有活着才有活着的乐趣，不是吗？”乔子语意深切地道。

唐大元杵在那里，喃喃说道：“只有活着才有活着的乐趣！对啊，哈哈，我怎么就没想到……”

雨水如银箭击破瓦中涟漪。唐大元再次凝目观看，但见透亮雨水里年轻冷酷的面孔随涟漪浑浊，渐渐沉落，留下了清晰真实的画面——一张苍老斑白的脸，一双满布暗黄浊点的眼眸，以及嘴角苦涩不堪的孤笑。

这才是真实的我！

唐大元只觉脑海迸裂，似要一分为二。混沌中那副丢失的画面缓缓展现：从栈道坠落，追寻仇人，剖腹取子，环绕乔植，拜师学艺，杀人报仇，牛牯重走，竹楼血斗，直至此情此景！原来都是错的，错的！那扼死陈芝妹的灰衣人并非他人，就是自己啊。自己才是最终要找的幕后真凶！可叹，可悲，可笑呼！

“清者自清，浊者自浊。果然如此，我终于明白了。”唐大元先朝黎斯一躬，接着扑通一下子跪在乔植脚下，号啕大哭。

“我怎么了，我到底怎么了……”唐大元悲恸声声。乔植同样老泪纵横，伸手扶住了七年之伴。

黎斯深邃的目光闪烁着，缓缓言道：“你只是病了，生了一场冗长又可怕的恶疾。”

在唐大元的供述下，黎斯在竹楼底的地窖里找到了被绑来的白珍珠、冯捕头，还有金犀少年袁力。原来唐大元做了两重打算，若乔子无法替罪，便再用袁力去背黑锅，所以他也绑来了袁力。

牛牯山十五年前血案终于真相大白。虽然变身唐大元的唐卫执念恶疾，但总归有铁法律历所在，等待唐卫的将是铮铮铁窗。蒋泽水也难逃法网。

白珍珠委屈地扑进黎斯怀里，黎斯本想阻拦，但看到小丫头满身泥污，发髻凌乱，心生痛怜，便轻轻揽住了她。

返回金犀的途中，白珍珠频频回头。黎斯刮了刮她鼻尖，说："小丫头在想什么？"

"牛牯山其实很美，如果没有血腥仇杀，它一定更美。在这么一座美景如画的深山里拥有一座亭亭竹楼，同所爱的人长相厮守，犹似天上眷侣一样。"白珍珠俏脸一红，害羞地瞥了黎斯一眼。

黎斯目入满山瑰景，颔首道："是啊，很美。"

白珍珠神情一转，说："黎大哥，还有一件事我没跟你说。"

"唔，小丫头还藏着什么秘密？"黎斯笑笑。

"之前见到了老死头前辈，他说蒙锐大哥遇到了莫大危险，让我见到你后嘱咐你前去青州营救，我……我不想很快跟你分开，就一直没说。"白珍珠噙着晶莹泪珠，"黎大哥，我错了，你骂我打我都行，只要别不理我。好不好？"

黎斯一见白珍珠楚楚可怜的模样，佯作生气道："我不骂你，也不打你，但却要惩罚你。"

"怎么惩罚？"白珍珠眼泪汪汪地看着黎斯。

黎斯哂笑道："惩罚你前往青州的一路给我端茶送水，还有熬粥做饭。"

白珍珠一怔，随即破涕为笑："这么说黎大哥愿意带我去青州了？太好了！"

"收拾收拾，咱们明日动身。"黎斯心中暗祝：黎明在即，希望蒙锐一切安好。

# 玲珑碎

# 第一章 不是路的路

夜黑得吓人，黎斯心中屏住一口气，紧紧追随着视线尽头的一道灰影。灰影似鬼魅，每每要消失之际，却偏偏顿住形迹，像是要引诱黎斯前往，黎斯虽觉不妥，但又怎么会轻易放弃？

稀薄的月影将黎斯的身影拉入一旁的黑暗，也混淆了黎斯的目光，一个恍惚间，灰衣人竟然不见了。黎斯生生挫住飞奔的脚步，身体突然打了个激灵，一股寒气袭上周身，黎斯定睛，这才发现停步不远的地方，赫然现出了一条冷冷的夜河。

河水微微荡漾，黎斯走近，只觉得一股子阴森寒气就从这河水中涌出，将自己包围。黎斯微微吐气，周围除了这条突然冒出来的河再没有别的出路，而这条河少说也有几十丈宽，莫非灰影人是潜入河中逃到了对面？黎斯将手搅入水里，只觉得刺骨冰冷，即便有深厚的内功护体，可以潜入水中，但也绝难游到遥远的对岸。

如此，自己一直跟踪的灰衣人难道插翅飞了不成？黎斯心中迷茫，他在河边转了几圈，目光盯着微微涌动的河面，水映月光，点起数不尽的水亮，白色如珠的水光中似还隐藏着另外一抹不同寻常的异亮，黎斯终发现，那是一点昏黄的亮光，顺着这点昏黄亮光，黎斯又发现了不下十几处类似的亮光，黎斯心中翻转，这黄色的亮光是什么？

一个念头突然闪进黎斯脑海里，黎斯猝然抬起腿，一步迈入河水里。出乎意料的是，黎斯并没有陷入河中，而是如履平地般行走于河面之上，黎斯微微一笑，果然一切如他所猜测，河中其实隐藏着一条石桥，只是可能时间久远，河水上涨，石桥不在河上，而是藏于河中。那些昏黄的亮光实际上是月光反射在石桥柱顶所现出的石亮，想来灰影人一早就熟知这条不是路的路，早早奔到了对岸，却让黎斯在此困惑了许久。黎斯也不多耽误，似月下飞仙般窜过河面。

对岸不远有许多少见的夜生往生竹，据说这种竹子会在夜间吸引尘世里的孤魂野鬼来此，将他们生前残存的意象吸收到竹内，每当大雨滂沱的夜晚，往生竹就会把这些死人意念呈现在雨幕里，如同一片魑魅魍魉的世界。

天色更加阴沉了，黎斯穿行在往生竹林间，脸上落下了星星点点的雨水，耳边隐隐似传来了低泣声，黎斯目光游离在暗红色的竹林里，心中异想，他猛地回头，紧贴在自己身后站立着一个惨白色身影，白色长衣将他完美隐藏起来，他静静冷冷地同黎斯对望片刻，突然转身向竹林深处奔去。

黎斯闪过一丝犹豫，追了上去。白影移动得并不快，但黎斯怎般就是追他不上，白影悠悠晃晃地前行，黎斯的目光里出现了一座暗色的院落，院落建在一大片往生竹林之间，让黎斯觉得有些鬼祟，白影人停在院落前，等黎斯靠近，才缓缓步入院中。

黎斯推开了院落斑驳的木门，吱呀呀——

院落很大，院落里所有的房间都已成黑色废墟，残垣断壁，黎斯还可以嗅出空气里淡淡的颓败气息，仿佛这座死去的偌大院落正在轻轻哀伤，而在这座院落的后面，黎斯看到了另一座建筑，很大，很招摇，却并不是黎斯所愿意看见的，那是一座足够大的白色坟茔。

坟茔周围同样生长了很多往生竹，在墓碑上黎斯看到了一个人的名字——燕子歌。

黎斯没有找到那个白影，也没有找到自己一直跟踪的灰衣人，他一直没有走出这片往生竹林，像是迷失于其中，黎斯终是摇头，他转身走上回路，来到河边。但令黎斯诧异的是，那条让他夜袭而来的隐秘石桥，竟然不见了。黎斯愣愣站在河边，失神地望着河面，身后氤氲的竹林上空升起一团阴霾，大雨瞬间滂沱而下。

一切归入到灰蒙蒙的空间里，黎斯突然看到河中一个人正在向他招手，轻轻，弱弱，几不可信的地步，就如同地狱的引路人一般，正在魅惑着迷失的人们，同入地狱。

# 第二章 平阳池窃贼

鸡鸣三遍，小奇子蹑手蹑脚回到了玲珑酒阁，他是这里的小伙计，而玲珑酒阁则是整个夜桥镇最受欢迎的地方。老酒头揉着双眼，打着哈欠，整理着酒阁桌椅，他仔细地将每一个地方摸擦干净，不允许有一点灰尘。一瞥眼，老酒头看见了正要窜回房间的小奇子，瞅瞅小奇子那样，老酒头笑说："小奇子，你又下玉河捉鱼了？"

小奇子被老酒头吓了一跳，回头做个噤声的手势，说："酒叔，小声点！万一小姐听到了，我又要挨骂了。"小奇子眼珠一转，又说："酒叔，这次的鱼可真不是我从玉河里捞来的，是从夜山后面的泉子里抓的，不犯小姐的忌讳。"

老酒头微微睁开了年老浑浊的双眼，瞧着小奇子藏在屁股后面的捞鱼网子，说："那真就怪了，我来夜桥五六年了，第一次看到泉子里能有这么大的黑鱼。"

小奇子不愿意多和老酒头扯话，溜身绕过阁堂，回到自己的小屋，刚想关门，却闻到自己屋子里有一股淡淡清香，不腻不扰，是那种让人心神陶醉的兰花香气，小奇子脸色瞬间苦了下来，堆起笑脸："小姐，你怎么在我屋里？"

一个年轻女子的声音传来，带着不属于她年纪的平稳语调。

千宫玲珑，玲珑酒阁的当家。

千宫玲珑微微笑了："我说过，玲珑酒阁里，不允许有人下玉河里捞鱼，你怎么总是听不进去呢？”

小奇子一听千宫玲珑的笑声，知道小姐这回真生气了，他忙将手里的黑网丢开，告饶说：“小姐，这是小奇子的最后一回，我本不是想下玉河捞鱼的，真的是想去夜山的泉子里捞，但我路过玉河边的时候，发现河面上漂着几条死鱼，我这才网了过来，绝对不是故意去捞的。”

千宫玲珑一愣，望了望黑网子，黑网子里的鱼果然已死多时，不是新鲜捕获的。这时酒阁里传来了老酒头带着浑浊的苍老嗓音：“任老板，好早啊。”

千宫玲珑扔下了小奇子，说：“这事就暂且算了，但这次是最后一回，下次再犯，我一定不让你再在酒阁里停留片刻。”

“知道了，知道了。”小奇子擦了擦额头的汗，望着离开的千宫玲珑，沐浴在酒阁回廊晨光中的千宫小姐，如同被镀上了一层淡淡的金色光晕，让她本已是绝美绝丽的身姿更增摇曳，如同顺着这天光从天上飘来的仙子，小奇子虽年纪不大，但也望得心中一阵激荡，他忙收了收心神，匆匆赶了出来。

任有财，如他名字一般，他果是有财，夜桥镇排数第一的富绅，家中有良田百顷，美妾环身，他本已是享尽了人间繁华，但此刻却是一脸愁容，暗淡的阴霾始终挂在脸上，让他看上去更像一个深门怨妇。他扯了扯袍子，对老酒头说：“老酒头，来酒。”

老酒头望着任有财一脸愁容，将酒端到了任有财的面前。任有财连看也没看，仰首咕嘟咕嘟灌进了喉咙，辛辣酸楚瞬间充斥喉腔，任有财忍了几忍，才没有将喝进去的酒吐出来。

“任老板，怎么又一个人喝闷酒？”声音温婉动听，任有财苦涩的面容焕发了一缕生色，他抬头望着从酒阁回廊走来的千宫玲珑，只望着她，就觉得心中烦闷少了一分。他少有地恭敬地对千宫玲珑微微颔首，说：“千宫小姐说笑了，心中憋闷，喝点闷酒。”

千宫玲珑的微笑始终如阳光一样灿烂，她望着任有财，说：“只是不知什么样的事会令任老板接连几天、十几天地来我这酒阁喝闷酒？”

任有财欲言又止，举杯望了望千宫玲珑，只觉得心中某个地方被揪着，他摇摇头：“说出来也没什么用，徒增烦恼，不说了，还是喝酒。”

千宫玲珑没有再说，她坐在任有财对面，望着他一杯一杯地将酒灌进肚子里。老酒头觉得不妥，从旁边问了声："小姐？"

千宫玲珑微微摇头，任有财已有了些醉意，他突然猛地抬头望着面前女子，眼神胶着，似在犹豫什么，终于他开口对千宫玲珑说："我见到他了。"

"谁？"千宫玲珑愕然。

"他，就是七年前离开的那个人，本应该是个死人的那个人，我又看见他了。"任有财将满满一杯最烈的醉玲珑灌进了喉咙。

千宫玲珑纤细的身躯在微薄日光里轻轻颤抖，她望着任有财说："他已经死了。"

"我知道，我比谁都清楚他已经死了，他死时的模样至今还刻在我脑海里，他跌进玉河后，身上的毒浸透出来，毒死了半条河的鱼。即便他真有一百条命，也早就死了。可我真的好像又看到了他……"任有财目光闪烁，缓缓望着千宫，喃喃问，"难道，是他的鬼魂回来报仇？"

"这个世界上根本没有鬼魂之说，任老板，你应该清楚这一点。即便有，他也不会回来找你，他要找的是毒害死他的仇人。不是吗？"千宫玲珑反问。

"是，是。"任有财愁容不减地将最后一杯酒饮尽，起身摇摇晃晃走出酒阁。

"小奇子，送任老板出酒阁。"千宫玲珑起身，缓缓走上阁顶雅房，那是属于她的地方，也许是这个世界上唯一可以隐藏自己的所在，千宫玲珑回身合起了阁门。

人散去，老酒头掏出了他那破旧的抹布开始揩拭，酒阁就是他的家，他喜欢自己的家里干干净净。自从六年前逃难来到夜桥镇，重病昏迷在镇口，被正好路过的千宫玲珑救活后，他便一直跟随着千宫玲珑，后来千宫办起了这座玲珑酒阁，玲珑酒阁就成了老酒头唯一的家。小奇子也是千宫玲珑捡回来的孤儿，孤苦伶仃，跟在千宫玲珑身边也有两三年了。

老酒头收拾起酒具，身后突然冒出了小奇子。小奇子面色古怪，望了望关起的阁楼雅室，小声问说："酒叔，你知道方才小姐跟任胖子他们口里说的'他'是谁吗？"

小奇子口中的任胖子指的是任有财。

老酒头对小奇子说：“这些事情你最好不要好奇，你也不会知道答案。”

“哼，谁说我不知道！”小奇子很不服气似的，嘟着嘴故作神秘说，“刚才我扶任胖子上马车时，听见酒醉的他嘀咕着一个人的名字。”

“谁？”老酒头目光浑浊地问。

“燕子歌！”

“燕子歌？”小捕快吴闻听着捕头黎斯对他说出的经历，面容一肃，有些骇然地说，“捕头，你说得好玄。那个引你去坟茔的白影，莫不是……”

“莫不是什么？说话别吞吞吐吐。”黎斯扫了扫身边一块青石，坐了下来。

“莫不是遇到了鬼？”吴闻刚出口，就觉得背后一阵发凉，就像撞见鬼的是他一样。

“亏你还是衙门里的人，说这些不着边际的话。”黎斯笑骂，不过心中隐隐也有些担忧。

“对了，说说我让你调查的那个平阳池窃贼的底细。当初我们分开行事，我跟踪窃贼到此，你去调查他的底细，有什么收获？”

“说来也真怪了。对于这个窃贼，平阳池白道黑道都没有任何消息，就像他是凭空跳出来犯下了这许多案，不仅盗走了临南王府的夜明珠、天危镖局的一万两金叶子，竟然连舍大善人喂狗的盆子都盗走了，怪不得舍大善人暴跳如雷，如此恶盗，要是拿住他，一定给他千刀万剐。”

“这贼武功不低，更擅轻功，我一路用尽法子，也仅仅是不被他甩掉。”黎斯感慨地说。

“捕头，那我们接下来怎么办？”

“你飞鸽传信，让肖凝继续在平阳池调查，不能放过哪怕一丝半点的线索。”

“好。那我们呢？”

黎斯拍了拍屁股站起身，望着林路尽头一片空旷的河域，说：“吴闻，你知道前面是什么地方吗？”

“一个不起眼的小镇，我听肖凝说过，叫夜桥镇。”

“不错，夜桥镇。”黎斯微微低吟，这个夜桥镇的名字黎斯似曾听说，只是这一时半会想不起来，黎斯继续说着，“夜桥镇，三面环河，一面围山，进出镇内的道路只有一条。自从跟丢了那贼，我就一直守在这出口，并未见有半个人出来。这说明什么？”

吴闻恍然：“说明那贼人一定还躲藏在镇子里。”

“不错！这个贼人先给我们布下了一个局，然后又给自己留下了一个口袋。我们接下来要做的就是走进去，把这个口袋给他收紧，让他无所遁形，自己狗急跳墙似的蹦出来！”

正午时刻，黎斯一个人走进了夜桥镇，吴闻则继续守候在镇口，防止贼人趁机逃脱。临离开镇口前，吴闻突然神神秘秘地问：“捕头，我还有个问题始终没搞明白。你说你回到河边时，回来的河中石桥不见了，那你是怎么回到对岸的？”

这个很平常的问题黎斯却没有回答出来，因为他也不知道，黎斯努力回忆，只能记起自己回到河边时，河水中央突然出现了一双手，如勾魂摄魄一样令黎斯失去了自控，茫茫然走了过去。然后再醒来，黎斯就发现自己躺在了对岸的树林里。

午时，阳光明媚，但黎斯回忆至此，还是忍不住打了个冷战。那双记忆里的手格外清晰，甚至手上的每一条脉络黎斯都可以清楚地描述出来。

黎斯将这些离奇的念头打断。这夜桥镇并没多大，固定的住户也不是很多，多数人家是依河而居，围绕着绕镇而过的一条河内岸居家定舍，如此却令镇中心出现了一大块荒地，荒地后面是一座孤零零的小山。

黎斯一路走来，想找个人问问是否见到有陌生人出没，但走了一盏茶时间，一个人都没遇见，只有耳边的鸟语虫鸣，就宛如这座镇子是个空镇。就在黎斯犹豫要不要敲开一户人家具体问问的时候，身侧不远的一座深红色大宅的门突然被推开，一个男子仓皇失措地冲出，黎斯刚待询问，却见男子一脸血污，龇牙咧嘴地大声吼叫，却说不出半个字。

黎斯顺势接住了他摇摇欲坠的身体，血污中的男子张大了嘴想要说出话来，最终却从喉咙深处喷出一道血箭，男子脑袋歪在一侧，再也不动了。

黎斯凝望着乍现乍死在自己怀里的男子，男子胸口位置有一道明显的剑伤，胸口的袍子被绞得粉碎，在皮肉上留下了深刻的印记，似梅花绽放状。黎斯黯然，抬起头望着深红色大宅，宅顶挂着一个醒目的金匾——任府。

# 第三章

# 微梅神剑

果然夜桥镇还是有人的，在男子惨死后的半个时辰里，黎斯就见到了几乎这个镇子里所有的住户，为首的是一个鹰目老者，苍然白发，持着一根乌头拐。所有从镇子里赶来的人都围在任府门前，老者极力平息着众人的恐慌，而后示意一个年纪尚轻的少年将死者抬入任府，少年同一门女眷痛哭得声嘶力竭，黎斯没多异议，让开身形，让家眷将死者抬入任府。

老者目光犀利地在黎斯脸上一转，微微拱手，言道："夜桥镇老朽江震山，还未请教少侠高名？"

黎斯恭敬地回了一礼，将自己身份同来夜桥镇捉贼的目的如实相告，江震山听后微微颔首，黎斯却注意到老者身后不远的一个高个男人脸上现出了过多惊慌，并未是因为目睹了死者，而是听闻自己身份以后才表现出了紧张神情，黎斯暗暗留意。

黎斯是最后见到死者的人，江震山将他一并请入任府，在安抚了多数人后，江震山只引着少数几人进入任府正厅，方才搬入死者尸体的少年这时扑倒在江震山身下，大哭道："江爷，我爹死得好惨，他是被人害死的，你一定要找出凶手，替我爹报仇啊！"江震山动容，叹息一声，拉起跪在地上的任灵，重声道："灵儿，你放心吧。夜桥镇多年没出过这样的惨案，凶手如此丧心病狂，我江震山只要尚存一口气，就一定把凶手给你找出来。再者，高亭长，还有这位黎捕头同在，他们为官的，自然也不会放任凶手逍遥法外。”

任灵已然又哭得昏死过去，旁边任家女眷一并过来，抱头痛哭。

黎斯这才知晓方才神情紧张的高个中年男子，原来才是这夜桥镇的父母官、一亭之长，名叫高其。这时从停放尸体的偏堂里走出一个面色铁青的枯瘦男子，径直走到江震山身边，在江震山耳边轻轻说了一句话，江震山本是镇定的面容陡然间一阵扭曲，随即他又问了一句：“宗远，你能肯定？”

消瘦男子宗远点点头，江震山苍髯耸动，引手说：“走，带我去看看。”

宗远微微一迟钝，他的目光落在了黎斯身上，像是此刻才发现大厅中多出了一个陌生人，宗远顿时显得有些犹豫，黎斯微微以笑相报，江震山仔细看了黎斯一眼，知道此刻是没有办法避开这追贼而来的州府捕快了，只得开口：“一起去看看。”

偏堂的窗户已被封死，是为了防止尸体过快腐烂。黎斯看到那个猝死在自己怀中的男子静静躺在堂里的一张木床上，冰冷的床，冰冷的人。死者面上依然保持着临死时的表情，睚眦怒睁，如同死不瞑目，已经开始固凝的血迹紧紧贴在死者脸颊和嘴角上。

老者蹒跚地走到死者身旁，轻轻撩开了掩盖在尸体上的尸布，江震山的目光紧紧凝在死者胸口的梅花剑伤上，这梅花剑伤正是死者任有财致死的致命伤。

江震山眼前一黑，手里的尸布落在地上。高其忙上来扶住江震山，江震山微微停顿一会儿，摇头叹息一声，望着宗远说道：“果然是，果然是，微梅神剑。如微似梅，亡者引颈……”

黎斯心中疑惑，等江震山气息渐渐平稳下来，才问出：“江老，不知道是什么事情令江老如此动容，这微梅神剑又是怎么回事呢？”

江震山转向门口，步履沉重，缓缓说：“黎捕头，我们还是先回正厅，再慢慢来说吧。”

一行人离开陈尸的偏堂，重新回到正厅，任府人送来了热茶，江震山虚饮了几口，放下茶杯，将在场的人一个一个瞧了一遍，终是点点头开始说道：“既然黎捕头询问，老朽也不能有所隐瞒了。其实这许多年来，这件事一直是我们夜桥人心中的一根刺，我们不愿提起，却又无法忘记。在多年前的夜桥镇，有一位威震江湖的大剑客，人称‘微梅神剑’，江湖中人形容他的剑快尤似微微绽放的梅息，只在须臾便可夺人性命。可就是如此光鲜的一个人，在七年前的深夜却遭人下毒谋害，惨死在夜桥镇外的玉河里，他临死前对苍天大叫，说死也不会放过谋害他的人，会变成厉鬼回来索命。当时，我还是亭长，在发生这起惨案后，我上提府县，会同来的官员们一起仔细排查过此案，但始终没有查出究竟是何人对其下毒。实际上，剑客死前是要去参加一个武林盛事，当时全镇人都以其为荣，每一个夜桥人都来到玉河边为他送行，如此，全镇的人都有了嫌疑，真是查无可查啊！唉，后来我引咎退位，这许多年来，我本以为这起惨事终会被渐渐淡忘，却没想到，今时今日，却真的发生了……”

“江爷，您不要说了。”任灵突然激动道，“不会是这样的，我爹素来与人无争，如果真是恶鬼回来报仇，怎么不去找那些真正害死他的人，却缠上了我爹？一定不是这样的，一定是有人假借死人害死了我爹！”

江震山微微点头：“灵儿，你说得不无道理。我谨慎处世一辈子，又怎么会不知道这点？只是，即便有人假冒恶鬼杀人，但这举世无双的‘微梅神剑’却是无论如何假冒不了的。”

“可是，我爹他……又怎么会害人？”

“灵儿，你放心。不管是人是鬼，我一定会将他找出来，让你爹可以瞑目。”江震山说得过于激动，苍髯震动不止，颓然坐在椅上，高其眼见江震山力不多持，说道：“江老，你不可过于着急，此事暂时还没有什么头绪，我看江老还是先回府歇息下，待身体调理好了，再来查这案子。”

江震山自知也是有心无力，嘱咐了高其几句，又回首对黎斯说道：“黎捕头，有劳了。至于窃贼一事，我会派人帮你细查，只要他藏身在夜桥镇，就一定躲不了。”

黎斯拱身抱拳，望着高其同江震山离开，接着他走到了任灵身旁，问说：“小兄弟，刚才江老所说的那位剑客叫什么名字？”

任灵目光中带着丝丝恨意，一字一字说道：“他叫燕子歌。”

窃贼的事情暂时还没有头绪，黎斯跟吴闻交代了下，自己重新回到了任府，他得到了任夫人和任灵的同意，当晚就住了下来，自然，黎斯也亲口答应了任灵会帮助他找到杀害任有财的真正凶手。

对于黎斯这个州府来的捕快，任灵好像抱有更大的希望，通过任灵的眼神，黎斯就可以读得出，只是隐隐觉得任灵有所隐瞒，他没有说破。从任灵居所出来，黎斯一个人来到任有财的书房，据任灵说，任有财死之前一直将自己关在书房里，接连十几天，除了吃饭，不让任何人进门。

书房的门被推开，黎斯看到书房里杂乱不堪，像是被人故意破坏了一样，书榻上的书籍全被撕成碎片，黎斯捡起几本残破的书本，只是些普通的书籍，旁边有一个被推翻的香炉，已经摔成两半，一架子的上等瓷器也被摔了个粉碎。总之，这间书房是一片狼藉。

谁，是谁将书房折腾成这样?

晚饭是黎斯一个人在卧房里吃的，黎斯也可以理解，毕竟遭遇家门惨变，所谓的那些客套谁还有心情顾及。吃过晚饭，黎斯早早睡下，但翻来覆去睡不着，每一闭眼，黎斯总会看到一片空旷阴森的河域，一双手突然出现在河面之上，向着黎斯缓缓招手，黎斯好奇地走了过去，他终是看到，这双手下的部分竟是一堆骷髅。

骷髅黑洞洞的目眼中射出丝丝黑芒，黑芒如有鬼力，牵引着骷髅缓缓站起，乍向黎斯扑来。

“呼！”黎斯蓦然翻身起床，额头已渗出丝丝冷汗。黎斯走到厢房外不远的一个小水池边，清风吹来，溅起冰冷的水滴点点，洒落在黎斯面颊上，令黎斯纷乱的思绪渐渐平息。

“嗤……嗤……”一缕怪声传入黎斯耳中，黎斯仔细听闻，声音微弱，若非有功底的习武人，很难捕捉到。

这声音听上去十分怪异，似是用尖锐的指甲在摩擦着木板，又像是有人捏着嗓子在喘气，黎斯一时无法断定，他随声而往，尽量放低声响，不愿惊动已处多事之秋的任家老少。

声音轻浮微弱，但黎斯细心地把握住，耳听得马上就要寻到了，突然这声音消失了，就如同蒸发在空气里似的，没了半点遗留。黎斯停下脚步，这才发现，自己走到了任府正厅。

黎斯再仔细听了听，还是没有声息，黎斯摇摇头，刚想转身回去，但心中仿佛被一根看不见的细线牵住了，黎斯又转回了身，一个曾乍现在黎斯脑海中的问号这时悄然清晰起来，他望了望正厅一侧，那里正盛放着任有财的尸体。

黎斯缓缓地推开了偏室的门，便在此时，那阵异样的声息再次响起。

————

# 第四章 鬼夜迷踪

黎斯一步跨入偏堂，那怪声再一次消失了，黎斯环顾四周，这偏堂只陈列着少数的家具，一张破旧的木床，两把背椅，一张四角梨木桌。还有，一个死人。

任有财依然怒睁着双眼，任灵白日里尝试了很多次想要合闭起任有财的双眼，但每一次合起，下一秒，任有财的眼皮又会睁开，多次之后，任灵终于摇头叹息，说是自己爹爹死不瞑目，不肯闭眼。

黎斯对视着任有财的目光，他不是第一次同死人对视，但没有一次比从任有财眼中看到的恐惧更多，这些无穷尽的恐惧深深镂刻在了任有财死前一刹那的目光里。黎斯觉得，或许任有财并非死不瞑目，而是不敢闭上双眼，究竟是什么样的莫名恐惧，令任有财如此胆战心惊，宁可睁眼而死，也不敢去面对呢？黎斯想不出来，也想不明白。

空气里弥散着死亡的气味，这令黎斯很不好过。任有财平静地躺在床上，黎斯想起了自己老友老死头曾经对他说过的话，老死头说，死人告诉你的“话”远比从活人嘴里说出的可靠，因为活人会撒谎，而死人则不会。

黎斯重新仔细地将任有财的尸体检查了一遍，除了胸口位置的梅花剑伤外，再没有第二处伤痕，黎斯也没有发现其他可疑之处，虽如此，但黎斯心中还是隐隐觉得有些不妥。既然没有线索，再待在这停尸房里也没有用，黎斯重新盖起了尸布，准备离开。

而就在黎斯转身的瞬间，那毛骨悚然的声音再一次响起：“嗜……”这一次黎斯听清楚了，这微弱的异声就来自自己身下的尸体——任有财。

黎斯虽不信鬼神之说，但此刻心中还是有些起毛，他缓缓低下头，鬼祟的声响是从任有财口中发出的，一直困于黎斯脑海里的那个问号也终是浮现出来，黎斯记得任有财临死前挣扎着想要说话，却为何半个字都说不出来？莫非他还有第二处隐秘的创伤？

黎斯双手捏开了任有财紧闭的嘴，一股腥臭气息扑鼻而来，闻之欲吐，黎斯屏住呼吸，紧张地注视着任有财口中，除了几处干结在嘴角的血迹外，也并没有异样。此时，声响又消失了。

黎斯甚至觉得是自己有些精神恍惚，事实上自从昨晚从往生林回归后，黎斯也总觉得自己有些不对劲，却又说不上来。

一只冰冷冷的手突然抓住了黎斯的衣角，黎斯回过神来，却发现这只手正属于……任有财！黎斯本能地想要挣脱，身下的任有财剧烈摇晃起来，随着一声尖锐的嘶叫，黎斯看到一个滚圆的黑色东西从任有财喉中喷射而出，如一支黑箭，直刺入墙壁中，深达寸许，任有财手一松，本是睚眦怒视的双眼缓缓闭上。

黎斯走到对面墙下，灌内劲入指，将这一黑物抠了出来，黑色物体上覆盖着一层黑色死血，黎斯将黑血擦干，一股柔和的光芒瞬间绽放而出，黎斯将它托于掌中，心中一震，口中不自觉说出三个字：“夜明珠！”

从已死去的任有财口中喷射而出的黑物，正是平阳池窃贼所盗宝物中的夜明珠，可为何它会出现在任有财的喉咙里？那个窃贼又同任有财的死有什么联系？黎斯觉得事情远非自己想象的简单。

黎斯觉得有太多疑问在脑海里，彼此交缠着，自己苦于抓不住一个头绪。黎斯掩门走出偏堂，一股阴森的寒气突然袭上后背，黎斯蓦然回身，发现有一个飘忽的白影立于方才自己停留的小水池侧，冷冷望向这边，黎斯禁不住打了个冷战，他再一次想起了玉河中招摇向自己的那双鬼手，终究是鬼是人，这次黎斯一定要查出结果。

黎斯飞奔而出，白影真如鬼魅般跃出任府，黎斯紧随其后，夜路幽幽，不知道紧随了多久，黎斯突然停住了脚步，白影已然消失无踪，面前是一条冰冷的河水。

人呢？

黎斯望着黑夜里茫茫无尽的玉河，心中第一次有了毛骨悚然的想法：难道一切真如他们所说，杀害任有财的乃是多年前冤死的玉河厉鬼？

天蒙蒙亮，小奇子突然大叫起来："酒叔，快来看，快来看。"小奇子站在玲珑酒阁的阁角，面对着平缓清冷的玉河，不住地手舞足蹈。

老酒头慢腾腾地走来，他昨晚睡得不好，始终做噩梦，一大早又被这小奇子叫醒，心中窝气，问说："你这孩提行径，为何每天都不让我睡个好觉！"

"不是，酒叔，这次是真有事。你快来看玉河里。"小奇子等不及，一把将老酒头拉来阁沿，老酒头望到平静无波的玉河里竟泛起了无数黑点，如同一粒粒黑色芝麻撒在了河面之上，小奇子忙不迭地扔下了自己的渔网，不一会儿收网上来，网里竟有好几条硕大黑鱼，只是这些黑鱼早已毙命多时。

老酒头望着鱼眼中流转着几缕绿线，他低下身将鱼肚剖开，鱼血竟是一片污浊，而白皙的鱼肉也成了黑色，老酒头的目光又开始浑浊，半晌他才说出一句话："这些鱼，都是被毒死的。"

老酒头摇头，将鱼扔在一边，转回到到酒阁内。小奇子望着黑漆漆的死鱼，害怕地将它们重新扔进了玉河。

"吱呀"一声，雅室的外窗被轻轻推开，一截白藕般的手臂斜倚在窗棂上，千宫玲珑望着玉河，目光渐渐汇集成一个点，那个点又模糊成一个男子的轮廓，她喃喃自语："他……真的回来了吗？"

千宫玲珑身后，雅室里，另一个阴森沉重的声音突然响起："他回来就只是个鬼，他不可能活着。不过最近夜桥的确怪事不断，我也曾经见过一个白影，莫不是外面有人知晓了我们的秘密？"

"不会的。"千宫玲珑否定，她的目光始终没有回转，只是望着窗外玉河，心中深藏着某种希冀。

"这段时间真不太平，我总觉得有大事要发生，小姐也自当小心。"

千宫玲珑微微颔首。

“对了，还有那个从州府追贼到此的捕头，一定不能让他查出什么来，需不需要我把他给……”

“不，夜桥的血已经流得足够多，我不想再看到任何一个人死去。我们只需要平静地等待，再不要多生是非了。”千宫玲珑话语平柔，却带着不可抗拒的威严。

雅室中沉寂许久，另一个声音没有再说话。这时响起了敲门声，千宫玲珑问说：“谁？”

“是我，老酒头，小姐。”

“什么事？”

“有个人想见见小姐，他说他是个捕快，为缉拿窃贼而来。”老酒头话没说几句，已经咳嗽起来。

千宫玲珑凝目回头，对雅室里的人说：“你说得没错，这个捕快是有些难缠，但我会对付。”

千宫玲珑打开了雅室的门，老酒头早已候着，千宫玲珑言说：“准备上好的‘醉玲珑’。”老酒头点头应着，目光不经意透过微开的雅室门缝望向雅室内，方才他依稀听见小姐同另一个人说话，但此刻雅室里再没有第二个人了。

酒已端上，黎斯也已经坐下，旁边陪同的还有夜桥镇亭长高其，高其眼神始终飘忽，似有意躲避着黎斯望向他的目光。高其抬起头就望见了若挪莲撒月般走下的千宫玲珑，在夜桥镇这许多年，高其心中始终盼望着每一天都可以见到她，不需要多少话语，甚至不需要她注意到他，只是悄悄看着她，就已是种回味无穷的享受。

千宫玲珑盈盈欠身，黎斯回个礼，三个人围着靠窗的一张梨木桌而坐，酒水已斟满，千宫玲珑先举杯，说道：“听闻黎捕头是远道而来，既能光临玲珑酒阁，已是玲珑荣幸，不需多言，请。”

千宫玲珑表面柔弱娇气，但举止却干净利索，一杯酒瞬间饮尽，黎斯和高其对望一样，心中都在想，自己堂堂一个大男人，喝酒行事岂能落后于一个弱不禁风的女子？两人对举，将杯中酒齐齐灌入喉咙。黎斯也是行南走北，可说饮过各式各样的好酒、烈酒，但这一杯酒中所包含的浓烈香醇，还有唇喉胃之间的回味不绝，却是从未有过的体会。一杯酒饮罢，一股冰寒之气从丹田上行，转至心头，再又冷变热，团团圈住整个心脏，令人从里向外先冷后热，感觉妙不可言。

黎斯本想好好赞誉一番，但想想此行目的，还是只说了两个字：“好酒！”

高其苍白的面色有一点点红润，他的目光开始大胆地停留在千宫玲珑脸上，黎斯这时才微微拱手说：“其实这次来到贵阁，是有件事情想问一问千宫小姐。”

“请说。”千宫玲珑将三人面前酒杯斟满，黎斯嗅到她身上有一股淡淡的兰花香气，令人心神迷乱，他把持了下心智，说：“想来千宫小姐已经知道任有财被人凶残杀害的事，而我听任府家仆说，任有财最后见到的人，就是千宫小姐。他今早来过小姐的玲珑酒阁，而中午回去后就惨死家中，我好奇的是，任有财可否对小姐说过什么事情？”

千宫玲珑听明白了黎斯此行的来意，微微颔首：“有。”

“那是什么事，千宫小姐可否相告？”黎斯端望着千宫玲珑，只觉得望这个女子越久，自己的自持之力就越差。

“任老板来我酒阁里，我有陪同一起饮酒，其间他只说了一件事。”

“什么事？”

“见鬼。”千宫玲珑轻启朱唇道出两字。

黎斯眉头不由一蹙，紧接着问：“千宫小姐，你可听闻过燕子歌此人？”

千宫玲珑亮如明湖的眸子掠过一缕暗淡，她轻言：“听闻过此人，但我对他了解不多，他也很少来我酒阁喝酒，我知他是个剑客，在那时可以说是名动天下。后来，他殒命于玉河西畔。”

“‘微梅神剑’燕子歌莫名其妙暴毙，却不知任有财口中所说的见鬼，那个鬼可是指燕子歌？”黎斯将心中的人物和问题一一对上。

千宫玲珑突然展颜，淡淡说：“看来我没有办法帮得上黎捕头了，因为我自小就不喜这些鬼怪神奇的东西，所以任老板说他见鬼，我也并没有深问。而且当时任老板已饮了半坛‘醉玲珑’，并不清醒，我也没有当真。所以，我并不知道这个鬼指的究竟是谁。”

“呃，这样。”黎斯面上不觉失望，他将心中的疑问暂放，一瞥眼发现身旁的高其已喝了不少，脸色酡红，目光直勾勾望着千宫玲珑。黎斯心觉失礼，再回头一想，自己是在酒阁附近碰到高其，见他踌躇不知所措，便相伴一同来到玲珑酒阁询问案情，看现在这样子，这高其对千宫玲珑心生爱慕，自己还是不要给这千宫小姐多生烦恼的好。黎斯如此想着，一拉高其的手臂，说："高亭长，我所问的事已经问完了。我看我们还是告辞，不要打扰千宫小姐做生意了。"

一脸痴迷的高其突然甩掉了黎斯的胳膊，凝视着千宫玲珑的脸，摇摇头说了一句："千宫小姐，你还惦记着他吗？"

一句话毕，千宫玲珑握住酒杯的纤手微微一颤，少许的酒水洒下，黎斯目光盯住了千宫玲珑，高其晃晃悠悠地站起身，一步一叹息地走出了酒阁。

黎斯说道："多有失礼。"言罢，也快步追了出去。

千宫玲珑望着手中的"醉玲珑"，一仰首将酒饮下，酸甜苦辣各种滋味，百般心情，顿时一并涌上了心头眉间。

黎斯追了出去，却已不见高其的踪影。只是刚才高其所讲的话却令黎斯心中起疑，千宫玲珑还惦记的他，莫非会是燕子歌？如此，燕子歌同千宫玲珑并非仅仅听闻，而是旧相识，或者更近一步。

黎斯觉得自己已经摸到了那团乱麻的头绪，只差将它抓住了，看看天色，黎斯向镇口吴闻藏身的地方走来。

# 第五章

# 水妖

吴闻背对夜桥镇，向着树林深处的幽密发呆。一袭人影掠入吴闻视线，吴闻端详了一会儿，长呼一口气说：“捕头，是你啊……吓我一跳！”

吴闻憨厚地摸了摸脑袋，说着：“捕头，你昨天暗中嘱咐我查的事，肖凝已经飞鸽回信了。这是肖凝的飞鸽书信，你看看。”吴闻将一长团纸条递给黎斯，黎斯瞧着，眉头不自觉往一块凑说：“果然如此，根据肖凝信上所述，事情绝非仅仅是一桩简单的失窃案，我们面对的对手也不会只是一个窃贼。只是，我还有些事情不明白，吴闻，你传书给肖凝，让他帮我调查一个人……”

吴闻伏耳过去，不住点头，黎斯悄声将事情说完，突然一个白影晃在黎斯瞳孔里，他猛地大喝一声：“谁在那里？”

黎斯话未落，人已冲出，吴闻也紧随其后。白影消失在玉河边，黎斯心中堵闷：自己已是第二次追随这个神秘白影来到玉河畔，又接连两次失去了他的踪影，莫非这白影真是水中妖怪，可遁形匿迹不成？黎斯心中突然一动，似乎有什么东西被自己忽略了，他缓缓走到玉河边，眼神凝在河面之上，果然，浅浅玉河河水之下，藏着一条隐藏的桥路。

吴闻也跟了上来，跟随着黎斯的目光发现了这座隐匿的水中石桥，不由脸上挂着些许兴奋，说：“捕头，这就是你说的那座石桥，那对面岂非就是那片往生林？”

黎斯点头说：“是不是，过去便可知。”

两个人小心翼翼地踩着石桥过到对岸，只是对岸的情况远非黎斯所说那样，虽然也有一片浓郁树林，却是普通的栖息植物，并不是往生竹，而穿过这片树林，已然看见几户依河而居的夜桥镇居民，树林里更没有黎斯说的巨大庄院坟茔，两人无所获，重新回到了玉河边。吴闻眼尖，在河边树影里发现了什么，黎斯赶上去一看，不由一愣，树影下的不是别的，而是一只精巧短小的小舟。

吴闻左右瞧瞧，见不到半个人，不由纳闷说：“怪了，谁把这小舟拴在这里？”

吴闻说着，却没瞧见黎斯面上神情此刻特是古怪，困疑当中竟带着少许的慌乱。黎斯的确有些乱，因为他望着这条小舟时，脑海中不由自主地想起了前夜玉河里向自己招摇的鬼手，黎斯不知为何会想到这些，他突然走上几步，解开了拴在河树上的小舟。吴闻道：“捕头，你要干吗？”

“乘舟游河，你来不来？”黎斯微笑说。

黎斯还没等到答复，吴闻的人已经跳进了小舟。黎斯收起舟绳，同吴闻两人一舟，缓缓行向玉河腹地。玉河风景的确美丽，黎斯一路行来，见到了许多自己从未见过的河中瑰丽之花，还有白腹黑羽的水鸟，花鸟河光，如此静心的美卷，铺展在黎斯眼中，如何能让人不感叹。

“好美。”吴闻赞说。

行舟半个时辰，河中突然浮现一条条黑色的鱼，放眼而去，皆是翻白肚的死鱼，玉河也瞬间由美卷变成了水中修罗地狱。黎斯捞起了黑鱼，检查过后说：“这些鱼都是被毒死的。”

吴闻的目光从一条条死鱼身上辗转而过，突然叫道：“手，人的手！”

鱼尸中间，映现出一只惨白的人手。人手如同一截生出水面的白藕，立即闪入黎斯跟吴闻眼中。黎斯脑海中“轰”的一下想起了那双水中鬼手，他猛地摇摇头，喝说：“救人！”

人手一点点沉沦，就在完全落入水中的一刹，黎斯抓到了这只手，一股寒意顺着这只手袭上黎斯全身，黎斯忍不住打了个激灵，将这只手连同手的主人一并拉出了水面。

露出水面的是一张少年的脸，黎斯瞧他样貌，不由诧异地问："是你？"

少年竟是黎斯认识的，千宫玲珑酒阁里的小伙计。黎斯还记得他的模样，问道："你是玲珑酒阁的小伙计？"

少年蜷缩在小舟一角，浑身打着冷战，望向黎斯点头说："我叫小奇子，正是玲珑酒阁里的小伙计。"

"这玉河河水冰冷刺骨，你怎么会掉入河水里？"黎斯道。

"我、我……"小奇子先是支吾，随后说，"捉鱼，对了，我用网捉鱼时不慎跌进了玉河。"小奇子很肯定地点头说，但目光却不敢同黎斯对视。

黎斯转望河面上漂浮着的无数死鱼，淡淡一笑："真的？满河的死鱼何须再用渔网？小奇子，我刚刚救你一命，作为回报，我希望听到真话。"

小奇子缓缓抬起头，望着黎斯犀利的目光，慢慢从自己怀里取出一样东西放在小舟舟弦上，微光灿烂，黎斯目光收紧，将物件捏在手掌里，竟是一片金叶子。

在舟尾站立着保持小舟平衡的吴闻脱口道："这难道就是天危镖局失窃的……"吴闻还未说完，黎斯已摇头示意他噤声了，吴闻这才发觉自己嘴太快，转过身，不再多说。

"这金叶子你从哪里得来的？"黎斯问。

小奇子指了指河面说："是从一条死鱼肚子里发现的，我当时都傻眼了，这才鬼迷心窍地来玉河捞这些死鱼，但没想到却遇到了水妖。"

"水妖？"黎斯蹙眉问。

小奇子很肯定地说："夜桥镇的人都说这玉河里有水鬼妖精，我还不相信。但方才，我好端端站在河岸边用渔网捞死鱼，突然有一只手从河里伸了出来，将我拽进河里。你说，这不是水妖是什么！"小奇子望望周围水域，心有余悸地说。

"捕头，还有人在水里。"吴闻突然喊了一声。

黎斯回头，在铺满死鱼的黑沉沉的玉河水中，倏然，又伸出了一只苍白的人手。

这只人手上布满了鲜血，鲜血持续滴落，将周围水面浸染成殷红一片。

是谁？——是人，是鬼，还是妖！

黎斯将小舟靠近，一点点靠近那只黑水之中的血手……

# 第六章

# 触目惊心

手浮在水面之上，如同一截枯枝。黎斯第二次抓住了河面之中的孤手，一个血淋淋的人被拖出水面，甩在小舟舟尾。

小奇子只看了一眼，已经转过身子大吐不已。吴闻瞅几眼，也是忍不住转过脸去。甩在小舟上的是具血肉模糊的尸体。黎斯蹙眉仔细端详，这具尸体已经被毁坏得不成样子，面部扭曲变形，全身密密麻麻的，是一个个鲜红色伤口，如同爬满了一只只深色蛆虫，黎斯望着也觉胃部一阵翻腾。黎斯还注意到了这具尸体伤口的形状，虽然伤口众多，但伤痕形状并无二样，皆是锯齿状的内切伤，就如同被一把把锋利小镰割裂开了皮肉。

黎斯望着尸体出神，一旁的小奇子转回了目光，突然说："捕爷，这个死人我知道是谁。"

"谁？"吴闻问道。

"是宗远。"小奇子说出了想到的人名，接着补充说，"虽然认不出他的脸，但他衣角的那个黑色吊坠，就是宗远的。这个在夜桥镇许多人都认得出，不信可以去问。"

吴闻见小奇子说得肯定，侧过脸望着黎斯，黎斯站直了身体说："是了，是这些……"

吴闻不由问道："捕头，你发现了什么？"

黎斯缓缓展开自己的手掌，手掌里是小奇子交给他的金叶子。黎斯望着金叶子说："尸体上的伤口正是被这金叶子所割裂，镰刀状伤痕就是锋利的叶边。"黎斯将金叶子贴近尸体上的一处伤口，金叶子的叶边正好同伤口内切的痕迹吻合。黎斯继续道："凶手应该是用金叶子割破了死者的血脉皮肉，令死者大量失血而亡，然后凶手将死者同那些金叶子一起扔进了玉河中。"

吴闻听着，愤怒地说："这个凶手太残忍了。但捕头，如果真是用这金叶子杀人，是不是凶手就是我们一直追缉的那个贼？"

黎斯长吁一口气说："表面看来，杀人线索每一条都指向这个窃贼。只是我始终想不明白，这个引我们来夜桥镇的贼，他费劲心机盗来宝物，并不用来敛财，却都用来杀人。先是任有财深喉中的夜明珠，再是此刻的金叶子割身，这些都过于匪夷所思，让人想不明白。"

黎斯这时转过脸来，望着小奇子道："小奇子，你方才说这个死者叫宗远，可是老亭长江震山身边的宗远？"

小奇子点头说："就是他。"

"哦。"黎斯应一声，脑海里开始不停地思考。

此时，河面之上突然袭来一阵大风。本就负重的小舟被吹得掀向一边，小奇子手忙脚乱，险些再跌进河中，黎斯闪过来将他拉住。但小舟另一侧的宗远尸身却扑通一声滑落进河中。黎斯暗呼一声不好，纵至舟尾，却为时已晚，宗远的尸体已缓缓地沉入河水深处。

下一刻，是触目惊心！

——在宗远尸体沉沦的同时，黎斯看见另外一张人脸悠悠地从河底升起，同宗远擦颊而过之后，渐渐漂浮到黎斯眼前。

黎斯无法呼吸，人脸渐渐清晰。黎斯看到了人脸嘴角挂着的诡秘笑容，实际上，这张脸的每一寸肌肤都在诡异地笑着，整张脸沿一个不可思议的角度扭曲，如同一张皱起的橘皮。黎斯第一次体会到恐惧，他挣扎着将身体撤回舟内。

人脸突然张开了嘴，一双苍白的手抓住了黎斯，将他拽下小舟，黎斯坠入河中的一刹那，他看清了那双苍白的手，正是玉河中向自己招摇的鬼手！

此刻这双鬼手正牢牢地钳制住自己，将自己拉往最黑暗的所在……

黎斯心脏被重重压迫，令黎斯从昏迷中睁开了眼睛，周围是深绿色水域，而那张诡秘的人脸却已不见。

深水令黎斯感到了刺骨的寒冷，他屏息一点点浮出水面，大口呼吸着河面空气。而在不远的水面之下，黎斯隐约看出了一条黑色长影，黑影如藏入河中的水怪，黎斯靠近些才看清，原来黑影正是那条隐藏的石桥。

黎斯身体透支，他揽着石桥，向河岸游去。有了这石桥的依托，黎斯果然很快来到了对岸，黎斯迫不及待地扑至地面，筋疲力尽地横身躺地。

突然，一股异样的感觉包围住了黎斯，似有什么不妥，或者是……黎斯半支起身体，回转视线，身后不远出现了一大片暗红色的树影，黎斯惊讶道："往生竹林？"

十几丈外便是白天里黎斯、吴闻寻找了多时却未见踪影的往生竹林，天色渐暗，它们纤细的腰肢摇曳在暮风中，添增了几分妖艳。黎斯目视暗红色竹林片刻，挪动脚步走来。

耳边呼啸着风声和竹叶颤抖声，还有另外一种说不上来的异音，如微弱的哭泣。黎斯顿顿，这往生林里，似乎根本找不到一条出路，却又似每一转身侧步间，都有一条路出现在你脚下。黎斯干脆就不去想什么出路不出路，他径直向竹林深处行来，竹影接连之际，一座颓败的暗灰色庄院倏然出现。

"终于找到你了。"黎斯像是找到了一位失踪多年的老友，他缓缓推开了庄院大门。

黎斯来到诡秘巨大的坟茔前，凝望着墓碑上"燕子歌"的名讳，缓缓低下身，轻轻说道："我找到你了，你为何还不出来见我？"

黎斯话音刚落，白色坟茔突然吱呀呀吱呀呀地向左右分裂开来，杂声渐止，坟茔中间也露出了一条只容单人进入的地道，直通地下。墓中黑暗里，似有两个金光闪烁的事物吸引住了黎斯，黎斯着迷似的一步一步地走了进去。

黎斯深入，白色的坟茔重新合拢。孤风夜鸣，一条惨白色人影缓缓自庄院角落步行而出，他目光黑暗如死光，注视着坟茔，许久才发出了一声幽幽叹息。

万道金芒如同万根金针刺入黎斯眼中，剧烈的眼痛之余，他终是淡淡看到了，看到了……

# 第七章 蛛丝同马迹

“捕头，你醒醒……”耳边传来一个十分熟悉的声音，黎斯缓缓睁开了双眼。

刺眼的光亮让黎斯眼前一阵眩晕，好一会儿黎斯才认出面前站立着的吴闻和任灵。

黎斯愕然问道：“我是怎么回来的？”

吴闻和任灵互望了一眼，吴闻说：“捕头，你昨天落河后，我找了你一天都没有找到。今天一早，你却出现在了任府门前，且昏迷倒地，我听闻消息后，就赶来了任府。”

黎斯摇头说：“是吗？我头好疼，什么都想不起来了。”黎斯觉得全身骨头都要散架了。任府家丁来找任灵，任灵安慰了黎斯几句，便面色焦虑地转身离开了。吴闻等任灵离开后，问道：“捕头，你究竟发生了什么事情啊？”

“我真想不起来了，不过肯定是有人将我送到了任府门口。但这个人我却想不起来了。”黎斯想不出来。

“送你……”吴闻嘀咕着，脸上掠过一抹古怪神情，黎斯不由猜出几分：“你小子是不是又在胡想？”

“嘿，我只是奇怪，捕头掉进能瞬间冻僵活人的玉河中，谁能将你救出，还送你回任府？”吴闻说，“我只想到了一个答案，就是小奇子口里说的水妖！”

“妖你个头。”黎斯正色问吴闻说，“先别耍嘴皮，方才我见任灵面带疑虑，是不是我昏迷这段时间有什么事发生？”

“捕头料事如神啊。不错，昨天高其领人从玉河里捞起了宗远的尸体，还发现了一河的死鱼，很多夜桥人哄传是燕子歌的凶魂回来报仇了，先是任有财，后是宗远，弄得人人自危，不少人还叫嚣着要离开夜桥镇。”吴闻微一顿，又说，“后来赶至的江震山大发雷霆，人们才安静下来，江震山却因为怒气攻心，昏了过去。”

“两起惨案造成的恐慌，不是普通百姓可以承受的。”黎斯叹息一声，吴闻始终瞅着黎斯，神情古怪。黎斯笑问：“说吧，是不是你肚子里有什么想知道的，却又不敢问？”

“是了，都说捕头你料事如神。”

“少拍马屁，快说。”

吴闻笑一声，说：“捕头，‘离罗’二字代表了什么？”

黎斯闻言，整个人一颤，而后牢牢抓住吴闻肩膀，喝问：“你是怎么知道这二字的？”

“是、是……”吴闻没想到黎斯有如此大的反应，急说，“你睡梦中一直叫着‘离罗’二字，我听不懂，所以才问。”

黎斯凝看着吴闻，说：“吴闻，不要将这二字再说给第二个人听，一定！”

吴闻茫然道：“捕头，这二字有什么不妥吗？”

黎斯缓缓说：“‘离罗’，就是将夜桥镇置于一片血雨腥风之中的根源。”

黎斯突然瞥见吴闻脚底挂着一些黑色黏稠物，黎斯让吴闻抬起脚来，取下黏稠物才发现是一种黑色的土壤，黎斯微微诧异说：“这方圆百里都是黄土，你从哪里踩来的这些黑土？”

吴闻也是摇头，黎斯说：“你都去过哪里？”

“我来到任府后，只出入过这厢室，还有就是曾陪任灵去书房拿过一册佛经，任灵说是任夫人要读……”

黎斯心中百转，拉着吴闻向外走去。吴闻愣说：“捕头，去哪里啊？”

“任府书房。”

任有财书房已整理过，原本支离破碎的书卷和瓷器都已不在。黎斯隔着房门向书房里瞅去，见书房地面铺设的灰石板上，另似有一线薄薄的黑色土迹。黎斯目光收紧，对吴闻说：“找任灵来。”

待任灵赶来，黎斯也不多言，立即问：“任公子，任府书房中的黑色土壤是哪里来的？为何要铺撒这些黑色土迹？”

任灵听完后说：“这些黑色土壤是家父专门遣人从北方运来铺撒上的。至于原因，家父说，只有这种黑土气息才能让他始终处于平静心绪下，创作出好的丹青画卷。”

“任老爷如此用心，平时是否很爱丹青画卷？”

“不错，家父醉心于丹青画术，别的就不是特别用心了。”任灵说。

“如此，这黑土果然有股子淡淡的清香气息，能让人心神松弛。”黎斯目光微转，对任灵说，“任公子，黎某有个不情之请，还请任公子成全。”

“黎捕头太客气了，请说。”

“我失足跌落玉河后，心神处于紧绷状态，可否借黑壤书房住一晚，缓解下我的心绪？”黎斯又顿一下，说，“还有，我想要书房里原本破碎的书卷和瓷器，可能对于破解任老爷被害的案子有所帮助。”

任灵应了。黎斯抱拳道：“有劳。”

不多时，任灵离开。吴闻忙凑上来道：“捕头，你是不是有发现了？”

“你小子倒是越来越机灵了。”黎斯蹲下身，捏起黑壤对吴闻说，“这些黑壤并不是简单的土壤，是北方云岭州鱼台府的一宝，名曰‘印土’。虽然这‘印土’也有缓神醒脑功能，但它最奥妙之处还在一个‘印’字。”

“印土含有超乎一般土壤的粘黏微粒，这些奇妙微粒不仅可以将尘埃吸收进土壤，甚至可以将光线斑影也渗透入黑壤之中。”黎斯说得奥妙。

随即，黎斯将衣衫解下铺在地上，又将一杯水洒在衣衫上，静等片刻，原本浅薄的黑壤上竟印出了几个凌乱的脚印。

黎斯不停重复着方才的举动，半个时辰后，所有黑壤上都浮出了脚印。黎斯问道：“吴闻，你可看出了什么？”

吴闻端详，脚印大小差不多，应该都是任有财留下的，而多数的脚印停留在睡榻、书架，还有瓷器架前，而尤以瓷器架前的脚印最多，吴闻并没有发现异常。

黎斯凝视着脚印道：“任有财平生醉心之事，乃是丹青书卷。而你看这些脚印，只在瓷器架前出现得最多，岂非有所可疑？”

“没错，是了，的确可疑。”吴闻听黎斯如此一说，恍然拍着自己脑袋。

黎斯来到瓷器架前，道：“奇怪了，这脚印多分布在两截瓷器架两端。照理说，如果欣赏瓷器应站在正面看才合理。为何任有财要站在两侧呢？”黎斯目光闪烁，望着瓷器架两侧再道：“除非，他并不是为了欣赏瓷器才来到架前。吴闻，你去左边瓷器架旁，将架子向中间推动。”

黎斯自己来到右边瓷器架旁，也将架子向中间推来。

“咔咔！”令人不可思议的现象发生了，两截瓷器架中间相遇，但并没有阻隔，而是相互错位结合在一起，成了一面更厚实的木架。而黎斯赫然发现，在穿插而成的木架顶角内侧，镂刻着两个暗淡的字体，他喃喃地将这两个字念了出来：“离……罗。”

又是这两个字，黎斯脑中“嗡”的一声，深藏于记忆里的某个画面再一次浮现出来，巨大白色的坟茔，黑色的墓穴，黎斯如着魔般步入，他的视线始终被一对金光灿烂的事物所吸引，直至走入黑暗的深处，黎斯才看清楚，金光灿烂的事物乃是书写在墓壁上的两个字，黎斯轻轻唤出了这两个字——离罗。

金字“离罗”下，还有着一个扭曲的骷髅面孔。

昨夜在燕子歌坟茔里的一幕，黎斯终是重新回忆起来。黎斯目光锁定在木架内侧的“离罗”二字，伸手顺着这两个字向下摸索，刹那，黎斯手指摸到了一抹凸起的浮痕，如似一个浮出木架的骷髅。

一只冰冷的手突然袭上黎斯肩膀，黎斯忍不住打了个激灵，回望却是吴闻。

吴闻急道：“捕头，外面有动静，好像有人过来了。”

黎斯擦一把头上冷汗，说：“快，将木架复原成原来样子。”

黎斯同吴闻刚将瓷器架分离开，书房的门就被推开了，一个沉重的声音传来：“坏了，出大事了。”

# 第八章 惶惶夜桥

任灵神色已乱，面色惨淡地说："黎捕头，夜桥出大事了。"

"任公子你不要着急，慢慢说。"黎斯望着已失方寸的任灵，道。

"江爷死了！"任灵吐出一句。

"江震山？"黎斯忙道，"江震山如何会死？究竟发生了什么事？"

任灵一脸迷茫，缓缓摇头说："我也不知道发生了什么事，我收到了江爷的信，说让我去他府上一趟。但等我赶到江府时，江府早已经是一片火海，江府所有人都葬身火海之中。"任灵微一停，眼中神色变得恐惧，说："当时火势太大，根本无法救助。我站在江府外，听见府里有人在喊一句话，喊得声嘶力竭、撕心裂肺……"

"什么话？"黎斯问。

任灵一字一字地说："凶灵复仇！"

"凶灵复仇？难道是在说燕子歌？"吴闻脸色一紧，说。

"后赶来救火的人都听见了这凄厉的惨叫，他们被吓坏了，人心惶惶，大家都要离开这个不祥之地。黎捕头，我知你为家父惨死一案已尽力，你们也可以走了。"任灵面容悲凄，"家母病重，所以我连同任府的人也很快会离开。"

"我知黎捕头铁胆秉公，但夜桥发生的事情太过诡异，先是我爹殒命于一个死人剑下，接着是惨死的宗远，还有玉河无数被毒死的鱼，最后是葬身火海的江爷，夜桥死的人已经太多了，虽说是家母一再要求离开，但我也已经没有勇气继续面对了。”任灵心灰意冷地说。

黎斯缓缓点头：“任公子可安心离开，我自不会让任老爷不明不白地冤死，定会找出幕后真正凶手。不过，我还需要任公子回答我几个疑问。”

黎斯从任灵口中得到了自己想要的答复，吴闻道：“捕头，接下来我们做什么？”

黎斯笑了笑，指着书房角落里那一堆送来的破碎瓷片道：“很简单，拼图。”

当黎斯和吴闻走出书房，才发现夜桥镇的人已剩下寥寥无几。黎斯来到了大火后的江府，江府已然只留了一片巨大的黑色灰烬，空气中弥散着刺激的木焦味，黎斯觉得口中干涩，沿着断壁来到了江府右侧厢房，厢房已被烧得不成样子，几乎没存下什么完整的东西，黎斯拨拉着灰烬，似在寻找着什么。

黎斯突然对着吴闻一声喝止：“不要动！”

刚赶来的吴闻一只脚吊在半空里，急说：“捕头，怎么了？”

黎斯凝视着吴闻脚下，吴闻不由吓出一身冷汗，自己脚下，竟是一个烧去大半的骷髅头，只余下了嘴鼻部分的黑骨，其余估计早已经成了骨灰。

黎斯扫净了黑骨上的杂物，转头问吴闻：“肖凝的书信呢？”

“哦！”吴闻忙不迭将刚刚收来的肖凝的飞鸽传信从自己怀里取了出来，黎斯接过书信，看过一遍，喃喃道：“果然，这些鬼怪神魔，并非万无一失，总会留下蛛丝马迹。”

吴闻听黎斯如此说，知道肯定有所收获。果然黎斯回头对吴闻道：“吴闻，还记得我对你说过的话吗？凶手给我们设置了一个局，而给自己准备了一只袋子，现在我们已经找到了袋子的绳索，接下来只需——请君入瓮。”

黎斯回望着周围大片的灰烬，只觉一股暗燃的火焰在自己胸口一点一点灼热起来。黎斯迷走于废墟里，他的目光渐渐飘离，望向了，望向了远处与世隔绝的、静静流淌的——玉河。

夕阳下的玉河远畔，熙熙攘攘的人群如同一条黑色大虫拥出夜桥，老酒头将酒杯放下，拣起了几粒花生米扔进嘴里，他仔细咀嚼，慢慢回味。不多时，门外传来细微的推门声，一个瘦小的身影蹑手蹑脚地溜了进来，并没有发现屏风后面的老酒头，径自在房间里找寻起东西来。瘦小的身影翻箱倒柜了好一会儿，越来越着急，发出了微微的喘息声。

“不用找了，你要找的东西在这里。”老酒头突然开口，将屏风推开，瞧着自己卧房里的瘦小身影，正是一脸尴尬的小奇子。

小奇子没想到老酒头藏身在屏风后，咧嘴笑说：“原来酒叔在啊，我、我刚才是……”

“可是为了寻它？”老酒头指了指身侧桌上一个绿玉酒壶，小奇子眼睛一亮，但再瞥一眼老酒头，又忙摇头说：“不是，我不是找这个绿玉酒壶，它可是您的宝贝，我就是随便找些好玩的家伙。”

“不用撒谎了，小子。自从上个月让你用我这酒壶喝了一壶美酒后，你就朝思暮想了吧。”老酒头微微一笑，“小时这般，长大了便是个老酒鬼了。”

“嘿，既然酒叔都知道了，小奇子就不藏着了。这玉酒壶真是神奇，我用它只喝了一壶，却足足回味了三天，而且玉壶里别有一种味道，不是酒味，倒像是胭脂香气，让人喝了之后，飘飘欲仙。”

“你个小屁孩，还飘飘欲仙？”老酒头责了一句。小奇子笑笑：“从书里看的这些字眼，就随口用来了，不过那感觉应该是差不多。”

老酒头用绿玉酒壶给小奇子斟了一杯，小奇子急急将酒都灌进了喉咙里，完了还不忘用舌头舔了舔嘴唇，当真是回味无穷。

“好喝？”老酒头问。

“好喝，太好喝了，好喝极了。”小奇子不停点头说。

老酒头突然将绿玉酒壶向小奇子方推了推，说：“小奇子，你想不想要这玉酒壶？”

“当然想要……”小奇子不假思索地道，随即又摇摇头，“不行，这玉酒壶可是酒叔的宝贝，我不能要，如果平时能借我喝两壶，我就很知足了。”

“你小子倒不贪，很对我胃口。”老酒头干脆将绿玉酒壶摆在小奇子面前道，“酒壶我可以给你，现在这个东西对我也没多大用处了，不过不能现在给你。”

“真的？酒叔！你不是开我玩笑吧？”小奇子满脸喜光，接着问，“那酒叔什么时候给我？要等很久吗？”

小奇子的样子像是已经迫不及待。

老酒头笑了，勾了勾手指，小奇子顺意地附耳过去，老酒头悄声对小奇子说出了时间，小奇子听闻得一个劲傻笑。

小奇子心满意足地走了，老酒头收拾了下，将绿玉酒壶放好，自己也出了卧房。

玲珑酒阁中人并不多，自从江府大火后，夜桥已近无人。老酒头甚至也在想，自己是不是也应该离开了。他彷徨着，来到千宫玲珑的阁楼雅室外，想要同千宫玲珑谈谈。

突然，老酒头听见雅室里传来了一个陌生男子低沉的声音：“太好了，这天衣无缝的计划进行得很成功。接下来，便到了最为关键的时刻了。小姐，你可准备好了？”

接着传来千宫玲珑幽幽的叹息声：“计划是天衣无缝，但你一定要如此吗？杀死这么多人，双手沾满了血腥，你已忘记了我对你的叮嘱。”

男子冷冷一哼，道：“这怪不得我，要怪就怪他们忘记了自己的身份，他们就该死！”

老酒头听罢这句，心里一个惊颤，发出一声轻响。老酒头立刻悄声下楼，还没来到楼下，突然觉得背心一凉，整个人便失去了知觉，向前扑倒。

老酒头失去意识的刹那，似看到莲白的千宫玲珑裙袂，静停在了自己眼前。

# 第九章 如墓真相

戌时，夜桥镇一片死寂，如同一个死镇。

一只落寞的黑鸟似受到惊吓，从镇外密林惊飞，两道人影同时随着鸟影快速掠出树林，树林外是清冷冷的玉河，人影停了下来，月光斑驳，照耀在他们的面庞上——正是黎斯、吴闻。

吴闻瞅着高空黑鸟，嘟囔着："这死鸟，吓我一跳！"

黎斯缓缓走到玉河边，将目光凝结在河面下一条黝黑的水影之上，吴闻跟上道："捕头，是那条隐秘的石桥。"

黎斯点头，问吴闻说："吴闻，你可知为何我们沿着石桥寻找，却并没有找到我所见过的坟茔吗？"

吴闻摇摇头。黎斯远眺对岸，喃喃说："我们之所以没有找到坟茔，原因我已经想到了。"

"是什么？"吴闻好奇地问。

"因为在玉河里的隐匿石桥不止一条，而是两条。"黎斯话音刚落，两人所行而来的密林上空扑腾扑腾飞出了大群黑鸟，黑鸟群像是受到了很大惊扰，飞绕在树林上空。

吴闻不由握紧了拳头，黎斯的手也贴在腰身的佩刀处，只待千钧一发，利刃出鞘！

黑鸟持续飞起，树林中缓缓走出一个白色身影，月光微芒下，他的面容上罩着一层淡淡的雾气，他凝望着黎斯，轻轻弱弱，目光里带着迷幻的朦胧。黎斯不禁脱口道："怎么会是你！"

黎斯将全部精力投入在白影身上。猝然，玉河里窜出来一道身影，在黎斯、吴闻两人头顶撒下一幕紫色粉末。须臾间，黎斯全身无力，眼皮沉沉下坠。

冗长的黑暗后，黎斯缓缓睁开了眼睛，发觉自己躺在冰冷的地面上，周围遍地火把，一个面带狰狞面具的男子冷冷地对黎斯说："你终于醒了，我还以为你会一睡不醒。"

黎斯浑身无力，环顾身旁，左边吴闻也在转醒。右边躺着一个老者，黎斯依稀记得他是玲珑酒阁的伙计，叫老酒头。

黎斯想到玲珑酒阁，目光不由望向玉河畔轻轻端坐的女子。黎斯叹息一声："千宫玲珑，千宫小姐，我实在没有想到会是你。"

"抱歉，黎捕头。你可以这样认知我，我并不是一个好女子。"千宫玲珑声音中充满了歉意。

"少跟这个将死之人废话！听你口气，你似乎知道了不少，倒可以说出来听听。"面具男子声音冰冷。

"我知道得或许不多，但至少我可以猜出这张面具后的脸，它属于谁。"黎斯同面具男子的目光在半空中相遇、交缠。

"呃，我是谁？"

黎斯淡淡一笑："久违了，隐藏在面具之后的元凶，宗远。"

面具男子轻微颤抖，他撕扯下面具，露出了他真正的面目。正如黎斯所说，他果然就是死而复生的宗远。

吴闻凝望着宗远的面孔，诧异地说："这怎么可能，你不是已经死了吗？"

宗远道："黎大捕头，不如你来回答，说说我是如何死而复生的。"

"很简单，借尸还魂！"

宗远又吃了一惊，黎斯接着说："要不要我把这个替死鬼的名字说出来？"

"你说。"

“他应该是你的旧相识，平阳池的舍大善人，舍亮。”黎斯一字一字道出，如同一根根针刺在宗远耳中，宗远眉间掠过一抹阴霾。

吴闻听得迷糊，宗远点头说：“黎斯，你没说错。不过我很想知道，我是哪里露出了马脚，你是如何知晓我的假死，又如何猜出了替死之人是舍亮？”

“其实，你这借尸还魂的计策很高明，我险些被你晃骗过去。但再精妙的谎言，也总会露出马脚。你在杀掉舍亮后，将他面目尽毁，再换上你的衣衫玉佩，最后扔尸入玉河。但很可惜，你疏忽了一点，至关重要的一点。”

“哪一点？”

“你忘记了舍亮已不是多年前的毛头小子，他已是暴富一方的财主，这些暴富起家的人总爱炫耀他们的财富，所以舍亮特意将自己的两颗牙都换成了金牙。这些，恐怕是你这个老朋友所不知道的吧。”黎斯道出。

“哼，可笑！竟然是两颗牙出卖了我。”

“但当时我并未察觉出不妥，不过后来从任灵口中我得知了你的体貌习惯，知你口中并未镶嵌金牙后，我才断定，死去的并不是你，而是另有其人。而此时，我的属下飞鸽传书至，告我平阳池的舍亮已失踪多时，并将他的体貌特征描述给我，随即我又在大火焚烧后的江府找到了被你毁尸灭迹的舍亮残骨。虽尸首不全，但我还是找到了残颅中的金牙，金牙后刻画着一个‘舍’字。自此，我终揭开，原来被你借尸还魂的人正是舍亮。”黎斯面色苍白地道。

“于是，你就将目标锁定在我身上了？”宗远眼望黎斯。

黎斯点头，突又笑了两声。宗远狐疑：“死到临头，你笑什么？”

“谁说死到临头就不可以笑了。我觉得有些事情太好笑，有个窃贼盗走了别人喂狗的盆子来当个宝，后来害怕失主要回狗盆索性将失主给杀死。宗远，你觉得这事好不好笑？”

“你、你怎么知道这些？”宗远面色变得铁青，说。

“知道什么？”黎斯盯住宗远的目光，说，“可是指你们‘离罗’遗民的身份？”

此话一出，不仅宗远，连坐在玉河畔的千宫玲珑都露出了惊讶之色。宗远目光慌乱，摇头说：“你怎么可能知道这些？！”

“我如何不能知道？虽然舍亮报案时只说丢失了个喂狗的盆子，但一个只丢失了狗盆的物主，他焦虑着急的程度远远超过了那些丢失夜明珠、金叶子的物主，我自是心有留意。我派人暗暗查问了舍府家仆，得知这个所谓狗盆的形状和样子，以及上面用异域字迹镂刻着的两个字——‘离罗’，还有盆底巨大的骷髅图案。”黎斯说至此，故意停顿一下，继续说，“我的属下将离罗由来调查后飞鸽传书于我，我第一时间得知了部分真相。离罗原是存生于我国西境的一个小国域，毗邻险恶的黑山死水，但如此微弱的小国却一直存衍了数百年，险峻的地势及野兽出没的百万山林帮助了离罗，让它得以繁衍生息。不过，这个好运在百余年前被终止了。当时朝廷派出重兵，历经数年的跋山涉水，终将离罗灭国，而领军将领后来更是残忍地将整个离罗灭族，令离罗从这个世间完全消失。”

宗远同千宫玲珑脸上浮现一抹灰暗，宗远的眼神开始变得炙热。

“我初看这段历史也觉得不可思议，但属下随后的书信解释了离罗被灭族的缘由。那便是离罗族人几百年间信奉着一种可以蛊惑人心的异教，名曰‘骷髅教’。而传闻执掌骷髅教的教主不仅可以让教众顺服，甚至可以令非教众的人转变心智，终生受其奴役。这种教术可以在人与人之间快速传播，或就在彼此眼神交流之际，人便会被蛊惑，心神受控。亦可说，这是一种诡秘可怕的巫术。朝廷害怕这种巫术会传播至中原，所以才下令将离罗灭族，让这种异术从人世间彻底消失。”

“荒谬，一派胡言！若要传播到中原，那早在几百年前就传播来了，又何会坐等人来灭国！”宗远双拳握得咯咯直响。

“我得知离罗这条线索后，并没有马上看透彻。但在诸多机缘巧合下，我先误入燕子歌坟茔，发现了墓壁上的‘离罗’二字。接着，我利用‘印土’之巧，找到了任有财书房里的木架机关，也同样发现了‘离罗’字迹，还有骷髅图案。太多的巧合就不是巧合，离罗，夜桥，这一国一地会有怎样的联系？”黎斯盯着宗远，直若刺穿肌肤，看到宗远心中所想。

黎斯缓道：“后来我想明白了。夜桥，应该就是离罗遗民所居之地。”

宗远走到黎斯面前，面容有些扭曲，道：“黎捕头，你是我见过的最聪明的捕快。但很可惜，你还不够聪明，你说出了如此多的秘密，我又怎能让你继续活在这个世界上？”

黎斯苦笑：“即便我不说，你同样不会放过我。不是吗？”

宗远冷哼一声，不置可否。

黎斯叹息一声，道：“当我来到夜桥，经历种种，此时我也猜出夜盗平阳池的窃贼便是你，也知道了你就是一系列杀人惨案的始作俑者，而所谓的凶灵燕子歌回来复仇，也只是你故布疑云。但我还是有许多不明白，比如你从舍亮处盗来的狗盆，这个有着明显离罗标识的盘子，究竟是什么东西，又有什么特别用处？再者，你处心积虑犯下这许多罪恶，最终目的是什么？凶灵复仇而来的燕子歌，假若真是你假冒了这死去多年的冤魂，那任有财胸口的微梅剑伤又是如何留下的？还有就是，玉河中隐藏的两条石桥又是为哪般？这一个一个疑问困在我脑海里，堵在我胸口，即便你要害我，也总应该让我做个明白鬼吧。”

宗远还在犹豫，玉河河畔的千宫玲珑缓缓起身，道：“既然这是黎捕头的最后遗愿，那玲珑就帮黎捕头解开心中疑窦。黎捕头，你猜得没有错，夜桥的确同离罗有着千丝万缕的关联。其实早在离罗遭逢大难之前，离罗圣教教主就感知天命，知道离罗难逃生灵涂炭的大劫。但为了保住离罗文明和离罗千年延续的血脉，教主做出了决定，他秘密遣送了一批离罗人来到中原腹地的夜桥镇，并隐姓埋名居住下去。这批人就是我们的父辈，而当时圣教教主所下的最后一个命令就是坚守、隐忍，还有等待。”

千宫玲珑幽幽地望着黎斯，说：“我们等了一百年，等到离罗亡国，等到离罗人的血流净，这不是等待，是煎熬！黎捕头，你又如何能体会得到呢？”

“终于，我们等待了一百年，等到离罗的波动渐渐平息，等到离罗的名字被当今朝廷所遗忘。而对于我们来说，则等来了一个机会，等来了一个充盈着鲜血和泪水的时机……”千宫玲珑微微侧首，目光凝望玉河道，“黎捕头，你可知，在百年前，被送来夜桥的并不仅仅只有我们，还有一个秘密——一个关乎着离罗、夜桥和我们的秘密！”

“什么秘密？”黎斯听闻，动容地问。

“你想知道吗？”宗远冷冷地说，“我告诉你！百年前圣教教主将我们送来夜桥的同时，也将离罗举国之富，还有圣教无比深奥的教术一并送来了夜桥。此时此刻，它们就静静沉眠在玉河之中，等待着百年后的苏醒。”

“离罗之富、圣教教术？”黎斯蹙眉道，“难道就是传闻中可控人心智的幻术？”

“不只有这些，圣教教术旷古烁今，你所能想象到的，也只有它的九牛之一毛。”宗远眼中带着向往神色。

“深眠玉河中？如此，那隐藏的石桥，还有神秘的狗盆，莫非跟这宝藏有关？”黎斯问。

宗远冷笑一声：“正是，石桥、狗盆便是开启夜桥宝藏的关键。石桥乃是牵引宝藏的秘密机关，而狗盆则是机关之上的枢纽。换句话说，它就是打开夜桥宝藏的钥匙。而引动机关的地方，黎捕头也该知道，一处便是任有财的书房木架，另一处则在燕子歌的坟茔里，只要将钥匙、机关骷髅图案相接，机关便被开启。”

黎斯终于恍然：“如此，你所说的钥匙也应该有两把。一把自然在被你杀害的舍亮的手中，而另一把估计也被你所得，从任有财书房中盗得。”

宗远面无表情，只是冷哼一声。

“任有财之死我一直觉得很奇怪，你在杀死任有财的同时，为何要将任有财的书房弄得如此混乱？而当我发现了木架的秘密后，我的目标自然也落在了那堆粉碎的瓷器上，我们将瓷器一个个复原，然后按照任灵所记，将它们一个个重新排列于木架上，结果发现竟缺失了一个。后来经任灵回忆，失踪的那个是任有财最喜把玩的一个瓷盆，同平阳池舍亮所失的狗盆如出一辙。此刻想来，定是你在杀害任有财后，将瓷盆从书房中带走了。”黎斯缓缓道来。

“黎捕头，虽然我们站在敌对立场，但我也不得不佩服你了。你逻辑缜密，而且心细如丝，但很可惜，一切已经晚了。”宗远道。

黎斯淡然一笑，说：“其实你早就有开启夜桥宝藏的足够把握，但你却一直隐忍不发，只为等待一个最佳的时机。于是，你先杀任有财，后利用舍亮借尸还魂，接着火烧江府大院，同时将燕子歌凶魂复仇的消息散于夜桥百姓耳中，令所有人惶惶不得终日，夜桥百姓忍受不了这份恐惧，害怕燕子歌的凶灵会报复在自己身上，于是舍家弃业，远走他方。而你，终于得偿所愿，等来可以独享开启夜桥宝藏的机会，我说得可对？”

“这怪不得我，我早同他们提过重振离罗的打算。但以江震山为首的老顽固们，却过惯了安逸平静的生活，暗中警告我，若我有所异动，就将我逐出夜桥。所以，我也是不得已而为之，这些死去的人他们是罪有应得，他们忘记了离罗的耻辱，忘记了同胞的鲜血，哼，所以他们就下地狱吧！而我同玲珑却不会忘记这份仇恨，永远不会！黎捕头，你可知为何？”

黎斯摇摇头。

“因为我们不同于其他夜桥百姓，我们骨子里流淌着的是离罗皇室的血脉。而玲珑如若算起来，她更是一位地位高贵的离罗公主！”宗远转望着千宫玲珑。

黎斯也不由望向千宫玲珑，说：“你们真是离罗皇室后裔？”

“当年圣教教主就是害怕会出现今日群龙无首的情况，所以请求离罗国主将一位皇室成员一起送往夜桥。而这位皇室成员便是玲珑的爹，我的堂叔父。”宗远目光收紧，凝望着远处夜桥上空。

黎斯沉默片刻，又道：“只是还有一个问题我始终没搞明白，那就是燕子歌的微梅神剑，为何会在他死后多年重现夜桥镇，莫不是真的凶灵回来复仇？”

“燕子歌？”宗远冷冷说出这个名字，不经意地望着千宫玲珑，道，“燕子歌不可谓不是个人物，他的剑法也的确了得。但很可惜，他不是离罗后人，而且他竟不自量力地爱上了玲珑。”宗远目光转望玉河，继续道：“当我得知这一切后，自然不能让这一切发生。为保离罗血液的纯净，我下剧毒将其毒杀，夺走了他的剑谱并抛尸玉河之中。”

黎斯看到千宫玲珑眼中掠过一丝阴霾，开口问：“千宫小姐呢？是否也觉得燕子歌此人该死？”

千宫玲珑默默不语，宗远怒道：“你的问题已经足够多了，是时候该说再见了！”

宗远撩出腰畔一柄锋利匕首，走向毫无还手之力的黎斯等人。黎斯不由微叹一声，突然千宫玲珑开口说：“时辰到了。”

夜桥镇中突然燃起一团大火，宗远回头望见大火，笑起来：“是了，机关已被启动。玲珑，我的妹妹，接下来就看你的了。”

千宫玲珑接过匕首，缓缓向自己手腕割去，那一抹锋利就要刺破千宫玲珑的柔荑。

“住手！”

“住手！”

同时传来两人的喝断，一人是黎斯，而另一人则是从夜桥方向赶来的高瘦背影，黎斯望着他的脸，缓缓道：“高其？”

# 第十章 可与我伴，永不相弃？

高其的出现令黎斯感到意外，高其冲到几人面前，不顾一切地夺走了千宫玲珑手中的匕首，喝问宗远："宗远，你为何要害玲珑？你说过只要我帮你把机关启动，你就将玲珑许配给我。"

宗远脸上浮现诡秘笑容，将高其手中匕首反刺入高其胸口，高其愕然地望着宗远，宗远道："我是说过将玲珑许配给你，但我没说过不会杀你！"

"你、你这魔鬼……"高其挣扎着扑向宗远，扑到一半却倒翻在地，再无声息。

千宫玲珑望着高其死不瞑目的眼神，幽幽道："你这又是何苦？"

宗远迫不及待地说："玲珑快些，马上就到子时了。失去了这次机会，就要再等一百年，我等不了，玲珑，离罗不会忘记你的，快点动手！"

千宫玲珑接来匕首，回身望着宛如心水的玉河，将匕首轻轻在手腕处割下。黎斯奋力想要阻止，怎奈身体没有半点力气，他叫道："千宫小姐，不要！"

"什么不要！宝藏最后的机关需要离罗皇室女子的处子血，玲珑若不牺牲，我做的所有一切都是白费。玲珑，你不想看到你爹死不瞑目吧？"

黎斯还待再说，突闻耳边轰隆巨鸣，两条隐藏的石桥如同两只腾空现世的黑色巨龙，升出水面三丈许，一东一西的两条石桥将玉河截断，玉河水如鲸吸回腹，迅速向夜桥镇后面的夜山方向回流，而此时夜山的机关也被打开，冻彻的玉河水开始灌入夜山后的泉池。

河面瞬间下降，黎斯终是看到了一面巨大的黑色骷髅图案出现在玉河河底，幽深的骷髅瞳孔如同吞噬世间万物的黑洞，黎斯感受到了一种刻骨铭心的恐惧。

骷髅空洞的巨口中隐藏着一扇诡秘的白色铁门，宗远跳进河底，抚摸着骷髅图案，面容扭曲地指着骷髅口中白门道："玲珑快些，只要用你的血将这白门染红，最后的机关就会开启！快些，玲珑……"

千宫玲珑走入河底，走到白门上，缓缓将匕首割下，吴闻同黎斯都转过了头，不忍再看。

千宫玲珑闭眼，将匕首割了下去，但半空中自己的手却被另一只强有力的手握住，牢牢地，深深地，再不可分。

一个沧桑的声音在千宫玲珑耳边响起："不可以，玲珑。我不允许你这般死去！"

千宫玲珑心被揪住了，多年后，她又一次，再一次，永无法忘记的一次，听到了他对自己说话。千宫玲珑缓缓睁开眼，望着眼前人，言："你可知，我一直在等你出现来救我，如同多年前的午后，你将我从蛇牙下救出，不顾一切地救了我。从那时起，我知道，我的心永远都忘不了你了。子歌，我的燕子歌！"

宗远闻言浑身一颤，他望着千宫玲珑面前出现的人，竟然，竟然是老酒头？！

"怎么可能，这根本不可能？"宗远猛烈摇头，道，"燕子歌七年前已经毒发身亡了，绝对不可能活着。而且燕子歌身形样貌也绝不至于垂老成如此地步！"

老酒头凝望着千宫玲珑，目光里再望不见其他，他缓缓道："不错，七年前，我要带玲珑离开夜桥时被你毒害。但在当时，我早已没了活下去的勇气，因为玲珑拒绝了跟随我一起离开夜桥的愿望，她说她离不开这里，她的生命被深深地拴在了夜桥。她说她只能负我，当时我万念俱灰，后来玲珑让我赶紧离开夜桥，说有人要害我，我自不会离开。之后我身中剧毒，就在毒发攻心的一刹那，我后悔了，因为我不甘心，我真的不甘心，就算是我要死，我也要搞清楚玲珑为何要负我！所以，我毁尽半生功力将毒逼出体外，浸透入玉河，虽然侥幸保住了性命，但身体脉络却全部紊乱，功力流失，终是让我变成一个人不似人、鬼不像鬼的苍老模样，这般，我就只能用老酒头的身份重新回到玲珑的身边。"

燕子歌轻轻唤着千宫玲的名字："玲珑，在你身边的六年，虽然我无法以真面目同你相伴，但这却已是我生命中最幸福的六年了。"

"我亦是。"千宫玲珑突然一笑，笑靥令皎月羞面，她笑说，"子歌，你真的以为我没有发现是你吗？你错了，就算你变成再丑陋的模样，也掩盖不住你身上的气息。从我收留你的那一瞬间，我就知是你。而我之所以操持玲珑酒阁，也是为了你能陪伴在我身边，每一天，每一秒，让我可以时时刻刻同你相见。子歌，你不知，多少次，当你悄悄站在我雅室门外时，我是多么想敞开那扇门，再呼唤一次你的名字，但我却不敢，我害怕，我害怕毁掉我们相守的朝夕，害怕你会再离开我。"

"不会，不会了。没有什么人，也没有什么事，可以再把你我分开。"

"少在这里卿卿我我，既然七年前让你侥幸逃脱了一命，那今时今日，就让我再送你一程！"宗远言罢，抽出了原本吴闻佩带的长剑，剑撩了个剑花，罩向燕子歌各处命门。燕子歌冷喝道："宗远，玲珑不知你，我却知你甚深。当年你之所以拆散我们，并不是为了玲珑，而是害怕没有玲珑的处子血给你打开宝藏之门。你这个恶徒，玲珑受你蒙骗多时，我不会让你再迫害她了。"

燕子歌同样撩个剑花，一瞬，空气中迸发出闪烁剑星。虽然燕子歌经脉全毁，无法将内力灌注剑上，但精妙剑式依在，几十招过后，宗远不由觉得吃力，他心知再缠斗下去，自己未必是这个曾叱咤武林的剑客的对手。他猛向前一步，将燕子歌逼退半步，身体纵出，一把将千宫玲珑坠在手中。宗远冷笑一声，道："燕子歌，停手。再妄动一下，我立即杀了她！"

燕子歌忙撤剑势道："好，我不杀你。你放开玲珑，我就让你离开。"

"哼，你不杀我，我还待杀你呢！若不是你突然冒出来，我的计划已然实现了。燕子歌，你听着，若想玲珑活着，你就必须得死。否则，就不要怪我心狠手辣。"宗远将长剑贴在千宫玲珑脖颈前。千宫玲珑对燕子歌摇头说："子歌，不要听他的，不要！"

燕子歌望了望手中长剑，目光迷离，轻轻言："对不起，玲珑。我不能让你再离开我，我无法再承受没有你的每一天。"话落，长剑已贯燕子歌胸口而出，惨白的剑，鲜红的血。

燕子歌无力地倒了下去，宗远狰狞大笑，他拽过千宫玲珑的手腕，狠狠地割了下去，殷红的血滴落在骷髅白门上，一点点泅为一片，一片片凝成一个阴影，骷髅白门渐渐裂开一道缝隙。

“终于，终于打开了……”宗远忘乎所以。

奄奄一息的燕子歌醒来，望见这一幕，突然用尽全身力气大喝一声，随着喝声，燕子歌胸口长剑飞射而出，如钢叉将宗远刺死在骷髅巨口上，燕子歌挣扎着起身，鲜血自他口中狂涌而下。千宫玲珑失血过多，脸色惨白地向燕子歌走来。

千宫玲珑握住燕子歌的手，将他的手贴在自己脸颊上，如似梦呓道：“子歌，你不愿意离开我，又怎能如此残忍地舍我而去？我不想再一个人孤独生活了，不想……”

两人脚下，骷髅巨口渐渐张开，出现一道缓缓开启的隐门，如似一张地狱鬼口，幽黑中带着无穷尽的未知。燕子歌突然转望黎斯，启口说：“黎捕头，可否请你帮我一个忙？”

“请说。”黎斯道。

“请黎捕头将夜桥、夜桥的人、夜桥发生的事，全部忘记，不要再想起。这只是你的一个梦，可以吗？”燕子歌凝望黎斯道。

黎斯叹息一声，缓缓点头说：“但我想知道，那个曾救过我，并始终引领着我靠近夜桥真相的神秘白影，可是你？”

燕子歌淡然一笑说：“是又何，不是又如何？这世间，这生命，悲欢离合，苦难阡陌，已太多、太多，何苦去追寻什么答案。只要你守住了最珍惜的……就已足够！”燕子歌同千宫玲珑向望，两人相拥，缓缓步入黑洞之中——

而就在黑洞湮没两人身影的刹那，玲珑酒阁中，小奇子缓缓捡起了绿玉酒壶。酒壶底轻粘住一根细微的银线，银线如月光穿梭过夜桥玉河，止于夜山一处深埋炸药所在。但闻夜山剧烈的爆炸声后，无数玉河水重新涌入玉河，须臾，黑色巨大的骷髅秘宝连着两个寂寞而相互依偎的人影，一同消失于湍流的玉河河水之下……

# 尾章

黎斯搀扶起吴闻，两人默默望向玉河，黎斯喃喃道：“或许对于夜桥、离罗来说，需要的不是英雄，而是如燕子歌所说的那般，被遗忘！”

玲珑酒阁被飞流而来的河水冲入玉河中，如一只巨大的浮船，颠沛起伏。

小奇子缓缓掀起了绿玉酒壶，赫然发现一本丝绢薄书藏于酒壶中，小奇子皱着眉头轻轻嘟念出丝绢上的字迹：“微梅剑谱……”